万骨伝

饅頭本で読むあの人この人

出久根達郎

筑摩書房

万骨伝・目次

豪快な日本男児たち

作家もいろいろ

ビジネスと陰徳

俳人・歌人と漱石ゆかりの人々

歴史を作った人

ただ一筋にひたむきに

試食を勧める口上　まえがき

サブタイトルの「饅頭本《まんじゆうぼん》」とは、古書業界用語の一つで、追悼集のことである。現在はどうか知らないが、筆者が子どもの頃（戦後まもない時期）、こんなざれ言葉が子どもの間で流行した。

「ソーダ村の村長さんが、ソーダ飲んで死んだそうだ。葬式饅頭でっかいそうだ」

文句に多少変化があるが、これはほぼ全国で歌われたらしい（といっても節らしいものは無い。誰かが、何々だそうだ、と言うと、語尾を捉えて囃すのである）。最後の「葬式饅頭でっかいそうだ」だけは、全国共通の文句である。

葬式に参列した者には、饅頭が配られた。これが例外なく大きかった。ぎっしりと漉餡《こしあん》が詰まっていて、味もよかった。

いわば饅頭代わりに、故人を追慕する文集を作り、一周忌や三回忌に縁者に配ったので、これを饅頭本と称したわけである。意外な有名人が追悼文を寄せていて、それらは全集に収められていない。きわめてプライベートな文章だからである。一般人に読ませるつもりで書いた文章でないだけに、真情あふるる名文が多い。それに限られた部数で、ごく一部の人に配られた私家本であるから、当局の検閲が行われていない。饅頭本には掘出し物が多い、と古書界では定評があった。

すなわち見た目にはどれも同じ姿（白一色に書名のみ）だが、おいしいのである。どれほどの味であるか、読者に味見をしていただきたく、本書でいくつか見本を示した。こんな味わい方がありますよ、という試食を勧める口上が、本書というわけである。

女ならでは夜も明けぬ

勝ち虫　小川とわ

書名について、説明したい。最初、榻下《とうか》の人としてみた。榻とは、腰掛けのことである。禅榻《ぜんとう》といって、坐禅に用いる。榻下の人とは、その榻の下にいる人である。実は、こういう言葉は無い。では、どういう意味か。造語者として弁明せねばなるまい。

縁の下の力持ち、という俗諺《ぞくげん》がある。世間に知られず、ひそかにがんばっている人をいう。

一方に、「一将功成りて万骨《ばんこつ》枯る」という漢詩の一節がある。上役の手柄は、多くの部下の犠牲によるもの、という意味である。つまり、縁の下の力持ちに支えられて、大将の功績が生まれたのだ。スポットライトを浴びる大将の身の上は、誰でも知っている。人知れず枯れた「万骨」のプロフィルを知りたい。

縁下《えんか》の人でもよかったが、口に上《のぼ》せても、ピンとこない。縁側、縁の下などという言葉も耳遠くなった。これらのある家そのものが、身近に無い。腰掛けなら、ある。それで榻下の人を考えたのだが、坐る人を支える脚をイメージしてもらえば、わかりやすい。榻下の人は、灯台下暗《もと》しの、灯下の人でもある。灯台の下は暗い。身近のことや人は、案外に見えにくいものである。そういう世に隠れた奇特人を、皆さまに紹介するつもりである。

もとより、「万骨」に甘んじている人だから、自らを宣伝しない。資料が少ないのが難点である。あえて人物評は避けた。面白く、ユニークな人柄、あるいは現代人の参考になる生き方を通した、感銘する言葉を残した、等々の尺度で任意に選んだ。肩が凝《こ》らないエッセイ仕立てにした。

縁の下の力持ちの言葉が出たから、縁の下から話を始めよう。力持ちでなく、宝探しである。宝を求めて小学校舎の縁の下にもぐり込んだ、当時四年生の筆者と級友Kのこんな思い出である。

Kは勉強の苦手な男の子であった。先生の命令で、私は放課後、Kの補習につきあうことになった。お互い勉強に飽きた頃、Kが秘密めかしく、小声で言いだした。

「おれ、この間、五円玉と新品の消しゴムと、それからビー玉を四つも拾ったぞ」

「どこで？」

Kがニヤリ、と笑いながら、足もとを示した。

「教室で？　まさか？」

Kがかぶりを振り、「床の下だよ」と言う。

「床の下って、縁の下？」

Kが、うなずく。

「まさかあ。縁の下に五円玉が落ちてるわけねえだろ」

「落ちてた」Kが教室の隅を指した。

「あの辺の下」そこには小さな節穴があいている。

木造の古い校舎だったから、床にはあちこちに五百円硬貨大の穴があった。もっと大きな穴もある。子どもらが面白がって広げたのである。掃除の時、わざとゴミをその穴に落とした。私はKが示した穴に片目を当ててのぞいてみた。うっすらと床下に、何か盛り上がっているのが見えた。「宝の山だぞ」Kがささやいた。

そう言われてみると、何だかそのような気がしてきた。二人はこっそり縁の下にもぐり込んだ。薄暗く、縁の下くさい。頭上からかすかに光がもれている。床の穴である。私たちはその光を目ざして匍匐《ほふく》前進した。そして競うように、穴の下の盛り上がりを、両手でかきわけた。山は鉛筆の削りカスであった。生徒たちが面白がって穴に捨て、長い間に積もったものだった。使い古しの短い鉛筆が何本も出てきた。鉛筆のキャップもあった。私たちは使えそうなそれらを、おのおのポケットに収めた。お金は、なかった。

家に帰って、戦利品を点検した。鉛筆は新しく削って、書き味を確かめた。古めかしく汚れた鉛筆が、削ると、今生まれたような香ばしい木の匂いを放った。せいぜい四、五センチほどの物ばかりだが、何十本も集まると色とりどりで、何かいとおしくなる。私は菓子箱に入れ、時々ながめては楽しんだ。さまざまのメーカーの名を覚えた。鉛筆の頭の方だけなので、商品名やマークが残っている。

日頃、鉛筆の世話になっているくせに、製造元の名称を知らなかった。私だけではあるまい。当時（昭和二十八、九年）の地方の少年たちの大半が、そうではなかったか。特定のメーカーの製品を愛用する子は皆無とは言わないが、お金持ちの坊っちゃんに限られていたのではないか。大体その頃地方の文具屋に、選択できるほどの種類が置かれていなかったはずだ。メーカーでなく、ＨＢとか２Ｂなど芯の硬さで選んでいた。村に文具屋は小学校と中学校の前に一軒ずつで、どちらもせいぜい一社か二社の製品を扱っていたのではないか、と思う。鉛筆のコーナーは、狭かったからである。

してみると、私が校舎の縁の下から拾った使い古しのそれがバラエティに富んでいたということは、何十年にもわたっての廃棄物で、今では幻といわれるようなメーカー品も混じっていたのではあるまいか。

なぜこんな話をするか、というと、小川《おがわ》とわ著『蜻蛉《せいれい》日記』（朝日書院、昭和三十九年刊）を読んだからである。蜻蛉はトンボのことで、小川とわは、トンボ鉛筆の創業者夫人なのである。ああ、トンボ鉛筆と知って、にわかに小学生時代を思いだしたわけだ。

（笑い話をすると、実はこの本を古典の『蜻蛉《かげろう》日記』の研究書と誤って通販目録で注文したのである。蜻蛉《かげろう》もトンボの古名なのだ）

まさか鉛筆とは知らなかった。しかし、ケガの功名で、鉛筆業界の昔話を知ることができた。藤原道綱《ふじわらのみちつな》の母の日記より、得たものが大きい。トンボという昆虫の象徴を知っただけでも、もうけものである。小川さんは記す。

「トンボは一名あきつ（秋津）といい日本国の象徴だという説がある。また勝ち虫などとも言われ、昔武将の兜の正面の装飾などにつけたものだそうで、とにかく上向きの縁起のいい虫である」

そこでマークに用いることにした。専門のデザイナーに図案を描いてもらい、更に書家に頼んで「トンボ鉛筆」と書いてもらった。英文の場合、TOMBOWとWの字を入れた。英語でTOMB（ツーム）は墓の意なので、これと誤読されないためであった。墓鉛筆では縁起が悪い。

トンボ印に決まるまでは、三つの図案が候補にあったという。一つは工場印で、のこぎり型の屋根のマーク、もう一つは橋を図案化したもの。三つとも商標登録したが、彼女の目にはトンボが一番泥くさく見えた。決まらない。そこで有名な易者に占ってもらった。トンボが一番、次が工場で、三番目が橋、と出た。それでも彼女は踏みきれない。もう一人、今度は人相見の大家に見てもらった。やはり、先と同じ卦《け》が出た。ようやくトンボと決めた。

彼女は早速これを世間に披露すべく、選んだのが大衆雑誌『キング』である。現在の講談社が発行していた伝統的な月刊誌で（何しろ創刊号五十万部を即日売り切って増刷し、最終七十四万部売った。最盛期には百四十万部発行した。大正十三年十一月創刊）、川柳漫画で人気の谷脇素文《たにわきそぶん》に広告を書いてもらった。その川柳が、「鉛筆がトンボで答案楽に書き」であった。これが評判になり、小川とわは宣伝の威力を知る。そして広告宣伝に意をそそぐようになる。『キング』の広告を見た息子の級友たちが、「お前の答案はよくできていないじゃないか」とからかったそうで、小川家では大笑いだった。

とわは明治二十八（一八九五）年、東京芝《しば》に生まれた。十八歳で十歳上の小川春之《はるの》助《すけ》に嫁いだ。春之助は日本橋の文具商に、十三歳で奉公した人で、家業は鉛筆製造所だった。国産の鉛筆は、明治七年、東京小石川《こいしかわ》の河原徳右衛門《かわはらとくえもん》と、東京銀座の小池卯《こいけう》八郎《はちろう》が、ほぼ同時期に製造を始めた。小池は明治十年の第一回内国勧業博覧会に「教育器具」として鉛筆を出品した。

小川夫婦が、小川春之助商店を立ち上げたのは、大正二（一九一三）年である。事業は順調とはいかず、苦労の連続だった。芽が出たのは、第一次大戦で外国製品が払底し、国産品を輸出するようになってからである。大正三年に国内の年間生産量は、三十万グロスであった（一グロスは十二ダース、一ダースは十二本だから、一グロスは百四十四本となる）。それが翌年には、二百五十万グロスと、一気に八倍強に増えた。当時の大手は月星鉛筆で、総生産高の約半分を一社で占めていた。他に地球鉛筆がある（昭和十四年、トンボが株式会社になった年の大手は、三菱、地球、ヨット、月星、そしてトンボの五社であった）。

トンボは国内向けに「ステッキ鉛筆」を考案した。鉛筆の頭に、ステッキの握りを模したセルロイド製の部分を付けたのである。

これが、当たった。子どもたちの間で大人気となり、売れに売れた。人さし指をステッキ型に曲げ、「小川さんはこれでもうけた」と言われた。「たしかにそうですけれど、あまり人聞きのよくない表現はよしてくださいよ」とわは苦笑した。むろん、同業者はからかったのである。

大正八、九年には、セルロイド製の小さな人形をつけた。これも人気を得た。大正天皇の御結婚の時には、「御大典記念」の金文字を入れた鉛筆を売りだした。

トンボを商品マークにしたのは昭和二（一九二七）年である。製品が爆発的に売れるようになったのは、むろん良質の品であったからだが、宣伝の力も大きい。小川とわが西島光治《にしじまみつはる》という天才的な若き広告プランナーを採用し、二人で組んで、会社を発展させていく。その話が一番面白いのだが、本書の記述は中途ハンパである。無理もない、肝心の天才青年が二十八歳で急死してしまうのである。

色ざんげ　つや栄

「角聖《かくせい》」と謳《うた》われた第十九代横綱・常陸山谷右衛門《ひたちやまたにえもん》は、強いばかりでなく美男力士であったから、艶聞が豊富である。明治の関取だから、お相手は皆芸者で、しかも当時の一流どころであった。

当然の話だが、この「お遊び」の逐一について、常陸山本人は語り残していない。お相手の方も、そうである。自慢話になるし、第一、明治期の芸者衆は口が固かった。だから政治家たちが安心してお座敷に呼んだわけである（照葉《てるは》やお鯉《こい》のように懺悔《ざんげ》録を出した例外もあるが、どちらも仏門に帰依《きえ》している）。

そういう中にあって、おつきあいした客のあれこれを赤裸々に語った「つや栄《え》」のような芸者は、きわめて珍しいと言わねばならぬ。

つや栄は一時、常陸山に愛された。そのいきさつを正直に述べている。常陸山資料の一つとしても彼女の著書『紅燈《こうとう》秘話　新橋三代記』（妙義出版、昭和三十二年刊）は、貴重である。まず常陸山との関係から見てみよう。

つや栄は神田っ子である。両親の名を知らない。扇屋という芸者屋にもらわれて育てられた。十八歳の時に、常陸山に見初められた。口説《くど》かれたが逃げまわっていた、と語っている。お茶屋に断ってくれと頼むと、相手は日ノ下開山天下の横綱じゃないか、と「煽《おだ》てられて、まア、あたしも、ちょっと世話になったんですよ、常陸山にね」。

常陸山が横綱になったのは明治三十六（一九〇三）年である。彼と人気を二分した二代梅《うめ》ヶ《が》谷《たに》も横綱になった。二十代横綱である。両者は数々の名勝負をし、明治相撲の黄金時代を築く。つや栄は年を明らかにしないので推測だが、彼女が世話になったのは明治三十六年か三十七年らしい。毎月のお手当てが、茶屋から届いた。横綱と一緒に、郷里の水戸へも連れられて行った（四股名《しこな》の通り茨城県の出身である）。どこへ行っても、ちやほやされる。「あたしも虚栄が強いから、得意でいい気持ちなんだけれど、いざ二人となると、とても、怖くて怖くてやりきれない。相手は怪物のように大きいし、こっちは十八の小娘、まだそんな、ね、だから、ただ常陸山という名声の虚栄にのっただけなンだわね」。

う、だというのである。十七で水揚げ（辞書で調べて下さい）されたばかりだから無理もない。と思いきや、どうしてどうして、この小娘は油断がならぬ。浮気をしたのである。

「梅ヶ谷の息子で梅ノ花《うめのはな》という、いい男っぷりの相撲がいましてね。常陸山より年は若いし、いい男だもんだから、ちょっとやったわけなんですよ。それが、常陸山に知られちゃったんですよ」

相撲見物中に、梅ノ花を食事に誘った。それを、「常陸山の息子の小常陸《こひたち》が、このことをちらっと見ていて、親父にしゃべったんですね」。

つや栄の言う息子とは、弟子のことである。梅ヶ谷の弟子の梅ノ花、常陸山の弟子の小常陸（一番弟子。のちの関脇・秀ノ山《ひでのやま》）、という意味である。

翌々日、常陸山が茶屋に来た。機嫌が悪い。何も言わない。晩にまた来た。茶屋のおかみが心配する。つや栄はこれこれと打ち明ける。おかみが驚く。「いま、常陸山と梅ヶ谷といったら、勝つか負けるかで、大変なのよ。場所のさいちゅうに、あんた、そんなばかなことすることないわ」。

でも私は若い人の方がいい、と抗弁する。常陸山が言う。おれと梅ヶ谷は大変な星の争いをしているのに、他の関取ならまだしも、ライバルの弟子と飯を食うとは何事だ、といきなり張手を食らわした。しかも、二発。つや栄は目が回った。這って帳場に逃げ、わあわあ泣いた。おかみさんが取りなしてくれる、と慰めたが、横綱との仲はこれきりにしてほしい、と突っぱねた。

つや栄という芸者は、明けっぴろげな性格らしく、こんなことも語っている。

「関取と浮気したというと、みなさんがあのほうはどうだいって、お聞きになるけど、お相撲さんのおかみさんになっている人もあるんだから、あたし一人でしゃべれないわよ」「下になったって、つぶれやしないけどね、それはまア、うまいことやりますよ」「だから、めったにしませんよ。ただ、いまの言葉でいえば、ホルモンだわね。若いものがそばにいれば、自分は気がいくらか若返るんじゃないかと、あたしは思うわ」

十八やそこいらの年では、いいも悪いもわからない、と言っている。そして、本書は彼女の「好色一代女」記なのである。珍しいことに、常陸山のような有名人はともかく、自分と関係を持った人物の名を本名で記している。旦那の名も恋人の名も明かしている。

二十一歳で新橋芸者になる。桂内閣の時に落籍《ひか》される（旦那持ちになる）。つや栄は、自前（独立し自力で営業する）芸者になる。旦那は女に失敗し、苦い体験をした新聞社の社長である（実名を記しているが、本稿では略す）。だから決して浮気はならぬ、と釘を刺される。それなのに、つや栄はその禁を破る。昔の恋人と深い仲になった。

「久しぶりだったから、ずいぶん、やったわネ、いま考えても鎌倉駅の階段が上れなくなっちゃったくらいだから。あんまり、くっつきすぎちゃって――それで階段のところで転んじゃった。眼は黄色くヘンテコに見えるし、男の人は真っ蒼《まさお》い顔してるし『あンた、気まりが悪いから、先に乗ってよ』あたしは、後から乗って東京に帰った」

こんな大胆な内緒事が露顕しないはずがない。つや栄は居直って暇をくれと頼む。初恋の男と結婚すると告げる。いったんは願いを聞いてくれた旦那だが、前言を翻《ひるがえ》す。意固地になったつや栄は、大っぴらに恋人を家に泊める。二人で朝風呂を使っていると、旦那が突然来る。泡を食って恋人を風呂に閉じこめ、あんた、どうしたの、と急いで迎えると、旦那が風呂に入る、と言う。風呂はこわれている、と弁明するが、聞く耳を持たない。つや栄は気がついたら、風呂上がりのすっ裸で旦那と相対していた。

結局、すったもんだで別れることになった。再びお座敷に出る。恋人と会うのに金がかかるから仕方がない。新しいパトロンができる。ダイヤモンドの指輪を買ってもらう。ところが恋人から無心が来る。折角もらった指輪を質に入れる羽目になる。三千円になった。大層な金額である。三日ほどすると、パトロンが来た。つや栄はニセのダイヤの指輪をはめている。ニセだから暗い所では光るが、昼間はだめ、ところが相手は昼来た。座敷に出たつや栄は、手あぶりの火鉢に手をかざし、くるくると動かしていた。何をしている、と問われて、手がかゆいから、と弁解した。パトロンは先刻ご承知だった。つや栄の手を押さえた。ガラスだから、丸で光らない。パトロンが、これで別れよう、とポンと五千円の小切手をくれた。気前のよい男で、別れもいさぎよい。

つや栄はさすがに新橋に居づらくなり、大阪に行く。恋人が大阪に行っている。だが恋人にはどうやら女がいるらしい。ここでも何だかだがあって、一応二人で所帯を持つのだが、うまくいかない。心中の話になる。日光の華厳《けごん》の滝に飛び込もうと、二人の体を結んで草履をぬいだとたん、山の上を馬子《まご》が鈴を鳴らしてやってきた。馬子唄を歌っている最中に、大きなクシャミを放った。その音で、我に返った。急に命が惜しくなる。心中未遂がきっかけで、二人は互いに熱がさめてしまった。別れた。しかし、つや栄には借金だけが残った。家の前の床屋さんに頼んで、保証人になってもらい、金を借りた。床屋さんは以来、毎晩つや栄の元に忍んでくる。夢中になり、つや栄に入れあげるようになった。身上《しんしょう》をなくしてしまう。

そして、大正十二（一九二三）年九月一日の関東大震災である。つや栄は浅草観音に朝早くお詣《まい》りした。余興の会があるので、三味線の糸をとりかえていたところに、グラッときた。神棚を背負い、位牌と三味線だけ持って、床屋さんの子（二つか三つ）と女中と三人で日比谷公園に逃げた。その夜テントに寝ていると、変な男が入ってきた。金を払うから抱かせろ、と言う。とんでもない、こんな非常時にと突っぱねた。朝の五時半ごろ兵隊さんがきて警備に当たってくれた。そこへ床屋さんが探しにきた。水が飲みたい、と訴えると、買ってきてくれた。コップ一杯で、五十銭という。しかもその水がお堀の水だった。売った人は捕まったらしい。ここにいても仕方がない。床屋で働いていた者が巣鴨にいる。そこへ行こう、と言うので、丸の内から歩いた。「その途中で、どんなに、おむすびを貰ったか、わからないわね、みんなあったかい、おむすびをくれるんですよ、ほうぼうで親切の人が——」。

三十三か四（本人は三十か三十一歳と言う）までの体験談である。このあとも、似たようなあれこれが展開する。もういいだろう。戦争中、つや栄は女の子を養女にする。その子が成長し、踊りを習う。ご本人は再び新橋芸者となった。

「六十四で初めてこれだけに——（改行）やっぱり苦労しながらも、娘を可愛がってやったから、娘があたしに、これだけのことをしてくれるし、世間さまからも、よくしていただいた、と言うことね」「娘の旦那が、とても、あたしをやさしくして、くださるのよ」

本書のタイトルの「三代記」というのは、初めの方に、新橋の花柳界で活躍した名妓たちの話が出ている。芸者と旦那のエピソードである。桂太郎とお鯉、頭山満《とうやまみつる》と洗い髪のおつま、等だが、これは新橋芸者気質の例を説明するつもりで語ったようである。

口に筆かむ　妻吉

梅ヶ谷藤太郎《とうたろう》と共に明治の相撲黄金期を築いた、十九代横綱・常陸山谷右衛門の艶聞を調べている。四股名《しこな》の通り、わが故郷、茨城県の出身である。水戸黄門こと徳川光圀公と並んで、三歳の童子も名を知っている。

前回、「艶聞」の一を取りあげた。今回は元舞妓の妻吉《つまきち》とのエピソードだが、いわゆる艶っぽい話とは違う。

養父に両手を斬られ踊れなくなった妻吉は（後述）、寄席に出て長唄や小唄を唄い生活する。旅興行にも参加した。静岡で常陸山、梅ヶ谷の一行が勧進相撲を行っていた。常陸山が妻吉と妻奴《つまやっこ》の二人を料亭に招待してくれた。妻奴は妻吉の相棒で、三味線を弾く。二人とも横綱とは面識が無い。横綱の方は、新聞で妻吉のことを知っていたらしい。好奇心から呼んだのであろう。妻吉は小柄ながら、きわめて美形の十八歳

であった。

何でもご馳走してやる、望みを言え、と横綱がご機嫌で勧める。妻吉が答える。

「ご覧の通り私には手が無いので、自分では食べられません。横綱が食べさせて下さいますか」

「よしよし。何が食べたい？」

妻吉は遠慮しない。うどんが食べたい、と言った。横綱はあっけに取られたが、すぐさま注文する（料亭は驚いたに違いない）。

さて、妻吉の好物がきた。常陸山は大きな太い指に箸を持ち、もう一方の手にうどんの鉢をつかんで、目の前の妻吉の口に麺を運ぶのだが、自分の太った腹が邪魔になり、うまく行かない。癇癪《かんしゃく》を起こした横綱は鉢と箸を置くと、正座した妻吉の体を宙につまみ上げ、自分の大あぐらの上にちょこんとのせた。そして、うどんを妻吉の口に運んだ。その場にいた者たちが、この珍景に爆笑した。

それからは毎日、妻吉に使いを寄こして招く。使いには横綱の一番弟子の小常陸が来た。関取がすぐ連れてこいと申します。車も面倒だから提《さ》げてこい、との命令です。そう言って、妻吉を料亭に「提げて」行ったという。

常陸山は妻吉をよほど気にいったらしい。そんな体で頼りないだろう？　俺が世話してやるが、どうだ、と訊く。妻吉は答えた。

「私《わて》、関取のお世話になるのんは、お妾《めかけ》になるのでつしやろ？　私《わて》、お妾になるのんは嫌やわほんまのお内儀《かみ》さんにしておくれやす」「そんな事を云つて逃げた事もありました」と『妻吉自叙伝　堀江物語』（駸々堂書店、昭和五年刊）で書いている。

妻吉は、本名・大石よね。大阪道頓堀の「二葉ずし」の長女に生まれた。兄が二人いる。

四歳で京舞の山村《やまむら》みねに師事し、十一歳で名取りを得て踊りの師匠になった。十三歳で堀江遊廓の山梅楼《やまうめろう》の養女となる。養父は中川万次郎といった。

中川は後妻《めと》を娶ったが、この妻が中川の甥と恋仲になり、二人は出奔した。事件はこれが発端である。妻の行方を中川は必死で探す。妻の家族が居所を知っているに違いない、と母親と弟妹を山梅楼に呼び寄せた。しかし、彼女らは全く知らないらしかった。

明治三十八年（一九〇五）六月二十日、十七歳の妻吉は山梅楼の二階で目をさました。午前二時半頃である。激しい雨の音が聞こえた。左の頬を枕につけたまま、ぼんやりと十二畳の座敷を見た。縁の方に、首が転がっている。夢を見ているのだろうか。妻吉は何だかよくわからない。首は、どうやら駆け落ちした養母の弟らしい。悪い夢を見ているんだ。そう思い、左枕を右枕に寝返った。とたんに、枕が外れた。

「今思ふと、枕の外れたのは、万次郎が足の爪先で掻《か》い除《の》けたゝめかも知れません」

無意識に枕を直そうと、手を伸べた。その時、枕元に人の気配をはっきり感じた。顔を振り向けると、男が刀を提げて立っている。刀の先から血が滴っている。強盗？いや、万次郎だった。妻吉は飛び起きた。「『あッ、お父《とう》ちゃん』――さう云つた時に私の両腕は、左は畳の上に、右は五分ほどの皮をのこして、ぶらりと下《さが》つてゐたのです」。

妻吉は声を上げて転がった。刀の刃が口から頬の方に走って歯に当たった。万次郎は悠々と次の三畳間に歩いていく。そこには妻吉の朋輩の梅吉が寝ている。叫ぼうとするが、声が出ない。異様な物音と、梅吉の叫び声。二人が入り乱れて走る音と、悲鳴。バサッという音。にわかに、静まり返った。

万次郎が階下に下りていく。階下でドシンとにぶい音、うめき声、養母の妹の助けを求める声、老母の命乞い、物を引きずる音、すさまじい悲鳴。静かになった。

血の海に転がった妻吉は、耳だけが冴えている。万次郎が二階に上がってくるのだ。みしみしと階段を踏む音が近づく。妻吉の枕元に寄って、鼻に手を当てた。息があるかどうか見ている。妻吉はとっさに死を装った。呼吸を止めたのである。万次郎が手を離した。

謡曲のひと節を歌いながら、階段を下りて行く。そして二階で着替える様子、やがて雨戸を開け、戸外へ出ていく気配である。家の中は全く静まった。恐ろしい苦痛が襲ってきた。「今まで、夢我《(ママ)》夢中であった私の体の感覚が、一度に鉄の鎖で締めつけられて、重い石で圧伏されました」。

二時間後、妻吉は近所の人や警官たちに助けられる。病院に運ばれ、手当てを受ける。麻酔剤からさめた時、妻吉が発した第一声は、「私《わて》、お腹《なか》が空《す》いて、どむなりまへんよつて、御飯食べさしておくれやす」だった。

この気丈さが、彼女の生命力であろう。妻吉は鯛の刺身で（これも所望した）、ご飯を三杯平らげた。「私の『生きて見せる』『なアに私《わて》、死ぬものか』といふ突ツ張つた意地が斯《こう》させたのです。私の瀕死の体が御飯を食べたのではありません、私の意地がそれを食べたのです。私の繊弱《かよわ》い体が蘇へつたのではありません。私の意地が体を蘇へらしたのです」。

これが当時の新聞を賑わせた事件で、「堀江遊廓六人斬り」と称される。

歌舞伎の演目の一つに、「伊勢《いせ》音頭《おんど》恋寝刃《こいのねたば》」という芝居がある。伊勢古市《ふるいち》の遊女、油屋お紺が、愛人、福岡貢《みつぎ》のためを思い、嘘の愛想づかしをする。これを真実と誤解した貢が逆上し、油屋で大勢を殺傷する。

　偶然にも当夜、遊廓そばの堀江座にこの芝居がかかっており、妻吉が気分晴らしになるからと、養父を見に行かせている。惨事は芝居から帰ったあとで起きた。伊勢音頭は俗に油屋十人斬りと呼ばれている。この俗称に事件が当てはめられたわけだ。

　たった一人、生き残った妻吉は、養父は乱心したものと受け取り、恨んでいないどころか刑死した万次郎の石塔を建て永代供養をしている。

　松川家妻吉の芸名で旅興行に出ていたある日、カナリヤのオスが口移しでメスにエサをやる様子を見た。口が手の役をしている、と妻吉は発奮した。おのが口に筆をくわえ、絵を描いたり文字を書く練習をした。小学校の教師に文字を教えてもらった。必死の努力を重ねた結果、自在に筆の先をあやつれるようになった。歌を詠み、文章もつづるようになった。

「くちに筆とりて書けよと教えたる鳥こそわれの師にてありけれ」

「学ばざる身なれど文字を書くというそのよろこびをくちに筆かむ」

　結婚もした。相手は日本画家である。二人の子にも恵まれた。ある晩、夫が腸捻転を起こし苦しんだ。激痛がすると訴える夫の患部を、妻吉は撫でさすってやれない。自分は名ばかりの妻でしかない。夫に申し出て、協議離婚をした。子は妻吉が引き取った。子どもたちに二人の母があってはならない、と考えたからである。帯地の絵を描いて、生活費を稼いだ。上流家庭を訪問し、注文を取る。奥様が留守の時は、自分が詠んだ歌を記した色紙を見本代わりに女中にあずけた。歌をたしなむとは珍しい、と好奇心から会ってくれた。

「ぬば玉の小ぐらき庭に吾子《あこ》二人花火たきおりわれるすの間に」

行商から戻ったら、幼い二人が花火で遊んでいた。

「叱りながらわれも思わずなみだしぬ父をはなれし子ゆえ母ゆえ」

そんな妻吉に突然、痙攣《けいれん》が襲う。医師が職業的痙攣だと診断した。作家やピアニストが指が動かなくなるのと同じで、治療法は無い。安静にしているのが養生であるという。

妻吉は出家を決意する。高野山に登り得度し、順教《じゆんきよう》という法名を授けられた。

「たなごころあわせむすべもなき身にはただ南無仏ととなえのみこそ」

京都山科《やましな》大本山勧修寺《かじゆうじ》の境内に、身体障害者の福祉相談所「自在会」を設立、その人たちを受け入れて一緒に生活した。これより福祉活動に専念する。昭和十一（一九三六）年のこと、妻吉は四十八歳である。戦時中は陸軍省に乞われて、中国の軍病院や駐屯の部隊を慰問に回った。戦争が終わった。「翁《おきな》さびわれも姥《うば》とはなりにけり世は新らしくうつりかわれど」。

　嬉しいことがあった。

「たくましき男《おのこ》となりて南洋の海の果より吾子かえり来ぬ」

　息子は嫁を迎える。

「嫁の母と火桶かこいて語らいぬ過ぎにし吾子の古き事ども」

　孫が生まれた。女の子である。のびのびと成長する。

「祖母《ばば》様はだるまのお手々神様に一つ貰えと初孫《ういまご》はいう」

　昭和四十三年、八十歳で遷化《せんげ》した。

　入浴、掃除、洗濯など、すべて人手を借りず自らこなした。トイレはどうするのですか？　と訊かれて、あなたが両手を切ってきたら教えてあげよう、と笑って答えた。

浮かれ柳　喜代三

「喜代三《きよぞう》」を、ご存じだろうか? いわゆる「ナツメロ」ファンなら(それもかなり年輩の)、ああ、「明治一代女」の歌手、と思いだすかも知れない。「浮いた浮いたと浜町河岸《はまちようがし》に 浮かれ柳の恥ずかしや」の歌である。

映画ファンなら(それも相当マニアックな)、ああ、山中貞雄監督の「丹下左膳余話 百万両の壺」に出た矢場の女、と言い当てるだろう。櫛巻《くしま》きお藤《ふじ》、という役で、歌も歌う。美声である。色っぽい。

それも道理、喜代三は元芸者である。鹿児島で売れっ妓《こ》となり、上京して、新橋喜代三を名乗った。鹿児島時代は喜代治《きよじ》、一本、出世したので喜代三と、これは自分でつけた。

この人には、『多情菩薩』(学風書院、一九五八年刊)という自叙伝がある。本書は、芸者の世界を知る好資料であり、ライカの人物写真で著名な木村伊兵衛の、知られざる若き日の姿が見られる読み物でもある。何しろ彼女は木村と心中を図った仲なのだ。木村は二十歳、喜代三（当時の源氏名は蔦奴《つたやっこ》）は十八歳である。

売れっ妓であるから、当然、さまざまな艶《つや》ばなし色恋沙汰が展開する。彼女はそれらを包み隠さず、あっけらかんとつづる。これが喜代三のお人柄である。南国の女らしく明るく、割り切っていて、気持ちいい。

歌手として人気絶頂の時に、作曲家の中山晋平夫人に収まるのだが、すると、これを金にしようと企《たくら》む手合いが現れる。奥さまがお若い頃、お風呂の中で立っている所を、正面から写した写真が、まわり廻って私の友人の手に入った。中山先生の顔にも関わることですから、流出を何とか防ぐようになさらないといけません。とこういう話である。「私は、そんなものがあったって驚きはしないから、どうぞそちらで、よろしい様《よう》になさって下さい。とつっぱねた」

どうです、この一行で喜代三という人がおわかりだろう。女の魅力が、といってよい。更に、彼女の文体の面白さも、である。

ものごころついた頃、両親は旅館を営んでいた。近所の子らを集めて、「遊廓ごっこ」をする。箒《ほうき》を三味線に見立てて歌う。雨の日、一人で遊んでいると、「どこからか人の泣くような声がする。なんの気なしにガラス越しに、そこへ座って見た。先方は子供と思ってか、別になんともいわない。大人があんなに、子供のようにお乳を呑むものかと、羨《うらやま》しそうにガラスに顔をくっつけて見た。こんな場面を見てから、子供心にも、人にいうことじゃないと思った」

抑制が効いた、一種の名文である。「羨しそうに」が、子どもの心理を衝いている。父が女をこしらえ、一家は暗転する。喜代三（本名・今村《いまむら》たね）は長女で、芝居小屋に住み込み奉公をする。飯を炊き、小屋で売る落花生を袋詰めし、使い走りをする。そうして、十三歳になった。三十五、六歳の妻子持ちの幹部役者が好きになった。「大して可愛がってくれるのでも無いのに、ある日お煎茶を一袋持って、部屋を尋ね（ママ）ると、不思議な顔で私を見る。私はそそくさと、逃げ去った。やはり尊敬の気持だったろうか、自分自身判らない」

これだけで、十三歳の微妙な内面が鮮やかに捉えられている。

十五歳、まとまったお金がどうしても必要になり、彼女は芸者を志願する。八重丸《やえまる》の名でデビューした。そして、やがて、老人に「水揚げ」をされる。芸者が「一度はくぐる道」である。彼女の、波瀾万丈の生涯が、ここから始まった。借金をきれいにするため、台湾に渡る。四年の年季で、千五百円という話に乗った。台湾で芸者稼業も面白いだろう、という好奇心もあった。バナナを、いやというほど食べてみたくもあった。そこで上陸して、旅館の番頭に五十銭渡し、これだけ買ってきてほしいと頼んだ。お安い御用と承知してくれたが、買ってきた量が、なんと背負い籠に八分目くらい入っている。「さすがの私も驚いた。あんまり安いので、二、三本で食べる気がしなかった」

蔦奴の名で座敷に出ると、じきにいい客がついた。綿布問屋の台南支店長である。奥さんにしたい、と言う。蔦奴も満更ではない。そんな時に現れたのが、木村伊兵衛だった。大正十（一九二一）年のこと、最初、男三人で店（高砂《たかさご》）に来た。芸者遊びで名高い江戸っ子たちだった（木村は下谷《したや》の生まれ）。蔦奴が度肝《どぎも》を抜かれたのは、この三人が唄と口三味線と踊りが玄人《くろうと》はだし、まるで役者かと思えるほどである。それだけ高い月謝を払っていたわけだ。三人は「安部商会」に勤めている。蔦奴と木村は互いに、いわば、ひと目惚れだった。そしてすぐにお安くない仲になった。

木村は乗馬の教授もしていた。教練所に見に行くと、木村は見事に馬を乗りまわし、走りながら毬《まり》をすくったり、馬も人も横倒しになるような姿勢をとった。日曜日が教練日で、木村は何人かの弟子を持っていた。ある日、蔦奴を奥さんに、と約束していた綿布問屋の支店長が現れる。彼は店の金に手をつけて、問屋を馘《くび》になっていた。今は誰の世話になっているか、と訊かれて、彼女は正直に答える。元支店長は、木村なら知っている、以前、乗馬を習ったことがある、引き合わせてくれ、と言う。蔦奴は仕方なく木村を呼びだす。元支店長は、蔦奴は一年ほど自分が面倒を見ていた、と話し、どうか彼女をよろしくお願いする、幸福にしてやってほしい、と頼む。木村は不機嫌な面持ちで聞いている。

その夜、木村が心中を持ちかけた。ここに薬がある。酒と共に一気に飲もう。「私は帯をとき、きちんとたたみ、着物も袖たたみにし、紐類をその上に置いて長襦袢《ながじゅばん》一枚になった。床の上に座わり、コップに酒を八分目ほど入れ、その毒薬を中へ入れた。二人は半分づつの毒薬を呑んだ。みるみるうちに身体が、しびれて来た。あお向けになり、胸の上に手を組んだ」

朝ぱっと眼がさめた。心中したはずだ。自分だけが助かったのか。隣に横たわっている木村を揺すぶった。

「『なんだ』『アラ、夕べ毒薬呑んだでしょう。どうして、きかなかったのかしら』そういうなり私は泣き出して仕舞った。『もういいんだョ。お前の心がわかったよ、今日は店を休んで、東京の両親へ二人で手紙でも出そう』そういわれると、嬉しかった。それにしても、何を呑まされたのだろう」

風邪薬だったのである。

「『マアひどい。さんざっぱら泣かせておいて、私の心をためしたのネ』『だから判ったんだョ』私は彼に抱きついてしまった。お昼の食事をしながら私は思った。（生れて初めての楽しい日ではなかろうか）」

この場面の描写など、実に真に迫っている。末尾の一行は、哀切ですらある。

本書の序文を、吉川英治が書いている。「自分の歩いてきた苦闘の人生を、ともかく大胆卒直によくかいている」と言い、「文章で読ませる書物ではないが、この人の真実と、努力をかってあげたい」とある。

しかし、私は逆に、文章で読ませる書物だと思う。引用の文例で、納得いただけるだろう。一種独特の、歯切れのよい文体である。

蔦奴は木村の両親にも気に入られた。伊兵衛は一人息子で、大切に育てられてきた。実家は帯締めを機械で織る織元であった。しかし、当人同士が好きあい、両親も祝福する理想のカップルでありながら、スムーズに事は運ばない。一つは、蔦奴の借金がある。また、蔦奴の父と伊兵衛の気が合わない。結局、娘も断念したと父が先方に断ってしまい、木村の両親が激怒する。息子や私たちに約束しておきながら、今更あきらめたとは何事か、というわけである。蔦奴は、決意する。「どんなに、あせってみたところで、ある縁なら自然に結ばれようが、もうこれ以上どうにも、ならないのかも知れない」

木村の母あてに、わび状を出す。

「父がびんぼうな上に弟妹は八人という大家族で（注・その後二人生まれた）私がそばにいて孝行しなければ、とても一家は立って行けそうもありません。芸者として私は一生を終るつもりです。どうぞ私の事は、おあきらめ下さって、よいお嫁さんを、お迎えになって下さいませ」

大正十二年九月一日、関東大震災で、木村の家も焼けた。蔦奴は見舞い状を出す。焼け跡にバラックを建て、無事に皆すごしている、と木村の母から返事がきた。蔦奴は鰹節を二十本送る。礼状がきて、伊兵衛も嫁をもらいました、とあった。

「それでよかったのだ。誰が悪いという事もない。結局、縁がなかったのだと安心した」

そう、縁なのである。

大正三年、彼女は小学校から帰ると、ランプ掃除に精を出した。「カチューシャの唄」が流行していた。この歌を口ずさみながら、掃除をするのが好きだった（ラジオのない時代に、はるか南の地でも親しまれていたのだ）。

それから十数年後、愛唱歌の作曲者と結ばれるとは、まさに縁としか言いようがない。「カチューシャの唄」は、中山晋平のデビュー作にして大ヒット作なのである。「文芸座」の島村抱月に命じられて作曲した（晋平は抱月の書生だった）。トルストイ原作「復活」の劇中歌である。「カチューシャかわいや／わかれのつらさ／せめて淡雪とけぬ間と／神に願いをかけましょか」。

詞は抱月が作った。どうしても曲ができぬ。晋平は師に訴えた。神に願いをの次に、ララと囃子言葉を入れさせて下さい。師が承諾し、曲が完成、松井須磨子が歌って流行した。

晋平は鹿児島で喜代三から「鹿児島小原《おはら》節」を教わった。この民謡の前奏とメロディが、「東京音頭」にとり入れられている。

晋平は昭和二十七（一九五二）年に逝去、喜代三はその十一年後に五十九歳で亡くなった。

御場所の娘　和田英

世界文化遺産に認定された群馬県の富岡製糸場は、明治五（一八七二）年七月に完成した。政府直営の、西欧技術による製糸工場である。建物の落成と同時に、フランス人技師の指導で、若い女性たちにより作業が開始された。彼女たちは、「富岡伝習工女」と呼ばれた。ここで覚えた技術を、全国で操業される製糸場に伝える役を荷っている。大方が、武家の娘たちである。

明治六年四月現在で、五百五十六人の工女が働いていた。内訳は、長野県出身者が百八十人で最も多く、ついで群馬県の百七十人、埼玉の八十二人、次が山口県三十六人である。これはおそらく薩長閥の関係だろう。宮城県十五人、山形県十四人、静岡県十三人と続き、東京からも二人加わっている。山口県の工女の中には、井上馨の姪や、長州藩の重臣だった長井雅楽《うた》の娘もいる。

ところでこれだけの人数の、当時はインテリであった士族の娘が時代の先端を行く職業に就きながら、現場の様子を記録した者が一人しかいない。

和田英《えい》、である。英は旧姓を横田といい、信濃国松代《まつしろ》藩の百五十石取りの家に生まれた。父は明治の世に区長になった（のち初代長野県埴科《はにしな》郡長）。英は二女で、弟に、第十四代大審院長（現在の最高裁判所長官）になった横田秀雄と、鉄道大臣になった小松謙次郎《けんじろう》がいる。

県庁から富岡伝習工女募集の通達がきた。英の父が地域に触れ回ったが、一人の応募もない。生き血をとられるといううわさが立っていた。父の苦境を見かねた英は、志願を申し出た。時に十五歳である。工女の条件は、年齢十五から二十五歳であった。区長の娘が行くと知って、志願者が次々と現れた。結局、松代から十六名が、富岡行に決まった。出立したのは、明治六年三月二十八日である。

英は富岡製糸場で一年三カ月間、工女生活を送った。郷里に帰り、松代に出来た民間の製糸場、続いて長野県営の製糸場で指導者として働いた。五十歳の時、富岡での思い出をつづった。「明治六・七年松代出身工女富岡入場中の略記」という。病いに臥《ふ》した母・亀代子《きよこ》を慰めるために書いた。

続いて、「大日本帝国民間蒸汽器械の元祖六工社創立壱年の巻　製糸業の記」をつづった。こちらは六工社《ろっこうしゃ》の創業者を顕彰するために書いたようである。
以上の二篇が『富岡日記』『富岡記』の書名で刊行されたのは、昭和六（一九三一）年である。一般に広く知られるようになったのは、昭和四十年に、二冊を『富岡日記』の名で東京法令出版が出版してからである。

英の手記は、製糸場の雰囲気や作業の手順などはよくわかるけれど、面白いエピソードに欠ける。母のための執筆、という動機が、自由を束縛したように思える。肉親の前では、あまり冗談が言えないものである。まして英の母・亀代子は、非常に厳格な女性で、英は亀代子の言葉を書きとめた「我が母の躾《しつけ》」という一文を草している。数少ないエピソードの中から、二つだけ紹介しよう。

富岡製糸場は寄宿制度で、自由に工場外には出られない。労働時間は八時間で、週六日制、入浴はほぼ毎日、食事は三度出て、給料も支給された。夏冬のボーナスもあった。花見や盆踊りのレクレーションも行われた。仕事着も配られた。

ひと部屋に原則三人（部屋の大きさは六畳に押入が二つ）入る。英たちは四人部屋だった。夜具は一人につき大き目の蒲団《ふとん》が二枚貸し渡された。冬は寒さしのぎに皆体を寄せあって寝た。

トイレは離れている。英の部屋からは四十メートルくらいある。廊下には掛け行灯《あんどん》が灯っているけれど、夜は暗い。怖いから連れあってトイレに行くのだが、英は人並みはずれて近い。そうそう連れがいない。仕方なく、一人で行く。行く時は静かに歩くが、帰りはいつも駆け足で、部屋に入る時、つい障子を強く閉めてしまい、同室の者から小言を食った。

寄宿舎には、怪談があった。長い廊下に、狸《たぬき》かムジナが出て、いたずらをする。トイレから毛むくじゃらの物が顔を出したりする、という。

ある晩、同室の四人で、東はずれの二階部屋へ遊びに行った。夜更けに自室に戻ろうとしたら、廊下の明かりが消えている。

中階段のそばの部屋に青い火が灯っているのが見えた。確かここは空き部屋のはずだが、と英はけげんに思ったが、皆に言うと恐ろしがるだろうから黙って通り過ぎた。

次の階段を下りながら、一人が、今の火は何でしょう？　とふるえ声で言った。一同、キャッと叫んだ。走って走って自室に戻った。蒲団にもぐりこみながら、口々に言いあった。四人とも火を目撃したのである。しかし、おのおの見た場所が異なる。英は破れ障子から見えた。「後の三人は階子《はしご》のすみ又ははしご段の通り。その翌朝早々参って見ますと、障子はやぶれておりません。これはただいまでもふしぎと思っています。その他色々のことを申す人が有りますので、実に夜分恐ろしくて困りました」。

明治七年七月、英ら松代伝習工女は全員帰国の途に着いた。仲間たちにいとま乞いをすると、皆涙を流した。静岡出身の娘が英の髪に桃の小枝を挿してくれた。暑気あたりしないまじないだと言う。

その当時、富岡製糸場は、「御場所《おばしよ》」と呼ばれていた。所長は元より、町の人たちも敬ってそう言っていた。

さて英は前述の通り、今度は地元で活躍する。六工社で教師となり働く。開業二年目に、こんな出来事があった。

ある朝いつものように出勤すると、帳場の前に貼り紙があって、何事にかかわらず上司に申すべし、じかに帳場に申すまじきこと。上司の指図にそむいてはいけない、うんぬんとある。英はその上司であるから別に気にもとめず、仕度をして工場に行くと、見知らぬ二人の工員と、肥満した二十七、八歳の婦人が、わがもの顔に廻っている。彼らは娘たちに注意を与えている。しかし、富岡帰りの英たちには遠慮している。工場主や所長から何も話がない。

その日の仕事が終わり、英の部屋に娘たちが集まってきた。娘たちの話で見知らぬ男と女は福島県二本松の製糸場にいた人で、どうやらここの工場に雇われたらしいとわかった。富岡帰りの工女らに負けない技術を持っている、と自慢したそうだ。英はくやしさに泣きだした。他の者も泣く。そして英たちは、仕事をボイコットした。

ひとまず、英の家に行く。英が母にわけを語ると、もっともな話だ、そんな所には居ない方がいい、と賛成した。そこへ所長が飛んでくる。母が弁じる。もはや英を出さない。優秀な人たちが宰領するのだから結構なことだ、彼らに任せればよろしい。所長は涙をこぼし懇願する。母は、頑として受けつけない。

翌日、英たちは一人も出勤しない。午後、経営者が詫びに来た。若い者たちが二本松にいた工男と工女を推薦するので雇ったのだが、教師や上司にするつもりはなかった。ところが昨日、これこれで富岡帰りの人たちが引き揚げたと聞き、不思議なことだと思っていた。理由を聞いて驚いた。けさ、例の男女に実際の作業をさせてみたら、てんで糸が取れない。これには一同あきれてしまった。すぐに解雇した。すべて自分の不行届から起こった事、何とぞ水に流してこれまで通り勤めてほしい、と頭を下げた。

英たちは機嫌を直し、復帰した。母が英に言った。「これからは荷が重くなるよ。経営者は折角雇った人を追い出してお前たちの顔を立てたのだから、この件については今後も何も言わないように。一所懸命に働いて、つまらぬことには苦情を申さぬように」。

明治八年、英が十八歳の時である。これはもしかしたら、わが国産業ストライキの走りではあるまいか。

英は三年後、操業の県営製糸場の教授に任ぜられた。そして二十三歳で製糸工女をやめ、結婚した。

英が七十二歳で亡くなったのは、昭和四年のことである。

昭和五十一年、上条宏之氏の詳細な校訂と解題により、『定本 富岡日記』が、創樹社から出版された。この本には、「我が母の躾」も収録されている。亀代子の教訓集だが、当たり前の言葉が多い。しかし、英が書きとめたことに意味があるので、二、三、英の文章を紹介する。

「人はいかなる身分にしても決して遊んで居てはならぬ。一生、命の有る限り、手足のきく間、働かねばならぬ。楽をしようとするから泣くようなことが出来るのだ。人は苦労するために生れて来たので、決して楽をするために生れて居るのではないと、常々申聞かされました」

「子供の内から人に物をもらうくせの付かぬよう注意せねばならぬ（略）止むを得ず友達から貰うたらそれ相当のおうつりをやらせるようにせねばならぬ」

「人からいかなることをされても決してうらみを返してはならぬ。自分が誠をもって報ゆる時は、遂に先の人も前非を悔ゆるようになる。又自分を悪しくいう人があったら、そのことをよくよく考え、少しにても自分に落度が有ると思わば直ちに改めよ（略）一生かかってなりと自分だけ正しくして終りを全くするが人の道だ」

英の弟の秀雄は、十六歳で長野師範学校に入ったが、東京遊学の希望を母に伝えた。親戚一同が堕落すると猛反対したけれど、母だけが賛成し、秀雄を送りだしてくれた。その時の母の一言が、秀雄を励ました。母は親戚の人にこう言った。「私はあの子を信じます」。

女優人生　森赫子

平成二十二年（二〇一〇）に亡くなられた高峰秀子さんは、一代の名女優であると共に、類《たぐい》まれなる名文家であった。味のある文章をつづるかたは、内容もすこぶる面白い。私は高峰さんの著書は全部読んだ。ところが、いろんな雑誌に、けっこう短文を書いている。本にまとめられていない文章が多い。種々のコンクールの選者も務められていて、選評を記している。それから写真集の構成編集もなさっている。

たとえば、昭和四十四（一九六九）年にノーベル書房から出た、『ニンフェット十二歳の神話』という、剣持加津夫の写真集がある。当時、シャンプーのテレビコマーシャルで人気だった梅原多絵というタレントの写真集だが、これの編集は高峰さんで、表紙にも明記されている。この写真集を入手したいのだが、現在ではまず望みがかなわぬ。なぜなら、少女のヌード写真集のため、児童ナントカ法によって流通が禁

じられているからだ。芸術写真なのに、と主張しても始まらぬ。

高峰さんには他に推薦文がある。たとえば、『壺井栄全集』の出版案内のチラシに、『二十四の瞳』について数行の文章を書いている。どんな短いものでも、決して手を抜いていないのが、彼女の真骨頂である。

某市の市民会館で講演を依頼された。終わって帰りがけ、玄関横でバザールを開いていたので立ち寄った。古本を並べていたからである。

森赫子《もりかくこ》の『女優』（実業之日本社、昭和三十一年刊）という一冊が、目に止まった。古本ではよくある本だが、帯が付いているのが珍しい。何気なく手に取ると、高峰さんが推薦文を寄せている。他に、作家で演劇評論家の戸板康二氏、作家の佐多稲子氏が書いている。昔、読んだ本だが、高峰さんの帯文は初めてだった。コレクションに加えるべく求めた。

高峰さんは「赫子さんの半生が、私にも共通した点で身につまされる想いがし」、読んでいて目頭が熱くなった、と記している。

要するに、本人が好まないのに、女優として育てられた身の上が、自分とそっくりだ、と言っている。高峰さんは五歳で映画に出た。『母』という、「日本人好みの新派大悲劇」「女性映画の決定版」「ハンカチ映画」（高峰秀子『わたしの渡世日記』上下巻、朝日新聞社、昭和五十一年刊)である。このデビュー作で、「天才子役」と認められた(ちなみに詩人の立原道造が、日記でそう記している。立原は高峰をいち早く天才と証言した一人である)。偶然のように出演した映画で人気を得たために、高峰秀子はいや応なく女優に仕立てられていく。夢中になったのは、彼女の養母であった。養母はもはや秀子を金を稼ぐ道具か何ぞのようにしか思わない。

では、森赫子は、どうであったろう。赫子は秀子より、ちょうど十歳上である。秀子と正反対の、お嬢様の生まれである。生家は官営に移行する前、口付き紙巻きの天狗煙草を売り出して大当りした銀座の煙草屋で、「驚くなかれ、税金わずか三十万円」の奇抜な看板で有名だった。明治十三(一八八〇)年のことだが、当時はキセルにキザミ煙草が主流だった。当主は岩谷松平《まつへい》といい、赫子の祖父である。赤色が大好きという奇人で、着物も馬車も赤、家まで赤く(天狗が赤である)、それで孫に赤を二つ並べた赫子と命名した。

松平には妾が十人近くいて、子や孫が五十数人、全員を敷地に家を建てて住まわせていた。赫子の父は松平の長男である。母は政治家の森肇の娘であった。母の妹が律子で、帝国女優養成所の第一期生である。

赫子が六歳の時に、母が病死した。森家が岩谷家を嫌い、赫子は叔母の律子の養子になった。二つ上の姉が森の本家の子になった。

　大正十二年（一九二三）九月一日の関東大震災には、築地明石町の律子宅で姉と遭遇した。一家は築地河岸の石炭舟に避難した。ところが、火の手が迫る。どうせ死ぬなら陸へ上がって、宮城前へ行きましょう、と律子が十歳の赫子や姉、祖母、車夫、女中たちをせきたてた。彼女たちが下りると、舟は沖へ出ていった。赫子たちは宮城前広場にたどりつくと、隅に風呂敷を敷いて腰を下ろした。翌朝、車夫が築地の家がどうなっているか、様子を見に行った。焼失していた。あの石炭舟も沖で人を乗せたまま焼けて沈んだということだった。赫子たちは渋谷の岩谷家を頼った。そのあと律子のひいきであった九段の安田家の離れを借りて住んだ。秋晴れの一日、姉と赫子は庭を歩いていた。裏の方に柿の木があり、赤くなった実が鈴なりになっていた。二人は苦労して三つばかりもぎとった。そして、かじった。「『甘くない』『でも渋くもない』と、云いながらも喰べてしまった。翌日、どうして分ったのか、二人は叔母に呼ばれて坐らされた」。

　安田家からお宅に柿泥棒がいると言われたけれど、まさかあなたたちは、そんな恐ろしいことをしないでしょうね、と質《ただ》され、嘘をつくのが大嫌いな赫子は、姉と取って食べたと白状した。どうしてそんな悪いことを、と叔母が嘆き、私があなたたちの代わりに赤い着物を着て刑務所に連れていってもらう、と言った。庭の柿を三つもいだことがそんなに悪いことなのか、と赫子は納得できない。あなたたちを死んだお母さんから預かっているのだ、それなのに泥棒になって、何の申し訳が立とう、と悲しそうな声を出して、白いハンカチで目を拭う。赫子は、嘘泣きだ、と思った。泣いているように見せているだけで、涙なんか出ていない、と冷静に見ていた。

赫子はやがて跡見女学校に上がる。同時にピアノや長唄や踊りの稽古に通わされた。女優の準備である。姉は嫁にやられ、赫子は学校を卒業と同時に、蒲田の松竹映画に入社させられた。

「各新聞には私の丸いお饅頭のような顔とともに律子の娘、映画界入りが報ぜられた。母の顔である」（母の知名度で温情的に採用されたという意味）。しかし、大部屋女優である。毎日、挨拶回りだった。十九歳というから昭和七年である。してみると、映画デビューは十歳若い高峰秀子の方が早い。高峰は昭和四年である。

ある映画の主役が急病になり、赫子が代役に選ばれた。監督の命じるままに演じた。ファンレターが何通も届くようになった。道を歩くと、「ほら赫子よ」と人々がささやく。「しかし私はそれが堪らなく嫌だった。――『私だって同じ人間よ、見世物じゃないわ』と心の中で叫んでいた。そしてどうも自分はこういう派手な仕事に向かないのではないかと疑問を持ち始めた」。やがて赫子は、新派の舞台に出るようになる。新参者のくせに生意気だ、と先輩にいじめられ、一方、ママ（律子）のお蔭で幸福な人、とねたまれた。赫子は少しも幸せでなかった。「ママの命令どおり生きている操り人形のような気がしていた」。

本屋で哲学や宗教の本を探して読む。面白いので次々と読む。ママはそれを知って、本なんて読む必要はないと止めた。友だちとつきあうことも許されなかった。このあたりのシチュエーションは高峰秀子と、全くそっくりである。どんな役をもらっても、いやだと言わずに受けた。歌ったり踊ったり、さかだちをする場面があっても、自分にはできないと断らずにこなした。五日くらいしかない稽古期間に、無理をしても、それらの芸を習い、自分のものにした。この辺も二人は姉妹のように似ている。赫子に来る結婚話は、すべてママが断ってしまう。「芸を夫と思えばいいんです」と言う。高峰秀子の養母も同じだった。

昭和十四年、赫子は溝口健二監督の『残菊物語』に出演を依頼された。六代目尾上菊五郎の義理の兄、尾上菊之助の悲恋物語である。菊之助は、花柳章太郎が演じる。相手役の菊五郎の乳母（お徳）は、田中絹代や飯塚敏子、北見礼子が予定されたが、病気や溝口のイメージに合わないなどの理由で、撮影途中で赫子が起用された。花柳章太郎の回顧録『役者馬鹿』（三月書房、昭和三十九年刊）によると、松竹の大谷社長、溝口、花柳の三者で再考に再考を重ねた末、赫子に白羽の矢が立った、とある。決め手は、「彼女の勘のよいことを三人が認め」たのであった。

「お徳の臨終のシーンに四日かかったり、練りに練ったのだが、外来の助演者と撮影スタッフの反感は意外に強く、赫子の鏡台に「『お前なんか映画へ来る女優じゃねえや』なんて落書が貼られたりした」というから、相当いじめられたのである。

赫子は、しかし『女優』の中では、それらのことは一切語っていない。徹夜を二十何日した、とか、しまいには目がさめると昼だか夜だかわからなくなった、と述べている。ただし、仕事の無い日は叡山ホテルへケーブルカーで昇って、京都の町の夜景を眺めた、とあるから、一人でくやし涙に暮れていたのだろう。

『残菊物語』は、昭和十四年度のベストテンに選ばれ、文部大臣賞を得た。赫子の演技も大いに評価された。

正直言って、女優としての森赫子の名は、この『残菊物語』一本によって、現在も残っている。後世の私たちは、赫子の生身の舞台を知らない。フィルムで見るだけである。彼女は花柳と何本か映画を撮っているけれど、秀抜な演技というなら『残菊』が一番だろう。

自伝『女優』によれば、この『残菊』に抜擢される前、演出家のSに力尽《ちからずく》で貞操を奪われる。Sは妻帯者だった。赫子はそれらのことを、正直に記す。

赫子の後半生は、残酷である。不幸な結婚をし、目をわずらい、あげく、失明に至る。高峰秀子さんの「女優人生」と正反対だが、二人に共通しているのは、どんな逆境にあっても希望を捨てない強さで、これは私たちが見習うべき生き方であろう。

わが前に並ぶ

黒田米子

女性解放、婦人参政権運動に尽した平塚らいてう（本名・明《はる》）は、女学生時代（十五、六歳頃）富士山に凝り、富士に関する絵はがきや雑誌、写真などあらゆる物を収集した。

当然、自分の足で登りたく、父に願い出たら、「女や子どもの行くところじゃない」と一喝されてしまった。彼女の富士山熱は、その当時（二十世紀初頭）ぽつぽつと女性の登山客が現われ、新聞で賞讃されていたから、あおられたのである。

富士山は明治五年（一八七二）に政府の布告で女人禁制が廃止された。しかし、山頂を目ざす女性は限られていたようだ。

日本山岳会が創立されたのは明治三十八年で、翌年、野口幽香《ゆか》という女性が入会している。彼女は同年、岩手山登山に成功した。

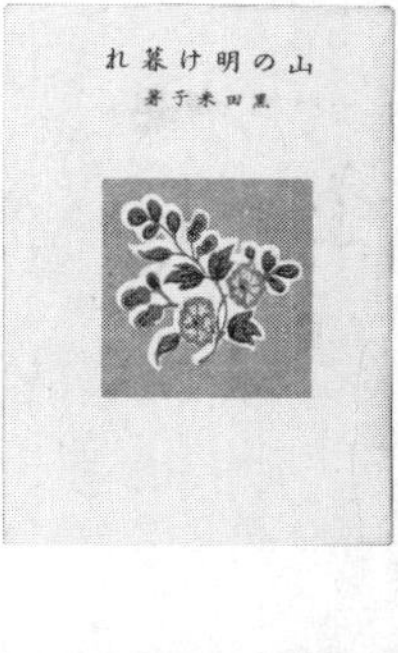

黒田（旧姓・村井）米子《よねこ》は女性登山家の草分けの一人だが、彼女が富士に登頂したのは大正六（一九一七）年である。米子は十六歳、弟と二人で登っている。翌年の夏、両親と弟で木曾御嶽山《おんたけさん》に福島から登った。父のみ王滝《おうたき》村に残留、研究に励んだ。

何を研究していたかというと、木食《もくじき》についてである。米穀を断ち、木の実を食べて修行する僧を、木食上人《しょうにん》と呼ぶ。有名なのは秀吉の庇護を受け、高野山金堂・興山寺を再建・建立した木食応其《おうご》である。室町末期の真言宗の僧で、元は武士であった。高野山で出家したのち、木食修行をした。

米子の父は研究の成果を、『木曾の神秘境　附・甲州身延山《みのぶさん》』という本にし、大正九年、実業之日本社より出版した。父は食物研究に熱中し、玄米食、半搗《はんつき》米食、無塩食など、さまざま試した。蕎麦《そば》粉を水で溶《と》いて常食した。子どもたちも実験台に使った。米子は登山の非常食に蕎麦粉を持参する。

父は『食道楽』という料理小説で一世を風靡《ふうび》した、小説家の村井弦斎である（一六〇ページ参照）。

米子は弦斎の長女である。明治三十四（一九〇一）年に生まれた。下に弟が三人、妹が二人いる。

『食道楽』の印税が毎月三千円振込まれたというから凄い。銀行の頭取が、むすこを小説家にしたい、と願ったという。

そのお嬢さんだから、何不自由のない生活である。小さい頃から英語の家庭教師がつけられた。教師は彫刻家のイサム・ノグチの母だった。すなわち、詩人・野口米次郎夫人である。夫人は米国系で詩人でもあった。彼女は村井家の菜園（西洋野菜を作っていた）や果樹園やイチゴ園、そして鶏舎や山羊舎、兎小屋などを歩きながら、米子に具体的に物や動植物の英語名を教えた。

ある日、教育家の新渡戸稲造が農科の学生と外国人を連れて菜園にやってきた。外国人が茄子《なす》を示して名を訊いた。学生が「ブラックトマト」と答えた。米子は吹きだした。家庭教師に、これはエッグプラントと教えられていたからである。

米子は弓や剣道が得意で、いつも弟たちを負かした。乗馬もこなしたが、これは弟たちの方が上手だった。活発で、男まさりの少女であった。

山登りの最初は、三歳の時である。両親と箱根に行き、小涌谷《こわくだに》から湯本まで歩いて下りた。つき添いの乳母《うば》や女中たちにほめられた。

十八歳の大正八年の夏、越中立山に登った。登山記を雑誌に書き、初めて原稿料をもらう。ほしかった写真機を購入した、というから、かなりの稿料だったようだ。

翌年は、両親、二人の従兄、すぐ下の弟、それに父と親しい料理屋「八百善《やおぜん》」主人の栗山善四郎と、徳本峠《とくごう》を越えて上高地に入った。焼岳《やけだけ》に登っている。翌日は下駄ばきで、明神池《みょうじん》を訪ねている。

この年の冬は、両親たちと武州御嶽《みたけ》の日の出山で、横穴を掘り穴居して過ごした。火食をしない実験生活をしたのである。

翌大正十年、米子は妙高高原の赤倉で初めてスキーをした。

そして大正十二年夏、上高地から入って前穂高・奥穂高・北穂高・南岳・大喰岳《おおばみ》・槍ヶ岳の縦走に成功した。女性では初めての快挙である。

案内人を含めて全部で五人のパーティーであった。

怖かったのは一日目に涸沢《からさわ》の岩小屋に泊まった時だった。岩小屋というのは岩窟である。河原のような場所で岩しか無い。わずかに一群の這松《はいまつ》があって、そこに十畳ほどの一枚岩がある。大岩が屋根になっている。床は平らな小石で、雨をよけるため身につけていた着ゴザを敷いて座る。ミソ汁とご飯をこしらえ、まず山の神様に奉《たてまつ》ってから食べる。「婦人といふ特典で毛布にくるまり真中へ挟まつて横はる。上衣や靴下やあるだけの温い物を巻き着けるが、岩の冷さが骨に徹つて足先が痛い」。

時々、夜の静寂を破って、岩なだれが起こる。遠雷のように山々を轟《とどろ》かせ、岩が落下する。その反響で、また落ちる。打たれたら、ひとたまりもない。この岩の上にも……と思い始めたら眠れそうもない。ゴオゴオと鳴る地の不気味さは忘れられない、と米子は「穂高・槍紀行」に記している。

この当時、米子はワラジばきで登ったが、着物に袴《はかま》でなくズボン姿である。米子は山の服装においても先駆者といわれる。

先の引用文に、「真中へ挟まつて横はる」とある。四人の男の真ん中に挟まる、という意味で、米子のズボン姿は登山に軽快だからという理由より、女としての身を守るためであった。この一事を見ても、明治大正期の女性の登山がいかに困難であったかがわかる。米子の気丈さは、少女期にたしなんだ武道によるものだろう。三人の弟のガキ大将だった体験も、男社会の山岳界で生きたかも知れない。

それはともかく、登山者に付きものとはいえ、米子も遭難寸前の恐怖を何度か味わっている。

その一つ、「渋峠の雪崩」という文章がある。

上州の渋峠（二一七〇メートル）をスキーで下った時のことである。横手山の西南側の斜面を、仲間が三人滑りおりると主張する。

雪の屛風《びょうぶ》がある。米子は気が進まない。「ここしか通れない。間を置いて一人ずつ行こう」と一人が言い、滑りだす。次も続く。

そして、米子だけが残ってしまった。三人は立ちどまって急がせる。米子はなぜ早く三人は崖の下を通り越さないのか、と思う間もなく、異変が襲う。大地の一部がずり落ちている。三人とも立ったまま、雪の動きにつれ下っている。米子はなすすべもない。三人のスキーが、足が、膝が、雪に没していく。

米子はそのさまを、こう描写している。

「それはお豆腐のまん中へ物を落しでもしたやうに、古沼に沈む人形のやうに、まはりの雪に亀裂の入るままに、ずぶずぶと沈んでゆく。腰まで沈み、三人が急に緊張して両腕をふりまはし初《（ママ）》めた。またたく（間に？）リュックサックも沈み、肩、首とかくれ、帽子の黒が暫く浮いたなりに落ちてゆく」

さいわい、三人とも、助かった。

米子は、書く。「実に不用意がこの騒ぎのすべての因になつてゐる。恰度《ちょうど》雪の状況も、時間も、場所も、すべて雪崩れるべく明瞭なのに、うかうかと通り過ぎて、今まで山にもスキーにも馴れて自信持つ自分達が、こんな惨めな失敗をしてしまつた慚愧《ざんき》の念が、ひどく心を緊《し》めつける」。

山の魅力について、米子は言う。

通りすぎるだけの登り方では、本当の山のよさがわからない。ひとつところで暮れるのを眺め、朝を迎えるのでなくては、真の魅力を見過ごしてしまう。

そして山頂に立った時の喜び。

「峯のもつ神格が、人身であるわが躬《み》に移つて、神か人か、我ながら飛躍した境地になつてゆくのだ。そこで『大やしま陸地のかぎり山なみの重畳《ちようじよう》峨々《がが》と我に伏する』とばかりに、眼路のかぎりの大宇宙に起伏する山脈の層々を、みな我が前に頭下げて並ぶかの如くに思ひなしつつ、かぎりなく、大きい心に伸び伸びて、大宇宙を呑む想ひあらしめられる……山ならではの心境である」

心が清浄になる。別の自分、得がたい人間になる。

ただし、登山のゴールは絶顚《ぜつてん》を極めるだけではない。そこを下りねばならない。下りて高原に来た時、緊張がほぐれ、心がうちとけて、山を眺め山に親しむゆとりが生まれる。「高原こそは、親しみ易い山岳の広庭、人の子はここで安らかに山に浸り、山に馴れて落ち居ることが出来るのだ」。

高原は山のうるおいである。登山というものが山頂のみ知ることだったら、どんなに索寞《さくばく》としたものか。

山を愛することは高原を愛すること、高原の良さを知ってこそ山の崇高さが理解できる。

米子の山岳観、登山論は、いかにも女性らしいといえよう。

米子は結婚して黒田姓になった（昭和十六年〈一九四一〉に第一書房から発行された著書『山の明け暮れ』は、黒田米子の名義である。引用文は同書より）。娘が生まれたが、夫を亡くし、旧姓に戻った。

戦後はＮＨＫのディレクターとなり、料理番組にかかわった。また雑誌や新聞に、郷土料理の記事を書いている。父譲りの才能を発揮したわけだ。

一方、日本山岳会の会員となり、婦人部創設に骨を折った。

昭和六十一年の暮れ、八十五歳で亡くなった。娘さんを先に見送っていて、一人ぼっちの生活をしていた。新聞は「女流登山家の孤独の死」と報じた。

登山家にとって、一人は孤独なものか、いちがいに決めつけられないだろう。

大空に飛ぶ　北村兼子

大阪府立梅田高等女学校（現在の府立大手前高等学校）の家庭科の時間に、下駄の鼻緒をすげる実習があった。鼻緒が切れたら、とっさにどのように処置するか。北村兼子は何て馬鹿々々しい時間だろう、と腹の中で舌打ちをしていた。こんなこと、学校で教えるなんて。貴重な勉学の時間をもったいない。気のない手つきで言われるままに仕上げたら、北村さんは手工が上手です、とほめられた。次の国語科の時間で、女学校教育は何を目的としますか、と教師が訊いた。良妻賢母、との答えを明らかに期待している。北村は起立して、「馬鹿者を」と答えた。生徒たちが爆笑した。

帰宅して、家族に家庭科の話をした。父親が、「つまらん事を教えてもらうな。そんな時間はエスケープして活動写真でも見に行け」と言った。大正五、六（一九一六、一七）年の時代だから、映画はこう称されていた。夕食後、北村一家は新淀川の堤防を散策した。父が石につまずいて、下駄の鼻緒を切った。兼子は手際よく、すげてやった。「女学校で教わったことが役に立ったのは空前だ」と父が感心する。「欠席はできませんね」すかさず兼子が打ち込んだ。皆が笑った。

兼子は高女を卒業すると、大阪外国語学校（現在の大阪大学外国語学部）に入学した。別科の英語科を選んでいる。翌年、関西大学法学部に聴講生として入学した。大正十三年、第一学年の修了試験に及第した。同年に外国語学校英語科も修了した。同時に二つの学校に通っていたわけだが、昼は関西大学へ、夕方四時からは外語校（月水金のみ）と分けていた。外語校の別科というのは夜間部である。本科は男子しか学べない。関大の法学部も、女子は聴講生でしか入学できない。それなのに授業料は正規の学生と同額である。しかも全課程を修了しても、学士の資格をもらえない。女性は勉強しようとしても、いかに不利であるか、兼子は身を以て知った。更に女性差別の実態を経験する。高等文官試験の資格に女子をのぞくとの明文が無いので、兼子は司法科予備試験の願書を提出したところ、文部省は女の判検事・弁護士の先例なしとの理由で不許可にした。それなら行政科受験はどうか、とこちらの願書を改めて出したが、やはり不許可であった。

大正十四年、兼子は女子に学問の機会を与えよ、と訴えた。また、「法律を学ぶ私」

という文章を、全関西婦人聯合会の機関誌に発表した。「私は家庭に法律を取入れて見たいとも思ふ。それは夢想だと片付けてはいけない。法文が口語体に書き直される時分には必ず、此《この》機運が到着するものと思ふ……」。これを読んだ大阪朝日新聞社の幹部が、兼子を記者に誘った。彼女は大学生の身分で、社会部記者になった、満二十一歳である。以後、男くさい職場で（当時の社には、読売新聞社から引き抜かれた恩田和子しか女性記者はいなかった）、彼女は大活躍する。裁判所の取材や、但馬地震の救援活動、社の飛行機に乗って全国中等学校野球大会の応援など、命じられればどこへでも出かけた。更に、歯に衣着せぬ筆勢で書きまくった。自社の新聞だけではない。先の機関誌に毎月のように発表し、また、せっせと主張を文章にまとめた。社から帰ると、毎日三十枚ほどつづったというから、猛烈である。

こういう文章である。「婦人が向上したら権利を与へやうといふが、権利を呉《く》れないで束縛せられては向上のしやうがない。束縛を解いてくれゝば女の手足が伸びる。夜が明けたから太陽が昇るのではない。太陽が昇るから夜があけるのである」。

週の何曜日かを無料診察日にすると決めたら、医師会が組合法違反だと騒いでいる。私はけしからぬと思う。医は仁術である。無料診察は更に仁術である。「よしや其《その》動機が不純な意味を交ぜてあらうとも亦《ま》た之《こ》れが何等か為《た》めにする所の一の手段であっても少しも差支《さしつかえ》ない、泥棒の真似をして人の物を盗むよりも道徳家の仮面をかぶつて人を救ふ方が社会政策の上から考へても甚だ好い事である」。

「廃娼より娼廃へ」と題した短文がある。「遊廓の撲滅、それは結構なことではあるが、これによつて失業したものを引受けてくれる篤志家が準備せられてあるか、もし私娼の対策なくして一撃の下に遊廓をぶつつぶしてしまつたら風俗壊乱業者が洪水のように氾濫する、理想ばかりの廓清屋《かくせいや》は喜ぶでしようが、コレラ菌と仁丹とを交ぜて飲んだようなものでございます」「社会教育の普及によつて遊廓そのものが不必要になる時代に達することを望んでやまない（略）娼を廃するのでなく娼が廃《すた》る――則ち廃娼でなく娼廃とならなければならない」。

辛辣だが、ユーモラスな文章で、これが兼子の持ち味になっている。

あなたは筆に任せて書くから、それでは大成しない、と先輩記者に注意された。もっとよく考えて重々しく書かなければいけない、と。

新聞の企画で、「人間市場に潜行して」というルポルタージュが始まった。兼子もメンバーに加わり、福岡と神戸のカフェーに変装して「潜行」した。女給に雇われて、カフェーの実態を探る。それを紙上で報告する。大正十五年、公務員の初任給が七十五円当時、博多のカフェーの彼女らの収入は、月に少なくても三十円以上で、これはすべて客のチップである。つまり、女給には日給も月給も出ない。食事とベッドを与えられるだけである。ある者は定休日に、別途収入の方法を用いる（客とのデイトなど）。これが三円から十円で、それ以上は腕次第である。勤続年限は平均一年で、学生と一緒になる者が多い、うんぬん。

兼子のルポ（女給化け込み記事と称された）は、大反響を呼んだ。体を張っての、社会裏面のすっぱ抜きに読者が熱狂した。一方、これを面白く思わない連中もいた。スキャンダルを売り物にする、いわゆる赤新聞の記者たちである。自分たちの領分を侵された、と感じたのだろう。兼子が若い女性であることに目をつけ、でっちあげ記事で攻撃した。学者や俳優や美術家らと肉体関係を持った、と書きたてたのである。彼らの目的は、兼子を社会から葬り去ることだった。女性の最も弱い部分を衝いた。兼子の言う「貞操問題」である。記者だから、いろいろな男性と会う。時に一対一で車にも乗るし、料理屋にも入る。取材である。二人きりで酒を汲み談笑していれば、知らぬ者は恋人同士と思うだろう。いちいち仕事です、と弁解するのもわずらわしい。女性記者の珍しい時代ならこその、ばかげた誤解であった。女が家庭から社会に進出し始めた頃である。兼子は悪徳記者を相手に、言論で応戦した。火に油を注ぐようなものであった。

「職業婦人征伐を得意とする悪徳記者は大阪にわいた毛虫たち、そんなものでも蛮《さ》せば痒《かゆ》い。沢山させば痛い。先輩たちは謹慎せよといふが、私は謹慎することを断つた。さう窮屈に暮すことは自由人の堪へられないところ、世の中は修道院ではないと思ふ。事実の有無に拘《かかわ》らず叩き屋に叩かれたら葬られて行くことは不条理だと、突張つてゐるまにこの結末、私の退社が小新聞の攻撃のためだと、さういふ癖の悪いことを成功させることは社会のためでない」

しかし、兼子は会社に迷惑をかけるのは本意でない、と辞表を書いた。この辺のいきさつは複雑なようで、兼子も言葉を濁している。「火事だといふから火の見台にかけ上つた、その間に梯子を外されてしまつた。一方は阿呆だつたが、一方も狡猾《こうかつ》だ」。

そして彼女は、昭和三年（一九二八）の第一回汎太平洋婦人会議に、政治部委員として出席のためホノルルに行く。翌年には、第十一回万国婦人参政権大会に参加するため、ベルリンに赴き、英語で演説を一回、ドイツ語で演説を二回行った。

昭和五年、兼子は立川の日本飛行学校に入学し、飛行機の操縦を学ぶ。六年の七月六日に、首尾よく飛行士の免許を得た。自家用の飛行機を注文、八月十四日、自ら「わが国最初の単独女性」の訪欧飛行をする予定であった。ところが免許を得て一週間後、虫垂炎で入院、手術をしたが予後が思わしくなく七月二十六日、亡くなった。

二十七歳だった。

晩年の六年間に、遺著を含めて十四冊の著書を刊行している。これは、凄いことだ。彼女の言論が人気であった証拠である。だが現代ではすっかり忘れられている。彼女の評価も未だ定まっていない。何しろ彼女の伝記でさえ、大谷渡《おおやわたる》氏の『北村兼子　炎のジャーナリスト』（東方出版、一九九九年刊）が唯一といってよい。本稿も大谷氏の労作に負っている。

兼子は明治三十六年（一九〇三）、大阪市に生まれた。父は、『兵法孫子』（立命館出版部、一九四二年刊）他の著書がある漢学者の北村佳逸《かいつ》である。『兵法孫子』は戦時中のベストセラーだが、こんな文章がある。

「正義を支柱として真の力が立つのが道徳の常道であるが、力の行くところに道徳がついてくる時代には倫理観念にも少しの修正を加へて、いつくるか、あてにならない道徳が常道に復帰する時代を待たねばならぬ。そんな時代があるか、ないか。天に口なし、人が勝手にいふ。二つに一つはあたる事だ」。この言い回しと、センテンスの長い文章。兼子の文体は父親から学んだのではないか。彼女の著書名を挙げておく。タイトルから、彼女の思想と主張が読み取れるからである。発行順に、のせる。

『ひげ』『短い演説の草案及北村兼子演説集』『竿頭《かんとう》の蛇』『恋の潜航』『怪貞操』『婦

人記者廃業記』『私の政治観』（改善社）、『女浪人行進曲』（婦人毎日新聞社）、『情熱的論理』『表皮は動く』（平凡社）、『新台湾行進曲』（婦人毎日新聞台湾支局）、『地球一蹴』（改善社）、『子は宝なりや』（万里閣）、そして遺著が、『大空に飛ぶ』（改善社）である。

豪快な日本男児たち

我も老いたり　天田愚庵

『東海遊侠伝』という本がある。一名次郎長物語、とサブタイトルがついている。明治十七年（一八八四）刊。著者は「山本鉄眉《やまもとてつび》」。

漢文調の説話体ともいうべき文章は、きわめて読みづらく、難解な語彙《ごい》も頻出してとっつきにくいが、我慢してつきあっているうちに、面白くてやめられなくなる。

「海道一の大親分」清水次郎長のエピソードが、次から次へと語られ、なるほど、次郎長を主人公とした小説や映画、講談、浪曲は、この本がタネ本であったのか、と納得する。

そうなのである。何しろ山本鉄眉は次郎長に見込まれて養子となった人物である。筆が立つ彼は、次郎長から直々に回顧談を聞いて、この本をまとめた。手柄話だから誇張や手前味噌はあろう。鉄眉の筆の走りも無いとはいえない。『水滸伝』が大好きな男である。本書も、『水滸伝』の話法を真似《まね》ている。語彙《ごい》の使い方も意識して似せている。エピソードを列《つら》ねて物語を進める構成も、然《しか》りだろう。たとえば、こんな具合である。

人を殺し、お尋ね者となり、役人に追われた次郎長（本文では長五《ちょうご》、本名の山本長五郎の略。母方の叔父の米問屋、山本次郎八の養子なので、次郎長といわれた）は、虎三、直吉、千代松の三人の子分を連れて、小田原の知人、佐太郎宅に逃げた。佐太郎は賭博で負けが込んで、赤貧洗うが如し、次郎長がいくばくか融通すると、早速賭場に走ったが、ついていない時はどうしようもない、空《から》っ尻《けつ》になった。しょんぼりと帰ってきた。

真夏の晩で、風が無い。家では次郎長ら四人が裸で眠っていた。佐太郎、ひそかに客人の着物を持ちだし、質草にして金をこしらえ、再び賭場に向かった。そして、やっぱり負けた。翌朝起床した次郎長らは、衣類が無いのに驚く。佐太郎のカミさんに問うたが、カミさんも眠っていて、わけがわからぬ。盗人に入られたか、と騒いでいる所に、佐太郎、悄然と帰る。事実を告げて罰を乞う。妻を売って償うと謝ったが、たかが着物ごときで妻子を泣かせるのは以《もっ》ての外《ほか》、と次郎長が許した。

しかし、財布には煙草銭しか無い。仕方ない、常陸《ひたち》国高萩《たかはぎ》（現在の茨城県高萩市）

の俠客、万次郎を頼ろうと一決した。佐太郎、坊主頭となり泣いて謝罪する。「長五等一嘆して去る」。一嘆して辞去する、が可笑《おか》しい。

裸道中である。昼夜兼行走る、とあるが、小田原から高萩までは、大抵の距離ではない。さすがに疲れ、途中の茶屋で次郎長が「媼《おうな》」（老女）に相談した。追剝《おいはぎ》に遭い、このありさま、男とはいえ堂々と歩きづらい、駕籠《かご》を呼んでほしい、着払いにしたいので、お前さんの名で交渉してもらえまいか。媼が承知し、手配してくれた。ところがやってきた駕籠屋は、四人が褌《ふんどし》一丁の恰好なので肝をつぶした。わけありには関りたくない、と逃げてしまった。「長五等失望媼に請《こう》て一領敝衫《へいさん》を求め、去《さり》て高萩に至り、長五先《ま》づ之《これ》を著《き》日暮を待《まち》て客舎に入る」。一枚の粗末な単衣《ひとえ》をもらい、次郎長がこれを着て日没を待って宿屋に入ったというのである。一行は四人だが、連れはあとからまちまちに来る、と交渉し、二階の部屋に上がるや、ああ暑い、と「敝衫」を脱し、宿の下で待ちうける子分の一人に投げ落とした。子分がそれを身にまとい、何食わぬ顔で宿に入り、彼もまた同じように落とし、そうして四人が集《つど》う。

食事の際は皆裸である。暑い暑いと言いながら飯を食うので、給仕の女が笑った。涼しい風が入るのに、あなたがたは、よほど暑がりですね。翌朝も着衣しないので、さすがに宿が怪しんだ。次郎長が主人を呼んで語った。自分たちは駿河の者で、駿河出身の万次郎夫人をよく知っている、実は万次郎を訪ねるのだが、奇難に遭いこの体《てい》たらく、申しわけないが着物をお貸し願えないだろうか。

主人は万次郎に通報した。たまたま清五郎《せいごろう》という食客《しょっかく》がこれを聞き、けげんに思い、万次郎の代りに様子を見に宿屋に駆けつけた。部屋に入ると、義兄弟の盃を交わした次郎長である。「清五失驚して曰《いわく》兄弟乎何の為めに此の如き、長五曰一言尽し難し」うんぬん。

長々と紹介したのは他でもない、山本鉄眉が何の意図でこの本を著したのか、考えてみたかったからである。俠客次郎長の波瀾の生涯を、多くの人に知ってもらいたかったから？　なるほどサブタイトルで、それもうなずける。しかし、原稿はすでに明治十二年には書き上げられていたらしい。山岡鉄舟に預けていたという。そもそも鉄眉を次郎長に紹介したのは、鉄舟であった。これには、理由がある。

山本鉄眉は、本名を甘田《あまた》久五郎《きゅうごろう》といい、磐城平《いわきたいら》藩（現在の福島県いわき市平）の勘定奉行の五男に生まれた。十五歳で戊辰戦争に参加、平城は薩長軍に攻められ落城、久五郎は落武者となり仙台まで逃げた。この戦いで、両親と妹が行方不明となった。三人を捜索することが、久五郎の使命となる。天田《あまた》五郎と名を改め、北は北海道、南は九州と、全国を探し歩いた（台湾まで行った）。

山岡鉄舟に知遇を得たのは十九歳の時だが、鉄舟が五郎を次郎長に引きあわせたのは、人を探すのに俠客界の情報が有効だろうと考えたからである。何しろ東海道一帯を支配している親分である。鉄舟が次郎長の威力を知ったのは、将軍慶喜《よしのぶ》の命を受けて東上する官軍の総督府を訪ねた時だといわれる。静岡に置かれていたそこを命がけで目ざす鉄舟は、次郎長の協力を仰いだらしい。真偽の程は不明だが、いずれにせよ、次郎長が鉄舟の高潔な人柄に打たれ、改心し師事したのは事実である。

天田は次郎長に気にいられた。養子に迎えられ、山本五郎と名が変わった。鉄眉は号である。明治十七年、全国博徒の大検挙があり、次郎長も静岡二之宮《にのみや》監獄に収監された。五郎は鉄舟の助言で、例の原稿を減刑嘆願の参考資料に用いることにした。知人に頼んで、出版してもらった。

と、天田五郎研究書にはあるのだが、ここで前述の疑問にぶつかるのである。果して、本書が減刑にあたいする内容だろうか。紹介した一端でおわかりのように、次郎長の美談でなく、人を殺し、仲間と争い、役人に追われて逃げまわる、いわば悪事行状記であり、逃亡記録なのである。

最後に鉄舟にいさめられ心を入れかえるくだりがあって、最後の最後の数行に、囚徒を指図して富士の裾野の開墾に励む、手錠を外し農業に従事させたが、一人の逃走者も無し、「上下之を嗟賞す」、県令大迫貞清《おおさこさだきよ》公、その事績を嘉《よみ》して歌を賜う、とあり、その歌を紹介して終わっている。

　不思議なのは、次郎長を「明治十二年歳六十、気力壮者に減せず」と、五年前の日付を改めていないことだ。恩赦を願うなら、現況に触れるべきだし、少なくとも日付は現在にするだろう。大体、過去の勇ましい遊俠談が、裁判官の心証を良くするとは、考えられない。むしろ、かえって悪くさせないか。自慢話と受け取られても仕方ない叙述なのである。

　五郎が次郎長の聞き書きを作ったのは、その生涯の面白さやユニークさにそそられたからでなく、次郎長が静岡を中心に、あちこちの土地を訪れる、あるいは逃げまわる、そこに興味を抱いたからではないか。つまり、自分の境遇を次郎長のそれに重ね合わせ、ひとごとと思えなかった。次郎長は凶状持ちで追われたが、五郎は肉親を追って全国を歩いた。『東海遊俠伝』の主人公は次郎長でなく、心情的には天田五郎本人のような気がしてならない。天田はそのつもりでこれを書いたのではなかろうか。

　もう一つわからないのは、本書の末尾に、両親と妹を尋ねる広告が出ていることだ。三人を知る者あればご通知願いたい、金百円を進呈、とあるが、この広告の日付がやはり明治十二年七月である。読者に広告の真偽を疑われないだろうか。

五郎はやがて鉄舟の忠告を入れて、出家する。鉄舟はこう諭《さと》したのである。これだけ手を尽して見つからぬとあらば、あとはお前さんの心の中を探すしか方法は無い。

法号は鉄眼《てつがん》、のち愚庵《ぐあん》と称した。次郎長の養子は拝辞し、解消している。

天田愚庵は『東海遊侠伝』の著者よりも、一般には歌人として有名である。

正岡子規の短歌革新運動のきっかけを作った歌人である。子規は愚庵に影響を受けて、歌を詠みだした。

愚庵の歌は大らかな、いわゆる万葉調である。

「生れては死ぬ理《ことわり》を示すちふ沙羅の木の花美しきかも」

こんな風刺歌も作っている。

「新玉《あらたま》の年は龍年《たつどし》立てて見よ其名におへる猛き政府を」

今年（二〇一二年）は辰年だが、消費税増税策を進める野田政府を評しているようにも受け取れる。

「いさぎよく年はかはれりいさ大臣汝《おとどなれ》もなどてか早かはらざる」

これまた私たちの代弁のようだが、百八年前の辰年の歌である。

「老人《としより》よ醜《しこ》の老人手な出しそ昔は山にすてられるへきを」

この老人は政治家を指すらしい。次の一首が示している。

「頭《かし》らには雪もみちたり年普《としまね》く政府にをれは蔵も満ちたり」

　ワイロを意味しているのだろうか。

　愚庵は武士であるから、勇ましい歌も詠んでいる。

「片膝を折るや居合《いあい》の剣《つるぎ》太刀抜く手も見せず火花ちらしつ」

「右に撃ち左に掻《か》くはくさり鎌首かきたりや音のさらさら」

　明治三十六年、数えで五十歳になった。

「かぞふれば我も老いたり母そはの母の年より四年老いたり」

　その翌年一月十七日、庵を整理し、金品をすべて知友に分け、葬儀無用の遺言を残して、身を清めたのち逝去。肉親とのこの世での邂逅《かいこう》は、ついに叶わなかった。

獄の人　丸山作楽

天田愚庵の半生については、台麓学人《だいろくがくじん》の筆に成る『血写経《けつしやきよう》』という伝記がある。愚庵が筆記したものに、作家の饗庭篁村《あえばこうそん》が加筆しまとめ台麓学人の名で発表した、といわれている。その『血写経』に、戊辰戦争で生き別れとなった両親と妹を探しに、愚庵が東海道より中国地方を経て九州に渡る記述がある。といっても、たった一行で、「長崎に在りけるころ、佐賀は兵乱起りて危難の事もありしかど首尾よく免れて東京へ帰りけるが」とあって、「危難の事」を語っていない。ずいぶん雑駁《ざつぱく》な伝記だが、研究者によって現在はある程度明らかにされている。

「佐賀の兵乱」は、明治七（一八七四）年二月の江藤新平らによる中央政府への反乱である。江藤は捕えられ、梟首《きようしゆ》の刑にされた。愚庵は江藤の一味と間違えられ、長崎の獄にほうり込まれた。この辺の詳しいいきさつは、解明されていない。とにかく投獄された愚庵は、そこである人物と出会う。歌の手ほどきを受けた、とされる人物である。

丸山作楽《まるやまさくら》、という。司馬遼太郎の『歳月《さいげつ》』にも、ちら、と姿を見せる。『歳月』は江藤新平の生涯を描いた長篇である。こう、記されている。「丸山は旧島原藩士で（略）維新後、官途についたが、新政府の欧化主義が気に入らず、この征韓論をさいわい、政府を戦争にひきずりこみ、そのどさくさに乗じて一挙に政府を転覆しようと考えた」。

西郷隆盛や江藤らが征韓論を唱え大騒ぎしている最中に、丸山は外務大丞《だいじょう》という役職にありながら、具体的な征韓計画を練り、同志を集めていた。司馬の言うように、ねらいはクーデターである。それが露顕し、丸山は捕われ、終身刑を受けた。佐賀の乱の時は、長崎桜町の獄に入っていた。

丸山は幼名を勇太郎といい、長じて一郎また太郎と名乗った。先の『歳月』では、「幕末、狂信的攘夷主義者の多かった平田篤胤《ひらたあつたね》の神国思想の学派に属し」と説明されている。丸山の国学の師は篤胤の子の鉄胤《かねたね》である。十九歳で師事したが、すこぶる秀才で鉄胤に愛された。そして平田学統の志をつぐのはお前だ、と篤胤自筆の軸を賜った。軸には、こんな歌が書かれてあった。「なせば成りなさぬは成らず　なるわざを成らずと捨る人のはかなさ」。丸山は軸を丸い筒に入れ、たえず身につけてお守りとした。

若い時から尊王攘夷の志士として、活動している。幕府の長州征討に反対し、島原藩は参加せぬよう、藩に進言した。聞き入れられなかったので、白昼、火を灯した提灯を掲げて街を歩いた。人に問われると、ここは闇夜だから、と答えた。これが藩庁を刺激した。お上を軽蔑し、心得違いもはなはだしい、と先魁《さきがけ》門の獄舎に下される。慶応二年（一八六六）十一月三十日のことである。その際に詠んだ長歌。

「いへ《家》わすれ《忘》、み《身》もたなしらず、たゞひとり、きみ《君》のみため《御為》。ちよろづ《千万》の、たみ《民》のためにと。あしたには、ちからをつくし。ゆふべには、おもひこらせば。しろたへの、しもつきのすゑ《末》。おほやけ《公》の、つみ《罪》あてられて。ひさかたの、つごもる《晦》よひに。ひとや《獄舎》にそ、こめ《籠》られにける。よしあしの、あやめもしらぬ。とこよゆく《常世往》、よ《世》のさまなれや。すべ《術》なきは、よのさまなれや。あぢきな《味気無》のよや、うつそみ《現身》のよや。

反歌。ゆふさむ《夕寒》み、のきは《軒端》におけ《置》る。しもつきの、つごもるけふ《今日》は、み《身》そあはれ《哀》なる。くにのため、いやさきがけの。な《名》はあれと、かなとさゝ《鉄戸閉》れし。みをいかにせむ」。

全文、かなのみの表記である。これが丸山の特徴で、国粋主義の立場から漢字を嫌い、手紙も歌もかなと片かなだけを用いた。

後年の話だが、そのため郵便局が難儀し、丸山を敵《かたき》呼ばわりした。丸山は明治十六年に、「かなのくわい《会》」を設立し、かな使用を奨励している。

獄中から六歳の一人娘にあてた長文の手紙の一節を、紹介する（明治十年）。こちらは総片かな文。

「ケツシテ《決》、ヲトコ《男子》ニチツト《少》デモオクレ《遅》ヲ、トル《取》コトハナイカラ、シヤウガクカウ《小学校》ニ、マイニチカケ《欠》ンヨウニカヨツ《通》テ、ヨミカキ《読書》ソロバン《算盤》カラ、ヌヒバリ《裁縫》ノコト、ジフニン《十人》ナミ《並》スグレ《勝》テトイ《言》ヒタイガ、オトツアン《父》ノヨク《欲》デハ、サンゼンコヒヤクマントコロ《三千五百万所》カ、セカイヂウ《世界中》ノジフオク《十億》マンニン《万人》ニ、スグレ《勝》テデキ《出来》ルヤウニオヨバ《及》ヌ（略）コト《琴》ヤシヤ《三》ミセン《味線》ナゾハ、ケツシテ《決》、ナラフ《習》コト《事》ハナリ《成》マセンゾ（以下略）」

漢字まじりの片かな文の方が、はるかに読みやすく意味も通じると思うのだが、どうだろう。この頑固さが、丸山の身上である。ちなみに、この手紙をもらった娘は、三歳の時、あなたはどこの娘と問われて、「マユヤマ《丸山》、シヤクヤ《作楽》、ムシユメ《娘》」と答える利発な子であったが、かわいそうに十歳で亡くなった。

丸山は明治十三年に恩赦によって放免されたが、島原の一年二カ月の禁固刑を合算すると、丸十カ年の獄中生活を送った勘定になる。

さまざまのエピソードがある。

政府転覆の陰謀あらわれて、主謀者として伝馬《てんま》町の牢に入れられた時、死刑を覚悟した。辞世を残したいと考えたが、筆墨は許されぬ。そこで粉薬（病体のため治療を受けていた）を少量ずつ溜め、牢内の煤《すす》と梅干の肉を混ぜ、水で煉《ね》って墨とし、捕獲したネズミのヒゲと竹の皮を裂いて作った筆で、ひそかに入手した半紙に、次の歌を認《したた》めた。これだけは漢字とかなを使っている。「事ならぬ名を残すこそ薄命《さだめ》なれ丈夫《ますらを》吾躬《わがみ》いのち死ぬとも」。これを出獄する者に託し、留守宅に届けてもらった。その者は髷《まげ》に忍ばせて獄吏の目をあざむいたという。あざむくといえば、たとえば酒が飲みたい時は、凍《し》み豆腐を酒にひたした料理を差し入れさせた。手紙などは紙片に細字で記し、稲荷鮨の具にした。検査官に食べてみろ、と命じられた差し入れ人は、ひと口で頬ばった。具を調べられると、稲荷鮨が禁じられるからである。

出獄した時、丸山は四十一歳だった。忠愛社を起こし、新聞「明治日報」を発行する。「いでやさ《然》は、ふで《筆》のほこさき《矛先》。とりいでて、きたなき《汚》ひと《人》の、むねをさ《刺》、ばや」。

一方、「史学協会」を設立し、『史学協会雑誌』を刊行、また、陸軍士官学校の予備校である「成城学校」を設立した。国民の体育向上を願って結成された「日本体育会」にも尽力して副会長を務めている。国学院の創立にも資金援助した。「大日本帝国水難救済会」も、設立している。明治二十三年、貴族院議員に任ぜられる。これは実現に至らなかったが、議員時代に、「大日本帝国保勝義会」なるものを設立すべく動いていた。

要するに、わが国の景勝を観光のため外国に宣伝し、旅行客を誘致して国を富ます、という政策である。名所旧蹟の保存のため、保勝義会を作り、法律を改正して富くじを発行し、くじで得た金を古社寺や古蹟の修復に当てる案であった。

丸山は一年ほど欧州を旅している。外国地名を織り込んだ一連の歌を詠んでいる。明治二十一年当時、これは珍しい。その一首。

「みつのくに、かくみ《囲》なしたる、まるせゆ《マルセーユ》は、じぶらるたるゆ。そゝ《注》ぐしほうみ《潮海》」

話は、変わる。ある仕事で、葉山御用邸の歴史を調べていた。御用邸以前は、誰の別荘であったか。詳細に記述した本が無い。最初の持ちぬしは、丸山作楽であった、と書かれた本を見た。どのようないきさつで手放したのか、第一、丸山作楽が何者なるか、教えてくれない。図書館に出かけて調べてみよう、と思っているうちに、仕事のしめきりが来てしまった。前の持ちぬしに触れずに、原稿を書いた。丸山作楽の名が頭の隅に残っていた。天田愚庵の履歴の中に、丸山が出てきたので、実は驚いたのである。愚庵を書くために、どうしても丸山の伝記を読まねばならぬ。そして、ついに読んだ成果が本稿というわけだが、まず、愚庵と丸山が出会ったいきさつは、伝記には出ていない。伝記は丸山の養継子、正彦《まさひこ》が編んだもので、明治三十二年十二月三十一日発行の非売品である（正彦は陸軍大学校教授）。「鉄眼《てつがん》師の見聞せし逸事」という一章がある。鉄眼は、愚庵の法号である。伝記を編むに当たって、正彦が愚庵に父の思い出の寄稿を願った。手紙の返事を、そのまま載せたものである。

明治十三年、自分が喀血《かっけつ》して神田《かんだ》の病院に入院中、先生は人を介して金を贈ってくれた。交際も浅い、「ガラクタ書生」に過ぎないのに、人の困窮を見ては捨ておかぬという性格のご仁であった。西洋より帰国して、どんなことがまずお目にとまりましたか、と伺ったら、彼らが万事にまじめなる所だった、と一言答えられた。先生は学殖深く、歴史書の誤り多きを嘆かれていた。頼山陽の『日本外史』に、祖父児《おじご》と書くべきを叔父児《おじご》とあり、山陽はかな遣いを知らぬ、と。先生は記憶力がすばらしく、故実など伺うと、あらゆる書物を挙げて引例し、説明してくれた。

葉山御用邸についての記述は、全く見当たらぬ。ただし、こんな文章がある。水が好きで、「相模《さがみ》の三浦なる葉山の一色《いっしき》に別荘を選ぶをりも、人々が鵜の住む岩よと嘲《あざけ》る程なる厳石の突角に家を建てられ、後《のち》皇太后宮の離宮に召され……」。

皇太后は、明治天皇の生母である。皇太后の御殿を皇太后宮といい、離宮は御殿以外の宮殿だから、御用邸との関連は濃厚である。

丸山作楽は明治三十二年、五十八歳で亡くなった。

借金を頼まれると、断れない人だった。しかし、あまりに度重なり、さすがに閉口して次の歌を詠んだ。「かね」尽しの歌である。

「さしがねの、はかりかねつゝ、おもひかね、はこびかねてぞ。こたへかねつる」

〈注・引用文と歌の句読点は、『丸山作楽伝』による〉

「日本」の主筆　陸羯南

これはあくまで筆者の偏奇な見解にすぎないのだが、人間の事業の中で最も偉大なのは、誰もが等しく恩恵を蒙ることができる物の発明と、世に有用な逸材を発掘し育成する、この二つでなかろうか。両者とも言うは易《やす》く、行うは難《かた》い。

人材発掘の功績者は、多い。例を挙げるとしても、遑《いとま》がないほどである。今回は、あえて、この人を取り上げる。

明治のジャーナリストであり、政論家の陸羯南《くがかつなん》。「国民主義」の新聞「日本」を創刊し、社長兼主筆として活躍した。その方面での陸の名は、もはや忘れられている、といってよい。

しかし、もう一方の功績は、これは不朽不滅である。

正岡子規を世に出した。池辺三山《いけべさんざん》を認めた。天田愚庵を評価した。

他に、もっといる。代表として三者を挙げた。

愚庵については、すでに紹介した。戊辰戦争で行方不明になった両親と妹を探し求めて、全国を歩きまわった武士である。山岡鉄舟の仲立ちで清水次郎長の養子となり、次郎長の伝記『東海遊俠伝』を著した。この本によって次郎長の名は全国に知られた。万葉調の歌を詠んだ。愚庵の作品と助言によって、正岡子規は短歌革新の偉業をなしとげる。短歌を詠むようになったきっかけは、愚庵との交遊からだった。それまでの子規は、俳諧の研究に没頭し、月並を嫌い、写生句を奨導した。

陸と子規の関わりは、子規の叔父の加藤恒忠《かとうつねただ》（拓川《たくせん》と号す）に、面倒を見てくれるよう頼まれたことに始まる。陸と加藤は、司法省法学校（東京大学法学部の前身）の第二期入学生であった。

明治四（一八七二）年に新設されたこの学校は、フランス法律学の専修校で、教室では訳読以外は日本語を使ってはならない。しかし入学試験は漢文であった。予科四年、本科四年で、官費制である。

寄宿舎で陸と加藤は同室である。他に福本日南《ふくもとにちなん》、国分青崖《こくぶせいがい》がいた。四人は終生の友となった。陸、福本、国分は二十歳、加藤は十八歳である。

入学した年の大みそかに、陸と加藤は他の部屋の「残留組」（大方の生徒は、実家で正月を迎えるべく帰省した）に声をかけて、千葉の市川に散歩に出かけた。迷ったら出るに出られぬという、伝説の竹林「八幡《やわた》の藪《やぶ》知らず」を見に行ったのである。

陸は青森の弘前出身、加藤は四国の松山から出てきた。正月は寄宿舎で過ごさねばならない。ところが、とんでもない場所で越年する羽目になった。市川の警察署である。

こういうことだった。目当ての「八幡の藪知らず」に入ったところが、当たり前の竹林である。しかも別に広大でもない。陸たちは、ガッカリした。折角、出かけてきたのだから、せめて竹の一本をみやげにしよう、仲間たちにこれが有名な「八幡の藪知らず」の竹だ、と吹聴しよう、と陸が提言し、出入口の番人に交渉した。すると番人がニヤニヤ笑いながら、竹の代金は君らの思《おぼ》し召《め》しで結構、ただし、君らが自分で竹を切ること、とノコギリを貸してくれた。陸たちは、そうした。

竹をかついで林を出た。そこに巡査が通りかかって、陸たちを咎《とが》めた。盗んだ竹ではない、金を払って買った、と言いわけすると、ここの竹林は官有林だ、売るはずがない、とらちがあかない。番人に訊いてみてくれ、と陸たちは巡査を連れて引き返した。

ところが、例の番人の姿が見えない。陸と巡査が押し問答をしていると、近所の村人が集まってきた。村人の一人が罷《まか》り出て、そこのお稲荷さまにこれが供えてあった、この金は書生さんたちのものではないか、と差しだした。

つまり、番人にからかわれたのである。

笑ってすませればよいものを、なまじ法律をかじりたての学生だから、こちらは官有林と民有林の区別を知らず、番人を信用して金を払い買ったので罪になるわけがない、咎《とが》める方がおかしい、と盾ついたものだから、巡査も意固地になり、法は法だ、とにかく署まで来い、取り調べる、と一同を連行した。

陸は、ここはおれに任せろ、と仲間に耳打ちした。法学校には厳しい校則があり、門限に五分でも遅れると一週間の外出禁止だった。陸は署長に交渉し、自分だけを留置し、他の者は帰してほしいと願った。加藤が自分も残る、と申し出た。かくて二人だけ警察署の留置場で年を越すことになった。

翌朝、早くから署内が騒々しい。村人たちが参考人に呼ばれたのである。正月なのに、書生らの巻き添えを食って、家族団欒《だんらん》もできない、縁起でもない、私らをいじめないでほしい、等とぼやく声が、陸の耳に届いた。

陸は緊急に署長に面会を求めた。そして全面的に謝罪し、どのような罰も受けるから、村人たちを家に帰してほしい、と頼んだ。詫び証文を入れることで二人は釈放された。

帰校すると、校長に呼びだされた。陸がいきさつを説明した。校長が嘲《あざけ》って、警部や巡査に謝るとは何事か、そんな無気力では大事はできない、と言った。

とたんに陸が激怒した。無気力とは意外なことを承る。私は自分が悪いと思えば、巡査だろうが誰だろうが謝ります。しかし、悪くなければ、大臣といえども決して頭は下げない。あなたはこちらが悪くとも、相手が無力な者なら非を通せ、それが気力とおっしゃる、ならば私は無気力に安んじます、一体、真の気力とはどういうものか承りたい。校長は何も言わなかった。

結局、この事件は、陸らがわずかの科料を払って終結した。陸が後年、加藤に語った。「当時の判事や警察官は今の人と違って学問は無かったが、今日のように条文や規則にのみ拘泥《こうでい》せず、善悪の判断に勉めたから、かえって公平だったよ」。

陸ら仲よし四人組は、このあと「賄《まかな》い征伐」（食事への不満から食堂に示威行動をすること）を問題にされ、退学処分を食う。

陸は官庁に勤めたのち、新聞「日本」を創刊、国分や福本も共に「日本」で健筆を揮《ふる》った。フランス留学する加藤が（彼は後年ベルギー公使になる）、甥の正岡子規の身を陸に託した。

子規が初めて陸と会ったのは十五、六歳の時で、「叔父が行けと言うから来ました」と挨拶、あとは何も言わない。明治二十五年十二月一日、「日本」新聞社に入社した。月給は十五円である。以後、「日本」を舞台に、俳句と短歌の革新に励む。

池辺三山も陸のあっせんで新聞記者になった。勤め先は「日本」だと思っていたら、東京朝日新聞であった。三山はここで大きな仕事をする。夏目漱石を朝日の専属作家に招聘《しょうへい》したのである。漱石と子規は親友同士だが、二人が日本文学に大きな業績を残す出発点に、陸羯南という男が絡んでいる。

陸と天田愚庵の接点は、司法省法学校である。寄宿舎に愚庵が国分を訪ねてきた。愚庵と国分は古い学校友達であった。国分が愚庵を同室の陸や福本、加藤に紹介したのである。

陸と愚庵が意気投合した。二人は刎頸《ふんけい》の交りを結ぶ。愚庵亡きあと陸は『愚庵遺稿』を編んだ。陸は言う。彼の詩や歌や書の価値は大したものではない。取るべきものは俗界にあって、社会の最も低き階級に身を入れてありながら、少しも堕落せずに、士君子たるの志操を変えず、よく終わりを遂げたこと、「是は尋常の者では出来ぬことと思ふ」（『愚庵遺稿』跋）。

明治二十八年、愚庵が重病を患い、小康を得たのち須磨《すま》に転地療養した。

陸が、「春されば君を尋ねて須磨の浦朧《おぼろ》月夜に相談《かた》らはむ」と手紙をよこした。陸は「独り見れど飽かぬ月夜をさす竹の君と二人し見らくはよけむ」と返事したが、所用ができ叶わない。「明日こそ行くよ」と連絡がきた。しかし、一向に来ない。じれた愚庵は催促した。「君来むと聞きにし日よりかがなべて今日は十日となりにけらずや」。

陸の歌と句を挙げておこう。

「言の葉もはや尽きぬらし木枯のふき払ひたる文の林は」
「言の葉をかきちらすてふ我筆の音かと聞けば木枯の声」
「酒の燗叡慮《えいりょ》にかなふ紅葉《もみじ》かな」
「穂すすきにはてはありけり富士の山」
「衛士《えじ》の火に暮るる御階《みはし》の紅葉かな」
「高らかに義士伝読むや夜の雪」

「日本」新聞は「硬派」の新聞で、ルビもなければ挿絵も無い。子規が通俗画でなく美術画ならどうか、と陸に提案した。文字（しかも漢文体）ばかりの紙面では読者がとっつきにくい、と説得した。子規は中村不折《なかむらふせつ》を推挙した。不折は後年、漱石の『吾輩は猫である』の挿絵を描いている。「日本」には十三年にわたって、「美術画」を掲載した。

陸が洋行した時、フランスで不折に出会った。イタリアに行くのだが、君も同行しないかと不折を誘った。自分も金は無いが、汽車やホテルを一等ずつ下げれば、君一人の旅費は出せる、と言う。そして博物館や美術館を案内した。不折は語学ができない。陸がいちいち説明板を読んで教えた。その根気たるや、並大抵でない。不折の方が飽きてしまうほどだった。陸は人のためなら骨身を惜しまなかった。

ある人が陸に、後世に名を残すような事業をやったらどうか、と意見をした。陸はこう答えた。自分の意見が多少行われていれば、これほどありがたいことはない。死後の名声など希望してはおらぬと。

「日本」は歯に衣着せぬ論調ゆえ、しばしば当局から発行停止を食った。部数も一万を割り、経営が危うくなった。妙案も出ない。陸が言った。「正義のためなら倒れても仕方ないじゃないか」。明治四十年没。四十九歳。

動乱商人　尾津喜之助

小豆島《しょうどしま》の小学校に赴任した新参の女先生と、十二人の教え子の、戦争を挟んで十数年にわたる交流を描いたのが、木下恵介監督、高峰秀子主演の『二十四の瞳』だが、成長した生徒の一人を演じている尾津豊子《おづとよこ》の父が、今回紹介する「光は新宿より」の尾津喜之助《きのすけ》である。

昭和二十年（一九四五）八月十五日、戦争が終わった。東京の新宿は五月初めの夜間空襲で焼け、不良と強盗が横行するぶっそうな町となった。

「光のない夜には犯罪が生れる。闇に電燈をつけ、夜の新宿を明るくすれば、犯罪は自然に消えてゆく」

そう考えた尾津は、仲間の露店商を集め、とにかくも商売を始めた。これが八月二十日、終戦からたった五日目である。露店は十二店、しかし売れたので、一カ月後には三十二店に増えた。三越や伊勢丹デパートは、商品が確保できないため営業していない。尾津は露店のマーケットをめざし、所轄の警察署に相談した。町の発展になると賛成を得た。尾津は早速、ヨシズ張りの店舗を造りあげ、百十七の裸電灯をつけさせた。店の屋根には、適当の間隔を置いて、看板代りのスローガンを掲げた。それが、「光は新宿より」である。

新宿駅前に、突如、明るい一角が出現したので、大評判になった。連日、十万、二十万の客が殺到した。尾津のスローガンが、憔悴《しょうすい》した国民を奮いたたせたことは間違いない。しかし、それだけで人が新宿に集まったわけではない。尾津のマーケットは品物があふれ、安かったからである。これが一番の理由である。

戦争が終わると、品不足から物価が上がり、闇値の取引が行われた。戦前なら一円ほどのフライパンが五十円の馬鹿値で売られていた。尾津は「適正価格」の取引を主張した。戦時中に軍から頼まれて大量に製造していた生活用品が、軍が消滅したため、宙に浮いてしまい、在庫を抱えてこまっている。そういうメーカーと交渉して、一括で買い上げた。この仕入れを尾津が一人で引き受けた。むろん、全量を買うのだから単価は安い。しかも、尾津は仕入れ価に二割だけのせて販売させた。つまり、適正価格である。たとえば、機械造りの昭和刀の工場主が売り込みに来る。平和な時代には無用の代物である。刀の折れがたくさん在庫しているので、鉈《なた》に仕立てて売りたい、と言う。鉈は需要が小さい、小刀にしたらどうか、と尾津は知恵をつける。小刀に直すには、どのくらい工賃がかかるか。相手から聞きだし、尾津は算定する。そしてこれこれの価格なら引き取る、と示す。メーカーも商人も客も三方満足するのが、適正価格の値打ちである。ちなみに、闇値で五十円で売られていたフライパンは、尾津のマーケットでは十五円だった。更に生産合理化を図った結果、原価が十円に下がった。そこで尾津は小売値を十二円とした。店頭に掲示したら、客が押し寄せた。まもなく、八円に値下げしたら、人波のために店がこわされた。店員の急報を受けて尾津が駆けつけ、売場台に立って客の整理を始めると、客の一人が尾津の手にしたフライパンをひったくった。尾津は売場台を踏み抜いた。その頭上をフライパンが飛び交う。売り手と買い手の、めまぐるしいやりとりである。

このシーンは、ニュース映画になった。いい宣伝である。新宿マーケットは、全国民の注視の的となった。

尾津の成功は、一つに商品知識である。これは新宿マーケット時代より四年前の話だが、露店商人として大もうけをする。まず、瀬戸物の人形で当て、次にパナマ帽である。

いきさつは、こうだ。浅草の輸出専門の店に、パナマ帽の見本が大量に（五万個）眠っている。これを尾津は一個六十五銭で売らないか、その代り在庫を全部ひきうけると交渉した。あっさり、オーケーである。そこでまず十個だけ買い、デパートに行って帽子の売価を調べた。カンカン帽が最低で三円五十銭、その頃は三円を超える品には三割の物品税がつくため、実際は四円五十銭になる。パナマ帽は、これは高価で、十八円五十銭から二十六円の正札が付き、ウインドーに飾られている。

尾津は家に帰るや、金だらいに湯を入れ、火鉢にかけた。帽子に湯気を吸わせ柔らかくすると、括《くく》り枕《まくら》にかぶせて、型崩れを直した。それを乾かすと新品同様になった。しかし、仲間が、帽子はむずかしい、と反対する。帽子にはいろんなサイズがあり、日本人の頭に合う大きさの物は売れるが、それ以外はさばけない。仲間の忠告にも一理ある。輸出用のパナマ帽だから、サイズが日本人向きでない。尾津はためらったが、ええままよ、と意を決した。見本品だけに、物は抜群にいい。ていねいに編んである。絶対に、はける、と踏んだ。

だが何しろ五万個の資金が無い。翌日、浅草に向かいながら、何と言いわけをしようか、と思案した。金が足りぬと明かせば、相手は取引を拒否するだろう。仮りに買っても置き場所にこまる。そうだ、これだとひらめいた。置き場所に困るので、毎日十箱（一箱三百個入り）ずつ取りに来たいが、いかがでしょう、と切りだした。相手は、それで構わぬと承知した。尾津は帰途、運送屋の手配をし、また、あちこちの帽子クリーニング店（戦前は専門店があった）を回って、型直し上物一個五十銭、並物二十銭で契約した。自分でも例の括り枕で型直しした。

　さて、新品同様に仕立てた三千個を、新宿三越前の露店に山の如く積みあげ、口上を述べて売った。輸出物のストック品と銘打った。だから編みっぱなしで、リボンも裏皮もつけてない。儀式用にはかぶれないが、釣りや海水浴には手軽にこのまま用いられる。値段も三円、二円五十銭、二円の三種、だから税もつかない。カンカン帽より安い。

　確かに粗悪な品ではないから、手に取って確かめた客は納得して、我勝ちに求めた。一人で何個も買ったり、何に使うのか、とてつもなく大きなサイズを選ぶ客もいた。

「帽子に羽がはえたかと思うほど、飛ぶように売れる」大成功だった。

　尾津はこれで輸出サンプルの雑貨に目をつけた。神戸に出かけ買いつけた。輸出用だけに、派手で購買欲を誘う品が多い。露店の売り物には最適である。尾津は言う。

「露店商で成功するには商品学に通じ、時代感覚に敏感で、常に魅力のある商品を発掘し、時期を失わずに切替え、何時《いつ》も店頭を新鮮にしておくことである」。これは、商売すべてに通じる真理だろう。

尾津の扱った品で、印刷の風景画がある。疎開するので、在庫を処分したい、と売り込みがあった。戦争でアート紙や印刷インクが入手できないため、事業を続けられぬ、従来は一枚一円で卸していたのだが、全部買い上げてくれるなら、一枚十五銭にする、と言う。その数、五十万枚である。尾津は、引き受けてもよいが、二銭負けてくれないか、と答えた。相手は承知した。あとで、二銭ばかり値切って気の毒なことをした、と悔やんだ。自分という人間が卑小に見えたのである。

五十万枚の風景画が届いた。アート紙の重みで、床が抜けた。請求書を見て、また驚いた。総額七万五千円と思っていたら、六万五千円で、一万円も違う。計算したら、何のことはない、二銭負けてもらったわけだから一万の差額は当たり前で、二銭という小額も五十万倍すればこんな高額になる。尾津は珍しいことを発見したような気がした。

もう一つ、発見した。原価が一枚十三銭なので、三枚五十銭で仲間に売らせた。ところが、売れない。そこで、一枚五十銭、三枚一円に値を上げたら、「羽が生えて飛んでいった」。美を生命とする観賞的商品は、安かろう悪かろう、と受け取られることを知った。むしろ高くつけた方が売れるのである。売薬、化粧品、美術工芸品などは、ある程度高くなければ売行が悪い、と身を以て思い知らされた。

かくて尾津は、露店商の雄となる。そして新宿マーケットに発展するわけだが、やがて、華僑《かきょう》との激しい抗争などあって、商人というより、やくざじみてくる。

断っておくが、尾津自身が、やくざと称している。自伝『新やくざ物語』(早川書房、一九五三年刊)の冒頭に、「然《しか》し私は、敢《あ》えて私が『やくざ』だと公言する。そしてこれからも『やくざ』として生き抜こうと思っている」とある。もっとも尾津のいうやくざは、俠客《きょうかく》のことである。

尾津喜之助は、東京本所《ほんじょ》の、裕福な家庭に生まれた。継母《ままはは》と折り合いが悪く、家出した。ぐれて、紫義団という組織を作り、小石川一帯を根城にした。浅草の不良団、赤帯組と喧嘩《けんか》し、大阪に飛ぶ。いろいろあって、満洲に渡る。伊達《だて》家の若様、ピストルの名手の伊達順之助と交流があったらしい。二十二歳で日本に戻り、佃煮《つくだに》の卸小売をしていた叔父の店を手伝う。川魚の知識を学び、新宿で露店の鰻屋《うなぎや》を始めた。テントを張り、客の目の前で鰻を裂き焼く。普通八十銭、安い店でも五十銭の鰻丼を、三十銭で売った。これが大当たり、新宿辺一帯を仕切る露店の親分と縁ができた。そこに、大正十二年(一九二三)の関東大震災である。鰻の仕入れができない。メリケン粉を入手し、鰻屋のテントと丼を利用して、一杯十銭のスイトンを売った。鰻よりも売れた。

京橋の倉庫で焼けた西洋皿が大量に残っているのを発見、持ちぬしにかけあって一枚二銭で引き取り、新宿に運び近所の主婦に内職で磨いてもらう。模様の美しいのは五十銭、そうでない物は三十銭に値付けし、エナメルで「震災記念」と書いて売りだした。すると、震災見舞いに上京した地方人が、みやげがわりに次々と買う。たちまち財を築いた。

尾津喜之助は、動乱の商人であった、とわかる。時代が生んだ異才の一人といえよう。

正式の肩書　保良浅之助

私は、有名無名を問わず人の自伝を読むのが好きだが、ひとつは、その語り口の魅力にひかれて読む。芸能人などはゴースト・ライターが執筆している場合が多いけれど、しかし、やはり本人が語ったものを、できる限りその口跡を生かして文章化しているようで、それがライターの腕だから、ご本人の持ち味は感じ取れるのである。

もうひとつ、私は人のなりわいに興味があって、その人がどのようにして日々の糧を得、また世間的に成功したのか、知りたいのである。早い話が、どんなことをして金を儲けたのか（芸術家でも同じである）、その手段や妙術を知りたいのである。自伝は、どんな謙虚な人でも、半分は自慢だから（そうでなかったら、本に著して世に出すまい）、けっこう、事業のヒントになるような重要な方法を、ポロリともらす。私は別に事業家になるつもりはないが、成功の秘密を聞くのが好きなのである。大事なのは、成功した人は必ず失敗の例も、同時に語っている。どちらかというと、失敗例の方が参考になる。そして本当の成功者（という言い方は変だが）は、巧妙に失敗したケースを隠す。決して明かさない。失敗の方に、成功の秘訣がある、とご存じだからだ。こんな具合に、自伝は、本人が秘したつもりの素顔を、思いがけなくのぞかせてしまうところがある。文章の、こわさである。そういう部分を読み取る面白さだろうか。俗に言うなら、のぞき趣味の一種に違いない。今回取り上げた保良《ほら》浅之助《あさのすけ》は、どういう風に説明したら適切なのか、よくわからない（自伝『俠花録』桃園書房、昭和三十八年刊）。

政治家には違いない。衆議院議員を二期務めている。興行者でもある。大衆演劇に力を尽した。初代・大江美智子《おおえみちこ》を売出した。女剣劇の先駆者といわれる。そして保良は女剣劇の創始者である。不二洋子《ふじようこ》も、伏見澄子《ふしみすみこ》も売出した。女剣劇は戦後浅草で誕生したように思われるが、実は昭和十（一九三五）年頃である。名称も十年から十三年頃の間に生まれたらしい。

初代・大江美智子は、宝塚少女歌劇のスターで、時代劇俳優の市川右太衛門が右太プロを設立した際に、市川の相手役として映画界に引っぱられた。当たり役は「旗本退屈男」の霧島京弥《きりしまきょうや》の役で、大江の男装と殺陣《たて》の鮮やかさで評判を得た。

その大江が右太プロをやめ、人を介して保良の篭寅《かごとら》興行部を頼ってきた。保良は大江を知らなかったので断りかけたが、会ってみると「下ぶくれの可愛い顔で、眼が大きく、軀《からだ》の線が非常に整っていて、品位がある」、それで考えが変った。いくつか実演させた上で、京都の南座に出演させた。大舞台である。保良は大江を連れて祇園《ぎおん》と先斗町《ぽんとちょう》の花街を、挨拶して回った。親しかった日活の俳優係にも、応援を頼んだ。ために、上手《かみて》の桟敷《さじき》には芸妓や舞妓が、下手《しもて》の桟敷には、日活の映画俳優がズラリと居並び、新聞に報道されて、芝居好きの注目を集めた。千秋楽まで南座は大入り満員を続けた。保良は次に大江を上京させ、新橋演舞場に出演させた。全国的に名を広めるには、やはり東京で話題になる必要がある。保良の計画は図に当たる。

大江の代表狂言は、「雪之丞変化《ゆきのじようへんげ》」だった。色っぽい女形の中村雪之丞と、義賊の闇太郎《やみたろう》の二役を、舞台で演じさせた。映画と違い、同じ場面に二役で出ることはできない。保良は一方を吹替えにし、セリフだけは大江が腹話術の応用で喋ることにした。更に劇中劇で、大江に踊らせた。彼女の舞台は品があって、インテリ階層から大いに支持された。女剣劇の女王と謳《うた》われたが、昭和十四年一月六日、神戸の松竹劇場に出演中、急死する。二十八歳の若さである。死因は、急性盲腸炎という。

保良は大江一座を解散させるに忍びない。そこで二代目を仕立てた。大江の付き人をしていた大川美恵子《おおかわみえこ》という、無名の女優である。横浜の足袋《たび》屋の娘で、大江の身の回りの世話をしていたから、自然に大江の癖を覚え、体のこなしや手足の動作などそっくりである。「雪之丞変化」の吹替えも務めている。周囲から反対されたが、保良は押し切って、彼女に二代目・大江美智子を名乗らせ、初代没後二カ月目に、道頓堀の角座《かどざ》で、追善と襲名披露興行を打った。大川は十九歳、大江に弟子入りして三年目である。最初の頃は、演技がまずい、と一座の者にいじわるをされた。座長とはいえ、若い。二代目は必死に耐え、努力し、やがて皆から尊敬されるまでに至った。戦後の女剣劇を支えたのは、この人である。

保良浅之助は、では興行師かといえば（篭寅興行部は、ひと頃あらゆる大衆劇団を一手に握っていた）、実は彼は歌舞伎の座頭《ざがしら》として方々を巡業していた役者なのである。

素人芝居の役者から（女形を演じた）、プロの役者を集めて一座を結成する。この辺の事情が今一つ呑み込めないのだが、要は金を持っていたからできたのだろう。では、どうして金持ちか、ということになる。

篭寅、という名が、ヒントになる。保良は和歌山市の魚を入れる竹篭製造業の家に生まれた。当時は魚をよそへ送ったり運ぶ場合、すべて竹篭を用いていた。明治十六（一八八三）年に生まれた保良は、神戸で育つ。勉強ぎらいで、小学校に行く振りをして芝居小屋に通っていた。いかにも手習いに励んだように、習字紙をまっ黒に塗りつぶして持ち帰ったというから、頭はいい。小学校は四年きりで、やめてしまった。喧嘩に精を出した。早熟だったので、近所の女の子と互いに前をまくりあったりした。長じると、喧嘩の方が上達した。神戸の相生座《あいおいざ》で店の若い衆と一緒に芝居を見ていた(十四、五歳の時らしい)。近くの客席にいるやくざが、開演中、騒ぐ。若い衆が注意した。すると方々の客席にいた仲間が集まってきて、若い衆を袋叩きにした。やくざはおよそ三十人、しかしこんな理不尽な真似をされて、黙っているわけにいかない。枡《ます》席の枠の角棒をつかんで振り上げるや、一番強そうな奴の脳天めがけて打ちおろした。頭が割れて、血が飛んだ。連中がギョッとすくんだ瞬間に、主だった奴二、三人の間を走り抜けながら、次々と相手の脳天を殴りつけた。そして劇場の外に一散に逃げた。捕まったら、ただではすまぬ。しばらく身を隠した。これが保良の「本格的」な喧嘩の最初だが、いい経験になった。一人で多数を相手にする時は、機先を制すること、利口に立ち廻ることを学んだのである。

やがて保良は関西一円を仕切る侠客の親分に見込まれ、名前養子になる。日夜、バクチと喧嘩に明け暮れる。ある時、イカサマバクチにはめられる。怒った保良は抜き身を手拭いで巻いて、単身、その賭場に乗り込んだ。相手方親分の胸元に、いきなり、突きつけた。相手は観念し、平謝まりに謝まって、金を返してくれた。機先を制したとはいえ、一歩誤まれば多勢に無勢で、命は無かったろう。そう考えた保良は急に恐ろしくなり、これを機に任俠の世界から足を洗う。名前養子も返上した。親分も快く許してくれた。

保良は家業を継ぐ。竹篭の販路を拡張するため、雪の舞鶴に出かけた。舞鶴で水揚げされたブリは、竹篭に入れられ全国に発送される。しかし生ものだから腐るのが早い。保良は雪の利用を考えついた。雪はタダだ。これを詰めて発送すれば長持ちする。それには穴のあいた竹篭では無理、木箱がいい。木箱に水が溜らぬよう隙間を作っておく。夏は氷を詰めればよい。保良は早速、職人たちに箱を造らせた。制作費は、松材だと一個五十銭だが、一番いいのは杉材を用いたもので、一円五十銭から二円五十銭だった。

この木箱はブリ網の元締たちを喜ばせた。「今ではどこでも造っているし、きわめて当り前に思われているこの木箱も、因《もと》をただせば私の発明したものなのである。もしも、その当時に特許権でも取っていたならば、私は大した財産を蓄えたに違いない」。

木箱はブリの他に、鯛やマグロや鯖など魚の大きさに従って、大小さまざまの種類を造って売りまくった。

「とにかく、面白いほど儲かつたのは事実である」

木箱発明の祝いを、舞鶴の廓《くるわ》で行った。三十人の木箱職人をひきつれて豪遊した。保良の相娼《あいかた》に出たのは、その店でお職を張る女だったが、保良の顔を見るなり、息をのんだ。保良も、驚いた。子供の頃、ひそかに前をまくりあった仲の、思いがけぬ姿だったからである。

「その夜、二人は子供の時に真似より出来なかつたベッド・シーンを、誰に遠慮気兼ねもなく実行して、久闊を暖めた」

ただし、その女との契りはその晩のみ、再び会う機会もなく、以後の女の消息も知らない、とあるが、額面通り受け取ってよいものかどうか。

下関の魚問屋から保良に、現地で木箱を製造してくれまいか、と依頼がきた。神戸から下関へ送ってもらうと、一個につき七銭の運賃がかかる、ばかにならないわけだ。

保良は承知し、神戸の店を父に任せ、妻と職人ともども下関に移住した。

保良の羽振りが良くなるにつれ、邪魔する者が出てくる。たちの悪い手合いが、喧嘩を売ってくる。売られたものは、買わざるを得ない。保良はその道から足を洗ったのだが、ここで弱気を見せたら、つけこまれると考えた。しかし、刃物を使ったら、言いわけができぬ。そこで相手が殴り込んできたら、商売用の焼印を武器にすることにした。木箱に押す「保良組」の印である。鉄でできており、火で焼いて用いるため、柄が長い。これを振り廻す。仕事場に相手が斬り込んできたから焼印で受けとめた、と釈明すれば正当防衛で罪にならぬ。喧嘩は頭脳の問題、と保良はうそぶく。ハテ、この人の正式の肩書は、何だろう?

長い道のり　金栗四三

わが国がオリンピックに初めて参加したのは、一九一二(明治四十五)年の第五回ストックホルム大会だった。クーベルタンらが一八九四年に設立した国際オリンピック委員会(略称IOC)が、講道館柔道の嘉納治五郎を、アジアで初の委員に指名した。嘉納は東京高等師範学校の校長で、陸上や水泳競技の奨励者であったから、喜んで承諾した。日本ではオリンピックが一般に知られていない明治四十二年のことである。三年後の五輪に日本の参加を勧められ、嘉納は急きょ各大学や高等学校に呼びかけて、大日本体育協会を創設した。そしてオリンピックに出場させる選手の予選競技大会を開いた。

これが明治四十四年十一月十八、十九日両日で、会場は羽田競技場である。京浜電気株式会社の自転車練習場を借りあげて、競技場に整備したもので、一周が四百メートルだった。当時の日本では、西洋のスポーツは、陸上競技以外は普及していない。予選大会に出場の資格は、十六歳以上の「学生たり、紳士たるに恥じない者」で、学生は中学、あるいは同等の生徒・卒業生とし、地方の青年団員、在郷軍人、その他、市町村長の推薦をもらった者、とある。出場者は、医師の健康保証書が必要だった。当日は、右の資格者たち九十一人が参加した。そして、短距離の三島弥彦と、マラソンの金栗《かなぐりし》四三《ぞう》の二人が、オリンピック選手に選ばれたのである。金栗は世界記録を実に二十七分もちぢめるタイムを出した。彼は東京高等師範の学生で二十歳、喜んだのは嘉納校長である。「日本スポーツ界の黎明《れいめい》の鐘となれ」と励ました。

しかし、金栗はオリンピックには、二の足を踏んだ。自信がない、と辞退した。これは三島も同様だった。東京帝大の学生だった三島は、学業に差し支える、と気乗り薄だった。親も反対だったが、学長が、夏休みだし、外国を見ておくのも勉強になるから、と勧めた。オリンピックに対する認識は、そんな程度だったのである。もっとも、参加費用が自己負担であったことも理由にあろう。

ストックホルムまでの往復の船賃や、現地での滞在費、他もろもろを含めると、ざっと一千八百円かかる。この金額は、時の総理大臣年俸の、およそ一割に当たる。

金栗の生家は、熊本県下の酒造業であった。裕福な境遇ではあるが、きょうだいが八人もいて、四三は七番目である（名前の由来と思われる）。恐る恐る長兄に費用の話をすると、「家の誉《ほま》れではないか。田畑を売ってでも工面してやる。安心して戦ってこい」と請け合った。金栗は、腹を決めた。

オリンピックの成績は、どうであったか。メダルは？　タイムは？

金栗四三は現在、「マラソンの父」と称されている。箱根駅伝の創設に尽力し、金栗賞もある。わが国マラソンの歴史を語るには、まずこの人が糸口となる。何しろ、初めて参加したオリンピックの、マラソンの記録が途方もない。まず今後、絶対に破られることのない、超超記録である。それをつづる前に、金栗の世界記録の話をしておこう。

ここに、『ランニング』という本がある。大正五（一九一六）年九月に、菊屋出版部から発行された。長距離競走練習法を金栗四三が、短距離を明石和衛《あかしかずえ》が執筆している。手元の本は大正六年六月四版である。

金栗が自分の陸上競技生活を回顧しつつ、ベストの練習法を説いている。彼が長距離走（駆歩《くほ》と書いている。昔はそう称していたらしい。ギャロップの訳である）を始めたのは遅く、東京高師に入ってからである。高師では春秋の二回、全生徒が必ず長距離走に参加せねばならない。春は約三里（十二キロ）、秋は六里走らされる。金栗は生まれて一度も三里走ったことがない。こんな学校行事に肝を潰した。朝八時、青山を出発し、玉川まで走る。東京に来たばかりの金栗は、地理がわからぬ。皆にくっついていけば何とかなるだろう、とまずトイレに走った。集合場所に戻ると、誰もいない。出発したあとである。驚いて、あとを追う。学生の姿は全く見えない。玉川への道を教えてもらいながら、なおも走ると踏切が閉まっていて数十人が足踏みをしている。安心し、彼らを追い越した。呼吸が苦しくなり、足も疲れたが、先を行く仲間が走っているので、歩くわけにいかない。彼らも追い抜く。一等ビリから走っているわけだから、人を追い抜くだけである。この追い抜くことが面白くなってきた。非常に苦しかったが、我慢して走った。かくて、三百余人中、三十六番でゴールした。着順より完走したことが、とてつもなく嬉しかった。

その年の秋の六里走では、何と、三着に入った。一度も練習をせず、いきなり走っての成績である。金栗は短距離走の選手に引っぱられた。ところが全く芽が出ない。腐っていたら、君はマラソンの方が向くかも知れない、と先輩に勧められ、明治四十四年秋の五輪予選に出場することになった。マラソンは十里である。生まれて初めてこの距離に挑む。予選大会まで、二週間しか無い。とにかく練習をしなければならぬ。高師からは金栗の他に二名が出る。三人で放課後、三、四里ほど毎日走った。水を飲んではならぬ、と教えられていたので、それを堅く守った。金栗は恐らく、その時分、人気の武田千代三郎《たけだちよさぶろう》の「なにくそ主義」を信奉したのだろう。武田は外套を着て走り、少しずつ軽装になる、「脂肪抜き訓練法」を提唱していた。水分を取らぬトレーニング法である。「何くそ」という気概で走れば成就する、というのが武田の理論だった。一週間たつと、金栗はこらえられなくなった。練習後、砂糖水を、こっそり三杯飲んだ。すると、その晩、熟睡した。翌朝は、生まれ変わったように元気が出た。それからは毎日、練習後は少しずつ水分を取ることにした。水が悪いという意味は、水を絶対飲んではいけないということでなく、節制して飲め、という教えだった。読者は僕の如く馬鹿な真似をせぬように、と述べている。

さて、予選大会当日、金栗は青山から羽田に向かう。電車で二時間かかった、とある。体格検査をすます。スタートは正午である。十一時に持参のパン半斤と鶏卵二個（ゆで卵か生か不明）を食べ、運動場に赴く。十一月十九日、曇天、寒い。金栗は半袖の厚手のシャツを着ていた。夏の薄いシャツを着けた選手は、冷たい潮風にふるえている。出場者は、十三名。号砲一発、いっせいにスタート。グラウンドを一周し、門を出た時、金栗は六番だった。出発して三、四十分、雨が降りだした。足袋《たび》（靴でなく足袋である）が重くなった。苦しかったが、人を抜く面白さが勝《まさ》って、ずんずん足が出る。折り返し点で、三番になった。前の二人は姿が見えない。濡れた足袋が重たくてたまらぬ。立ち止まって、脱ぎ捨てた。軽快になり、二番目の選手に追いついた。しばらく二人でデッドヒートを演じた。ようやく、振り切って、前方に目をやると、先頭の選手の背が見えた。電柱と比較して走ると、少しずつ距離がちぢまるようだ。よし、と発奮した。相手も必死である。五分ほど、競いあった。運動場までもう少しという地点で、ついに抜き去った。金栗は述べていないが、他の本によれば、この時「失礼します」と声をかけて抜いたとある。一着でゴールインした。金栗はすぐ入浴する。腰から下の感覚が無い。湯船の中で腰が抜けた。急に渇きを覚えて、サイダーを二本飲んだ。「此のウマカツタ事は今も尚《なお》口にありと云ひたい」。二時間ほどして歩けるようになった。この時のレースは、六名ほどが歩いたり走ったりしてゴールインし、車で戻った者もいた。金栗のタイムは、二時間三十二分四十五秒だった。

ストックホルム五輪は、どうであったか。七月十四日（十六日後に明治天皇が崩御、大正と改元）、酷暑の午後一時五十分に、各国選手六十八人がスタートした。石畳の多い、起伏のけわしいコースで、競技場を最後尾で出た金栗は、折り返し点までに二、三十人を追い抜いた。ところが二十四キロ過ぎ、暑さで意識がもうろうとしてきた。三十二キロ辺で失神して倒れた。沿道の住人（ペトレという）が、自宅に運び込んで介抱してくれた。金栗が競技場に到着しないので、関係者が大騒ぎした。翌朝、無事に宿舎に帰ってきたが、レース中の行方不明は前代未聞の出来事だった（記録上は棄権でなく「行方不明」扱い）。

五十五年後の昭和四十二（一九六七）年、金栗はストックホルムに招待され、思い出のスタジアムで二十メートルほど走った。ゴールテープを切ったとたん、スタジアムに粋なアナウンスが流れた。

「日本の金栗、ただいまゴールインしました。タイムは、五十四年八カ月六日五時間三十二分二十秒三。これをもちまして第五回ストックホルム・オリンピックの全日程を終わります」。七十五歳の金栗のコメントも、いい。「長い道のりでした。その間に孫が五人も生まれました」。

今後、誰にも破られぬ記録だろう。

金栗は東京高等師範学校を卒業すると、東京女子師範、府立第二高等女学校などの先生になった。マラソンは日本人に向く競技と、後進の指導に努め、その功により、嘉納治五郎についで朝日文化賞を受賞した。オリンピックには、連続三回出場している。『ランニング』の冒頭の文章を紹介する。金栗の一生を貫いた思想である。

「精神一到何事か成らざらん、と古人は云つて居る、今も其の通りに、薄志弱行の徒は何事も成し得ない、実に此の確固不抜の精神こそ吾人の一大宝である、財宝や高位高官そも何者ぞと云ひたい」

北への宿志　小瀬次郎

ロシアのメドベージェフ大統領が、国後島《くなしりとう》を突如訪問したり、浅田次郎氏が『終わらざる夏』で占守島《しゅむしゅとう》の戦闘を描いて毎日出版文化賞を受賞したり、このところ、千島列島の話題が続いている。国後も占守も、わが国領有の島だが、第二次大戦後はソ連―ロシアの管理下にある。敗戦の混乱時に乗じられたのである。

千島探検では、古来、何人かの名が挙げられる。最上徳内《もがみとくない》、近藤重蔵《こんどうじゅうぞう》、そして郡司《ぐんじ》成忠《なりただ》である。郡司は「報效義会《ほうこうぎかい》」（明治天皇の命名）を結成し、北方警備と千島開拓を目的に、明治二十六（一八九三）年三月二十日、隅田川《すみだがわ》から五隻のボートで出発した。義会の会員は、退役軍人たちであった。何しろボートで北方に向かうというのである。壮挙を応援しない者はなかった。樋口一葉の日記にも、この出発の様子が記されている。日本中が熱狂したようだ。一葉は一行の先々が気がかりで、乏しい家計の中から新聞代を捻出、四月一日から読売新聞を購読している。

郡司成忠は海軍大尉で、文豪・幸田露伴の実兄である。露伴も兄のボートに同乗し、横須賀までお供している。ボートで千島列島を目ざすとは無謀な話だが、これは帆船を入手できなかったからであった。花火と万歳の声で送られた一行は、各地の港々で歓迎の饗宴を受ける。そのため「ご馳走隊」「ご馳走大尉」などと蔭口を叩かれた。

結局、郡司の第一回千島行は、青森県八戸鮫港を出港後、暴風雨に襲われ遭難、溺死者も出て、中止のやむなきに至った。郡司たちは軍艦に曳航《えいこう》され、北海道函館に上陸した。熱烈に壮途を見送った国民は、一転して、白眼で郡司らを迎えたという。そんなものだろう。

郡司たちはこのあと千島列島の一つ択捉《えとろふ》に辿り着く。一葉は日記に、こう記す。「此《この》人々はまこと身をすて、邦《くに》に尽さんとする人々ぞかし」。

白眼視する人ばかりではない。

郡司成忠の事績を調べながら、一葉のように好意をもって北航を見守っていた人の中には、たとえば現代の野球少年が、大リーグのイチローにあこがれ英雄視するように、第二の郡司たらんとして、未開地の探検や拓殖を志す若者がいたのではないか。そう思い、郡司と交際した人たちの身元を追ってみた。

それにはまず、この千島行の足跡を、丹念に書きだしてみることだった。彼らは鹿《か》島灘《しまなだ》から那珂川《なかがわ》口に入り、水戸《みと》を訪れて、そこで郡司が講演をしている事実をつかんだ。義捐金《ぎえんきん》を募っていたのである。

弘道《こうどう》学会という会があった。水戸学を鼓吹し、文武両道を奨励する会で、旧水戸藩士らが指導に当たっていた。郡司らの千島行を知るや、会員たちの中から同行を望む声が上がった。もともと水戸藩は、徳川光圀以来、蝦夷《えぞ》地開拓が宿願である。光圀は貞享年間から元禄初（一六八四―一六八八）年にかけて快風丸《かいふうまる》を蝦夷に航海させようとしたし、幕末、烈公こと斉昭《なりあき》は北辺経略を幕府に建言し却下されている。「大神のたけくさかしき心もて蝦夷か千島を切り開かなむ」と烈公は詠んでいる。旧藩士たちが、色めきたつのも無理はない。千島開拓は本来水戸人がやるべき仕事であった。

参加希望者が、続々出た。その中の一人が、小瀬次郎《おせじろう》である。明治八年、水戸藩士の次男に生まれた。十九歳の水戸中学校の生徒であった。叔父が弘道学会の設立者である。しかし、小瀬は選にもれた。若すぎたのである。選ばれたのは、小学校教員の上河辺猶と、山本敏の二人であった。

叔父が次郎をさとした。千島開拓は水産事業にある。水産学を研究して、活動の素養を作り、それから現地に向っても遅くはない。血気に逸《はや》るな。平生、目上の者に対して従順な小瀬は、「敢《あ》へて我意を主張せず、万斛《ばんこく》の涙を呑んで思ひ止りたり」と、昭和五（一九三〇）年刊の追悼集『小瀬次郎』にある。

やはり、いた。小瀬のような若者は、おそらく全国に相当の数いたのではなかろうか。

思い止まった小瀬は、それからどうしたか。この年の九月、水産伝習所に入所し、水産学を勉強しようとした。つまり、叔父の教えを守り、数年後の千島行を期したのだろう。

伝習所は東京三田にあり、小瀬は下谷《したや》池之端《いけのはた》の親戚が所有する長屋に寄宿し、歩いて通った。長屋には、画家の中村不折《なかむらふせつ》がいた。不折は、夏目漱石の単行本『吾輩ハ猫デアル』の挿画を描いている。また書の方も有名で、書道博物館を開設した。

小瀬は不折としばらく同居し、自炊生活をしたことがある。不折の無名時代で、二人とも貧乏であった。沢庵と味噌汁で毎日カユをすすっていた。隣のカミさんが見かねて、おかずを差し入れてくれる。ところが不折は、もらい癖がつく、依存心が強くなる、と言って捨ててしまう。小瀬はもったいない、と思うが、何せ不折は年上（九歳上）だから、さからえない（目上の者には従順なのである）。

小瀬は学校から帰ると、こよりで煙管筒《きせるづつ》をこしらえる内職をした。一本作ると三十銭になる。しかし何日もかかる。一日七、八銭のアルバイトである。お菜を買う余裕はない。

朝、カユをすって登校し、昼食は抜き、四時に空腹を抱えながら帰宅する。道に五銭の白銅貨が落ちていた。五銭あれば焼き芋が買える。しかし、猫ばばすれば、不折の友だち甲斐のないことになる。交番に正直に届けよう。そう思いながら、焼き芋屋の前を通った。芋の匂いをかいだら、もうとても我慢がならない、義理も何もなかった。その金で芋を買って食べてしまった。食べたあとで、後悔した。不折に申しわけないと思い、たった一枚の白銅貨が、のちのちまで小瀬を苦しめた。

明治二十九（一八九八）年九月、小瀬は水産伝習所漁撈科を二番の成績で卒業した。卒業生は六十二名である。翌年一月二十日付で同所雇を命ぜられた。日給二十五銭である。仕事は寄宿舎の監督である。この年三月限りで伝習所は水産講習所（のちの東京水産大学）と名称が変った。翌年五月、小瀬は技手となり、更に十月、水産講習所の助教となり、学生を指導する。講習所の練習船「快鷹丸《かいようまる》」に乗り組み、捕鯨などの実習を行う。

明治三十八（一九〇五）年、この「快鷹丸」で宮古湾より千島の占守島に航走、二十一日間かかって着到した。占守の小高い丘には、「報效義会」員四十名ほどの墓があった。

明治二十九年、郡司成忠は第二回千島行を敢行した。この時は報効義会員と家族ら、合計五十七名の大集団で占守に上陸した。郡司は妻子を連れている。一行は家屋を建て居住し、畑を耕し、漁をする。明治三十七（一九〇四）年、日露戦争開戦、郡司は会員十数名と大砲や銃を漁船に積み、ロシアのカムチャツカに向う。そしてロシア側に監禁される。占守島の会員たちは、故国引き揚げを決めた。

日露講和条約が調印されたのは、明治三十八年九月五日である。小瀬らの快鷹丸が占守に着いたのは、その二日前である。占守行は何の目的であったか不明だが、とにかくも彼らは報効義会員の墓に詣でた。そして写真を撮った。第一回千島行に参加した山本敏の墓もあった。山本と一緒に加わった上河辺猶も、すでに亡くなっていた。小瀬は母あての手紙で、山本敏の遺族に写真を届けてほしい、と頼んでいる。写真に写っているのは木碑の裏面で、表には「釈報」と彫られている、と説明している。報効義会の報だろう。

この手紙で小瀬は、戦争の様子は一カ月半ばかり前から全く不明、早く樺太《からふと》港に入港して情報を知りたい、と書いている。してみると千島に航行したのは、漁業実習のためらしい。その証拠に占守出帆後、更に北航して、カムチャツカの西岸に沿い走りながら、「鱈《たら》を二千尾許《ばか》り」釣った、と報告している。そして手紙の末尾に、こんな狂歌を記す。

羆熊《ひぐま》を捕りそこないて狂句

勘平は猪《しし》を打つさへ二つ玉

羆熊捕ろで苦心散弾

勘平は「忠臣蔵」の早野勘平《はやのかんぺい》、猪と間違えて盗賊を撃つ。二つ玉は、猪狩りに用いる火縄筒で、弾丸を二つ込めて撃つ。苦心散弾は、言わずもがな、苦心惨憺《さんたん》の洒落である。

小瀬はダジャレが好きで、得意だったという。

明治三十九年、遠洋漁業、トロール船漁業、また魚市場やセリ、商習慣などの研究のため留学を命じられ、ヨーロッパに旅立つ。三十二歳の小瀬は、イギリス人の「接吻」について、母にこんな手紙を送っている。

下宿の爺さんは「赤薬缶《やかん》（禿頭）に候」、娘やむすこが外出する時は、その頭の「テンペンのテラ〳〵を一吸ひチユー」、爺さんは目をパチパチさせます。またむすこが姉の頬にチュー、「犬か雀の如くに相見え候」、これが毎日のことなので近頃はずいぶん慣れたが、最初着いたばかりの夕食時に見せられた時は、食いかけの肉片をのどにつまらせ閉口しましたうんぬん。

洒落好きの小瀬も、よっぽど驚いたらしい。

しかし、こんな話を肉親に書けるのだから、小瀬の母は田舎の人には珍しく、物わかりのよい女性だったようだ。息子の狂歌を、面白がる母親なのである。明治四十二年に帰国、以後、昭和四（一九二九）年、五十五歳で亡くなるまで、水産講習所の教官として、三十三年間勤め、およそ六百名の生徒を水産界に送りだした。練習船「白《はく》鷹丸《ようまる》」の建造に努力し、完成進水式当日に、世を去った。他にこれというエピソードはない。

こんな言葉が、残されている。この数言から、小瀬次郎の人となりが、何となく見えてくるだろうか。

「天災に非ざる限り人間は喰ふに困る事なし」

「人を世話する時迷惑は必ずかゝるものと決心して置かねばならぬ」

「世話をしても喜ばれる様なことはない、却《かえ》つて憎まれるものと心得て居給へ」

捨身の声　村上久米太郎

「人生劇場」や「湖畔の宿」の歌謡曲で有名な詩人、佐藤惣之助に、こんな詩がある。「何処《どこ》へ曳《ひ》かる、人質ぞ」で始まる物語詩で、「明けりゃジャンクの船の底」「それ皇軍の短艇《ふね》が行く」と続き、その四節、「丈夫《じょうぶ》村上久米太郎／匪賊《ひぞく》を蹴って立ち上り／満腔義烈の声こめて／『日本人はこゝにをる』」うんぬん。

詩の題は、「日本人は此処《ここ》に在り」。以上の紹介でおわかりのように、匪賊（中国の盗賊団）の人質になった村上久米太郎《むらかみくめたろう》が、日本軍の短艇を見つけ、匪賊を蹴って敢然と立ち上がり、「日本人はここにおる」と大声で教えた、という詩である。村上はのどに銃を突きつけられていた。自分の身を犠牲にして、仲間の命を救った。さいわい、賊の弾丸は急所を外れ、村上は重傷を負ったが助かった。

昭和九（一九三四）年に実際にあった事件で、村上はいちゃく時の人になった。

「日本人はここにいるぞ」と叫んだ彼の捨身の一言は、「日本人ここにあり」の「名言」として、映画になり芝居になり、流行歌や浪花節や絵本や伝記に作られて、一世を風靡《ふうび》した。有名人となった村上は、傷が癒えると各地で体験談を講演してまわった。その一つ、東京府立第八高等女学校での講演速記（同校校友誌『若芽』第十五号・昭和十二年三月刊）をもとに、昭和十年九月に東京愛媛県人会が発行した『日本人こゝにあり』を参考に、事件を振り返ってみる。なぜ講演速記に拠《よ》るかといえば、単行本は本人からの聞書であり、聞書も遭難直後の、言語不自由な中で行われており、記憶も混乱している。元気になった本人の談話の方が、細かい点で正確だろうと考えるからである。ただし、一緒に難に遭った人たちの手記が収められていることで、単行本の価値がある。よって参考にした。

村上は講演の冒頭で、満洲の匪賊の実態を説明している。たとえば松花江《しょうかこう》の定期汽船に、旅客になりすまして匪賊が乗船する。もちろん船着場では係員が厳重な身体検査をする。男は武器を持たない。女の匪賊が股に小型の拳銃を隠して、何食わぬ顔で乗る。船が出ると仲間の男に拳銃を渡す。男は船長をおどして船を陸に着けさせる。かねて示し合わせた仲間ら二、三十名が乗り込み、掠奪や殺人を行う。日本人が目の敵にされ、殺される。匪賊のほとんどが、「反満抗日」の輩《やから》なのだ。死体は河に投げ捨てられる。

昭和九年八月三十日、満洲国官吏・村上久米太郎は、用事で午後九時五十分ハルピン駅発・新京《しんきょう》（満洲国の首都。現・長春《ちょうしゅん》市）行の国際列車に乗り込んだ。四人で一室である。相客は二人の日本人、それに中国人で、いずれも男である。午前一時半頃、大きな音と共に列車が転覆した。網棚からトランクが落下し、村上は目をさました。窓の外で銃声が聞こえた。匪賊の襲撃と知り、暗闇の中で、日本人乗客と共にドアのハンドルを握り、開けられないように力いっぱいおさえていた。ところが賊は数名でドアを破って押し入ってきた。懐中電灯で村上たちを照らし、「リペンレン」（日本人だ）と叫んだ。村上たち三人はたちまち列車の外へ引き出された。村上は下着の半袖シャツにステテコ、素足である。高粱《コーリヤン》畑の中に座らされて、本式に縛られた。首の後ろで結び、その結び縄で両手首を縛る。手先は自由に動かせる。村上の他に日本人が六人、外国人が二人、捕虜にされた。賊は六、七十名いた。村上たちは高粱畑の中を歩かされた。

夜が明ける頃、小さな集落に着いた。匪賊たちは分奪《ぶんど》った品を、山分けし始めた。終わると、九人の国籍を調べだした。村上は小声で、日本語を話すな、と注意した。賊たちはどうやら日本人を狙った、と覚ったのである。村上は朝鮮人になりすました。

他の日本人も、それぞれフィリピン、中国、朝鮮とでたらめを告げた。メキシコ人と怪しげな英語で名乗った者もいる。何とかごまかして、その場はすんだ。再び高粱畑の中を歩かされた。

夕方、農村に入り、農家の奥の一室に上げられた。古着が支給され、食事に蒸したてのトウモロコシが出された。更に泥つきのネギの束と、青唐辛子が二、三十、生卵十個ばかり運んできた。朝鮮人を名乗った手前、村上は涙を流しつつ唐辛子に味噌をつけてかじった。ある者が卵に手をのばした。村上はあわてて足先で、その者を突ついた。生卵を好むのは日本人だけである。いっぺんに、ばれてしまう。しかし、その人は、早く食えの合図だと早合点した。他の者も手を出した。匪賊はそれを見て、頭目に告げに行った。外国人二人は、身代金《みのしろきん》を払うから助けてくれ、と取引を持ちかけた。

村上の傍《かたわ》らに衣装櫃《びつ》があり、そこに裁《た》ち鋏《ばさみ》があった。村上は服を直す振りをして鋏を盗み、ステテコのゴムに挟んだ（ということだろうと思う。講演では、鋏をそっと取って袴下《こした》の間に挟み隠した、とある）。

食事が終わると、また出発である。村上らは縛られたまま高粱畑の中を引き立てられる。やがて、沼地に入った。腰の辺まで水につかりながら、歩いて行く。二十名ほどの匪賊が先を行き、九人の捕虜を間にして四十名ほどが続く。逃げるなら、ここしかない。村上は決心した。なぜなら、「向ふの人間は一般に素足で泥田の中には入りません（略）それで満洲で米を作つて居る者は皆朝鮮人であります。満洲人は田の中へは絶対に這入《はい》れません」。村上は農家の生まれである。水田はお手のものだ。その水田が尽きて陸へあがった。

村上は靴を直す、と立ち止まった。後ろの匪賊らが追い越していく。しゃがんで例の鋏を取り出し、こっそりと縄を切る。村上の捕縄を持つ賊が、早くしろ、とせかす。最後尾の賊が先へ行ったのをみはからい、今来た方に一散に走りだした。もう二十メートルで沼に入るところで、土くれのような物に躓つまずいて倒れた。どうしても起き上がれぬ。捕縄を持ったやつが追いかけてきて、打つ、殴る、蹴る。村上は大声で叫んだ。賊は辺りをはばかって、ひるんだ。近くに農家があり、騒がれるとまずいと判断したらしい。追っ手に通報されるからである。お前は何を言うのか、となだめすかす。頭目の待っている所まで連れていかれ、そこで雁字《がんじ》がらめにくくられた。

三十一日の午前二時頃、「牛営子」という所に着いた。村上は口を開けさせられた。監視の二人が、こいつを殺して金歯を盗ろうと相談している。他の捕虜は農家の一室に閉じ込められたが、村上だけは土間に引き据えられたままにされた。

翌日、日本と満洲の共同救援隊が、牛営子に向かっているという情報をつかんだ匪賊らは、村上らを連れて松花江に出た。そこにつないである大きい船と二艘の小さい船に、村上らと十数名が乗り、残りは陸を行く。午前十一時頃、河の中にある中洲の一軒家に入った。どうやら匪賊の隠れ家らしい。遠くで軽機関銃の音がした。また飛行機の爆音も聞こえる。陸行した匪賊を、救援隊が発見し攻撃している模様である。こちらの匪賊はあわてて村上たちを船に乗せ、楊柳の林の中に隠れた。柳の枝を切って船にかぶせ、飛行機からは見えないように細工する。飛行機は、やがて遠くに去ってしまった。夕方、中洲に船を着けた。三人だけ村上たちの見張りに残り、他は上陸する。村上らは船中で一夜を過ごした。

九月二日の朝になる。上陸しろ、と命令される。中洲に深さ八十センチ程の穴が掘られていた。穴に入れ、と頭目が命じた。村上は覚悟した。村上に拳銃が向けられた。

その時、日本の飛行機が飛んできた。上空百メートル程を旋回し、「村上」「村上」と呼んでいる。頭目は狼狽《ろうばい》し、村上たちを穴から出すと、船に追い込む。急ぎ船を出し、竹藪のような楊柳の繁みに隠れる。十五分ぐらいたつと、船のエンジン音が近づいてきた。満洲国の軍艦である。匪賊が驚き、村上たちの耳と目と口を、古綿や手拭いでふさいだ。声を立てさせまいとしたのである。そして小銃をのど元に突きつけた。

「日本人はいないか」と五、六十メートル先で呼んでいる。ボートが近づいてきた。「この辺だと思ったが」という声が聞こえる。違う方向からもオールの音がする。繁みは深く、見つけられないようだ。ボートが次第に遠ざかる。この機会を逃せば、助からない。

村上は夢中で立ち上がった。力の限り、絶叫した。とたんに小銃が火を噴いた。村上は左下顎から右下顎を撃ち抜かれていた。無意識に縛られた左の手が上がる。二発目を、左腕の関節で受け止めていた。匪賊は次々と河に飛び込み、逃げだした。村上は手真似で、捕われの日本人に、早くボートを呼べ、とうながす。我に返ったように、皆、日本人はここだ、と口々に叫んだ。救援隊がやって来た。村上久米太郎は、この年四十六歳である。

二人の外国人が『日本人こゝにあり』に手記を寄せている。それによると、二人ともMGM映画社の者で、一方は大阪支店長（デンマーク人）、一方は奉天《ほうてん》支店長のアメリカ人である。アメリカ人によると、匪賊は占領品を分ける際、彼のカバンから出てきた映画のスチールや、ハリウッドスターの写真に興味を示した。ジーン・ハーローや、グレタ・ガルボ、ジョーン・クロフォードや、ノーマ・シアラーの美しさを語りあっていた。

村上の捨身の一言だが、彼によると、「日本人は此処にをるぞ！」である。この事件はさまざまの形で劇化された。日本ビクターは浪花節と映画説明のレコードを出した。前者は横山英一が作詞し、木村富士衛が吹き込んだ。タイトルは「日本人ここにあり」である。後者は水戸草人の詞で、加藤柳美が管弦楽の伴奏で語った。こちらのタイトルは、「日本人こゝにあり」である。

作家もいろいろ

何者なるや? 物集高量

物集高量、「もずめ・たかかず」と読む。この人はどういうかたであるか。何をした人であるか。

年譜を見てみよう。自筆の年譜である(ところどころ略す)。

「明治十二年　零歳(年令は満)/四月三日、正午生れる/六月、父高見《たかみ》、出羽《でわ》三山の宮司に任命さる/(一家で)羽黒山《はぐろさん》の麓《ふもと》、手向《たむけ》村に居住　明治十三年　一歳/積雪二メートル、雪折れ竹の音に怯える/副食物は漬物だけ、娯楽物なし」

一歳の記憶って、あるものだろうか。

「明治二十六年　十四歳/本郷菊坂《ほんごうきくざか》町の漢文塾へ通う。専《もっぱ》ら詩作/十月十五日、中学郁文館《いくぶんかん》へ入学、私が正規の学校へ通いし記念すべき日/父の著書『日本大辞林』完成」

六歳の時の事項を略したが、この人、麻疹《はしか》の高熱で骨膜炎になり、左脚が不自由になった。そのため小学校に通わず、父の助手たちについて学んでいたのである。

「明治三十二年　二十歳／三月、父、文学博士となる／四月、父、帝大文科教授を辞任／初めて私の小説『面影』が青年雑誌「文庫」に載る／小説『お杉』が青年雑誌「月光雁影」に載る／小説『稲荷屋』『早瀬川』が相次いで「文庫」に載る／三高入試のため京都へ行く／入試合格の飛電来たる」

三高を卒業し、帝大文科に入学。「大学はつまらない。そこで作家にならんとして、江見水蔭《えみすいいん》氏を訪問。同氏、作家の生活難を述べて、断念せよという」。

卒業は日露戦争終結の三十八年である。日本淑女学校の校主となった。二十七歳、東京朝日新聞の懸賞小説に応募、『罪の命』が一等に当選した。翌年、大阪朝日新聞社に入社。ところが父より手紙が来て、忠文舎《ちゆうぶんしや》という出版社ができる、自分も出資しているので重役待遇である、入社してはどうか、と。そこで朝日を退社し帰京したが、「忠文舎振わず。雑誌を発行したくとも資金なし。よって収入なし。なんでも引受ける男となる」。バクチに凝りだした。「昼は米相場、夜はサイコロ／新妻逃げる。淋しさひとしお／スリにでもなってやろうかと思い、スリの親分、湯島の吉《きち》を訪ねる。吉曰《いわ》く、「おまはん、足が悪そうだから、この商売は諦めな！」／久松の賭場にて小遣い稼ぎ。久松の賭場を潰す」。

「大正三年　三十五歳／『田園生活年中行事』を著わす。稿料受領生活いささか楽になる」

この本が出版されたのは四年後の一月七日である。菊判、厚表紙、三百五十四頁の、どっしりとした挿絵入り本で、版元は嵩山房《こうざんぼう》。四月一日に再版されている。

内容は、書名の通りで、「喧騒の都会を去つて静閑の田園に帰臥する」人のための案内書といってよい。一年十二カ月の行事と農事を、古文献を引用しつつ紹介している。正月の項目は格別の新味も無いので、二月の節分を取り上げてみよう。

当時の節分の様子は、現代と大分異なる。煎った大豆を枡《ます》に入れ、年男が豆まきを務める。福はア内、と三度叫んで豆をまき、戸外に向かって、鬼はア外とひときわ大きく一声放つ（筆者の子どもの頃も同じだった）。鬼の逃げ道のため、必ず雨戸を少し開けておく。女や子どもは豆を自分の年齢の数よりも一つ多く拾い、紙に包んで近くの十字路に捨ててくる。この場合、決して振り返ってはいけない。豆まきの年男は、男であれば誰でも構わないが、「袴《はかま》を左捩《ねじ》りに穿《は》くことだけは」忘れてはならない。どういう風に着けるのか、よくわからない。豆まきは往古は追儺《ついな》または鬼やらいといい、朝廷の儀式で、節分の夜でなく大晦日の夜に行われていた、と式次第が説明される。

　話が先走ったが、高量が賭博に凝っている頃、父の高見は、ライフワークの『広文《こうぶん》庫《こ》』と『群書索引』の編纂に心血を注いでいた。膨大な和漢書・仏教書の記事を項目別に分類した、一種の百科事典で、後者はそれを検索できる書物である。高量は父の仕事を手伝った。ただし、無給である。高量の著作は、この編纂作業によって生まれたもの、と言ってよいだろう。追儺の蘊蓄《うんちく》が、そうである。

　高見の編纂はようやく完成したが、出版を引き受けてくれる版元は無かった。負債は山積し、物集家は差押えを受けた。要するに、『広文庫』の資料代に、全財産をつぎこんでしまったのである。新聞に競売が報じられ、すると、これを読んだある人が同情して、一万円の小切手をくれた。小切手をもらいに行ったのは高量だが、帰ると弁護士がいて、その金を受け取ってはいけない、と言う。すぐ返せ、と命じる。なぜなら、この小切手の件は美談だから新聞記事に出る。すると債権者がどっと押し寄せる。小切手をもらっていないと言えば詐欺になる。もらったと言えば、全部吐きださねばならない。喜ぶのは債権者だけで、金を下さった人の好意は無になる。高見は不服だったが、高量は道理であると納得し、弁護士と一緒に返しに行った。

　同情者が、一体、借金はいくらあるのか、と訊く。四万円、と答えると、それは私が肩代りしてやる、と請け合い、更に、『広文庫』の出版を援助しよう、と夢のような話になった。その人は船成金で、当時の金で三千万円を儲けたという。

かくて、大正五（一九一六）年、広文庫刊行会を設立、『広文庫』と『群書索引』が発行された。前者が全二十巻、後者が全三巻である。売行きがよく、大正七年、『日本文学叢書』全十二巻も刊行した。『広文庫』は揃いで定価二百円、東京で三食賄《まかな》い付きの下宿が月額十五円の時代だから、恐ろしく高価である。高量はセールスマンを雇い、金持ちや大学、神社仏閣などに売り込んだ。学術用の他に、装飾用もキャッチフレーズにしたという。大正五年から昭和十（一九三五）年までの二十年間に、一万部売ったというから凄い。

援助してくれた恩人に負債を返却し、高見は刊行会を物集家で握ろうと図った。ところがセールスマンの多くが離れていき、経営は行き詰まってしまった。『広文庫』も一万部が限度であった。高見は昭和三年に亡くなった。

さて、時はいっきょに昭和四十九年に飛ぶ。名著普及会が、『広文庫』と『群書索引』を復刻すべく、高見の遺族を探した。すると、板橋区の某所に、高量が生活保護を受けながら独身生活を送っていることが判明した。九十五歳で、元気である。新聞で報じられると、高量はにわかに「時の人」となった。何しろ、談話がユニークである。こんな調子だった。

「淋しいなんて全然《まるで》思わないの。ひとり暮しは気楽でいいですよ。いつ起きようと、いつ寝ようと自由だしね。僕は気兼ねする性《たち》でね。家内にもそうだったの。自分の欠点を見られるのがいやなの。粗《あら》さがしされるのが嫌いなの」「今の楽しみは考えることとなの（略）世の中、不思議なこと沢山あるでしょ。人間のからだだってわかってることよりわかんないことの方が多いんですよ。人間のからだを通ってる神経がどうして舌にいくと味覚になり、鼻にいくと嗅覚になるのか……。不思議でしょ。そんな疑問がつぎからつぎへといっぱい湧いてくるんですよ。そんなのにひとつひとつ答をだそうとしたらとても死んでるヒマなんかありません。いい言葉でしょ、死んでるヒマなんかありません。まさに僕の為にあるような言葉ですよ」

「世の中を渡るってことはひとつの大変な芸術だろうと思うんですよ」「長生きをするためには、まず第一に退屈しないことだと思うの」「酒を飲んで、酔っ払うってことはボケるのと同じなんです。だから、僕は酒をやめてんの」「みんな、お医者さんが病《やまい》を治してくれるものだと思っているからお医者さんにかかるけれど、本当はお医者さんにかかれば治るという心の持ちようが病気を治すんですよ。だから、薬を飲んでも駄目だと思えば治らない」「今の世の中で一番欠如しているのは、人間が恥ずかしいと思う心ですよ」「芸のない世の中って言うんでしょうかねえ、ひとり、ひとりが自分の領分をわきまえてないんですよ。自分の進むべき道がわかんないんですね」

以上は、『百三歳。本日も晴天なり』（日本出版社、一九八二年刊）から引いた。この版元からは、『百歳は折り返し点』正続二冊も出ている。明治三十九（一九〇六）年、二十九歳までをつづった自伝である。このあとも続けるはずであったが、未完に終わった。亡くなったのは百六歳である。

先の『百三歳。本日も…』で、高量はこう語っている。「僕はやはり文士ですから代表作を書きたいですね（略）アイデアはもういくつか考えてあるんですよ。ひとつは江戸時代、天保の頃の話でね、河内山宗俊《こうちやまそうしゅん》とそのとりまきをモデルにした話なの。宗俊ってのは悪《わる》い奴なんだけど人殺しはしないいんですよ」。

すると、物集高量は、作家だったのだろうか。調べてみると、著書はいろいろある。物集梧水《ごすい》名でシェイクスピアの『ベニスの商人』を纂訳した『人肉質入裁判』や、増本河南《ますもとかなん》と共著の『ほら吹小僧』『アラビヤンナイト』、考証エッセイ集ともいうべき『田園雑記』（これは物集高量名儀である）などがある。小説家というより、文筆家と称する方が正確かも知れない。この人は、しかし意外な形で、日本文学史あるいは婦人運動史に関与している。

明治四十四年、平塚らいてう等五名が発起人で、女性文芸誌『青踏《せいとう》』が発刊された。発起人の一人が、高量の妹、物集和子《かずこ》である。そして発行所が物集邸に置かれた。平塚らいてうの自伝『元始、女性は太陽であった』によれば、「物集さんのお兄さんが、『未経験のお嬢さんばかりで雑誌を出すのだから、三号続けば偉いものだ』などと冷かしながら、親切な助言をしてくれました」とある。

いわゆる「新しい女」たちを誕生させた蔭の功労者なのである。

大いなる道　下村湖人

『次郎物語』をご存じだろうか。ストーリーを知らない方でも、このタイトルを耳にされたことはあるだろう。映画（戦中戦後で四本ある）、テレビドラマ、ラジオ劇、舞台劇、朗読等いろんな形で取り上げられている。原作は、小説である。

次郎という、名前の通り旧家の二男に生まれた男の、幼時から少年、青年時代を描いている。第一部は明治期から書き継がれ、第五部は昭和の世である。六部以後も続くはずだったが、作者急逝のため未完に終わった。それでも五部作の原稿枚数は、二千五百枚である。しかし、全編を通読した読者は多くあるまいと思う。『次郎物語』の話をすると、大抵の方が、児童文学と思い込まれている。次郎の少年時代しか知らないからである。

次郎は生まれてすぐに乳母《うば》に預けられ、乳母の家で育てられる。実母の乳の出が悪

いためだった。小学校に上がる前、実家に引き取られるのだが、新しい環境になじめない。

実母には、次郎のふるまいがことごとく気にさわる。注意する。次郎は、すねる。いやがられれば乳母の家に帰されると、子どもながらに考え、わざといやがられることをする。次第に、ひねくれてくる。

次郎には、二つ上の兄と、二つ下の弟がいる。この兄弟と差別される。祖母は次郎を毛嫌いし、いじわるをする。負けじと、反抗する。

次郎がどんな風にいたぶられ、それに対して、どのように抗《あらが》い、どう仕返しをしたか。それを繰り返し描いたのが、『次郎物語』である。読んでいて飽きないのは、誰にも覚えがあることだからだ。次郎の言行は、幼少年時の自分の姿なのである。

第一部が出版されたのは、昭和十六（一九四一）年二月で、たちまちベストセラーとなった。その年に島耕二監督が、杉村春子、轟夕起子の出演で映画化し、評判になった。映画の出来がよく、書籍の売れ行きに拍車をかけた。翌年に第二部が刊行された。次郎が中学に入学するまでを描き、昭和十九年に中学時代の第三部が出た。四部五部は、戦後の出版である。『次郎物語』は、名作と謳《うた》われている。成長物語の傑作と称されている。なのに、日本文学史でまともに論じられることがない。

作者は、下村湖人《しもむらこじん》である。大体、この作者がどういう人であるか、あまり知られていない。作品のみが有名で、筆者はあって無きが如しである。もっとも文学においては、これは最大の名誉かも知れぬ。名のみ売れていて、実績の無い文化人は少なくないのが実状である。

下村湖人は、作家だが純粋の作家ではない。「教育家」と評した方が、正当だろう。東京帝大英文科を卒業すると、母校の佐賀中学校に教鞭をとった。のち、佐賀県鹿島《かしま》中学校、唐津《からつ》中学校の校長になる。ユニークな校長だったようである。

生徒に、喧嘩《けんか》の要領を教えた。相手が手ごわいと見たら、にらみつけつつ、後ろに足を上げて履物《はきもの》を取り、それを武器に一撃を食らわす。そして、素早く逃げる。角を曲る際、振り返って追っ手の様子を見、姿を隠すこと。要するに、喧嘩は、三十六計逃げるに如《し》かず、である。

湖人は本名を虎六郎《とらろくろう》という。謝恩会の席で、隠し芸を披露した。チョッキのポケットに手を入れて、「猛虎《もうこ》一声《いっせい》山月高し」と詩を吟じだす。生徒たちが美声に酔うと、突然、歌いやめ、テーブルに両手を突いて、絞るような声で、「ウオー」と咆哮《ほうこう》した。これで、おしまい。自分の名に掛けた洒落である。湖人は生徒たちに、「虎さん」と呼ばれた。

教頭時代、職員ら数名と料理屋の二階で酒を酌んだ。感興高じて、座が大いに盛り上がる。たまたま階下で、学務委員たちが宴会を兼ねて打ち合わせを行っていた。二階の騒ぎで、会議が中断する。大切な学務行事の話ができぬ、と湖人たちの席に怒鳴り込んだ。湖人が構わぬから、大いにやろう、と一同にハッパをかける。上と下で、大騒動となった。これが新聞に出た。湖人は弁解をしなかった。

その年に開催された県の教員大会で、湖人が講演をした。いやしくも神聖な教育問題を料理屋で話し合うとは何事か、料理屋は酒を飲んで陽気に浩然の気を養う所だ、学務委員の料簡《りょうけん》は、お門《かど》違いもはなはだしい。

会場の教員たちは、やんやの喝采を送ったという。「次郎」の片鱗見るべし、である。

大正十四（一九二五）年、台湾総督府台中《たいちゅう》第一中学校長に赴任した。四十一歳である。四年後、台北《たいほく》高等学校に転任する。

湖人は教育者について、次のような見解を持っていた。

「教育者はまず人とならなければならない。人としての根底を培《つちか》うには、何より哲学することである。哲学によって真の人生観、世界観が確立する。教育技術などその上に立たねば意味がない」

生徒たちのストライキの責任を取って校長を辞職、台湾を離れた。大日本連合青年団講習所長となった。

昭和十一年一月、生まれて初めて小説を執筆した。『次郎物語』である。五十二歳。湖人という筆名は、それまで用いていた「虎人」を改めたものだった。原稿は、岩波書店に預けられていたが、陽の目を見なかった。それを小山書店（戦後、伊藤整訳『チャタレイ夫人の恋人』を出版。文学か猥褻《わいせつ》かの論争を巻き起こした）の編集者だった野田宇太郎（のちに文芸評論家。文学散歩という語を流行させた）が社主に諮《はか》って、単行本にした。野田と小山書店が、名作の助産師ということになる。『次郎物語』は自分の教育観を書いた、と湖人が語っている。

彼は徹底したリベラリストであった。青年団運動が軍国主義に取り込まれていくのを、慨嘆した。

昭和十九年一月、滋賀の、メンソレータムで有名な近江兄弟社が運営する学校の、実践女学校昇格記念式に講演した。近江兄弟社はアメリカの宣教師ヴォーリズの創設にかかわるものであったから、当時はアメリカのスパイと見る者がいて、会場には私服警官が入り込んでいた。

湖人はそれを知ってか知らずか、時の思いあがった指導者たちの姿勢を、痛烈に批判した。

「課長や部長、団体長なぞといばっているが、果して人間の値打ちがあるのか。腰かけている椅子が、物を言っているのじゃないか」

以下、湖人追想集『一教育家の面影』（「新風土会」発行、昭和三十一年刊、非売）から、湖人らしい言葉を拾ってみる。

「不毛の地には、温室の花を移植しても根ず《ママ》かない。先ず、雑草の種をまくことが大切である」

湖人は挿し木の名人であった。秘訣を問われて、日蔭に挿すことだ、と答えた。ただし、必ず一日一回は太陽の光の射す所でないといけない。人間も愛情に恵まれないと、枯れるのだ。

「おそるべきは少数者の暴力である。しかし一層おそるべきは多数者の無気力である。われわれは前者が常に後者の温床において育つと云うことを忘れてはならない」

「今の政治家はほとんどすべて権力の相場師である。そして国民は、彼等にとつて権力相場の資金でしかない」

湖人は、『真理に生きる』『魂は歩む』『凡人道』『人生を語る』『我等の請願』『眼ざめ行く子ら』『心窓去来』他を続々出版した。『下村湖人全集』全十八巻がある。個人全集としては、きわめて多い巻数である。

七十歳の誕生日に、歌を詠んだ。

「あるときは世をいきどほりある時はひそかに生きて七十とせへぬ」

「大いなる道といふもの世にありと思ふこゝろはいまだも消えず」

「なほ生きむ願ひをもちて若人と酒くみをればこゝろときめく」

湖人は十七歳の頃、盛んに歌を作り、与謝野鉄幹・晶子主宰の『明星』などに、投稿していた。筆名は「内田夕闇」である。

東京帝大生の時は、『帝国文学』の編集委員になっている。また、夏目漱石の講義を受けている。

湖人は、「非凡なる平凡」という語を好み、そのような人物を愛した。無名だが、一つの事を研究し、まじめに生きている人たちである。たとえば、食糧増産の工夫に永年取り組む農民や、わずかの労力で能率よく蛸壺を上げてゆく方法を考案した漁師などである。埋もれようとする人たちを、明るみに出したいと、絶えず考えていた。

若者たちが集まって談笑していた。たまたま一人がある者を評して、「あの人はどこか陰険なところがある」と言ったのを、湖人は聞き咎《とが》めた。

「お前たちは陰険という言葉の意味を、よく知っているのか。陰険という言葉ほど、その人に対する酷評はない。みだりにそんな言葉を使ってはならない」とたしなめた。湖人は決して人の悪口を言わなかった。また自分の手柄話や自慢をしなかった。

湖人の著作に、『論語物語』がある。「論語」の章句を解説しつつ、孔子の一生と彼の弟子たちを描いた本である。最終章は、「泰山《たいざん》に立ちて」の見出しで、有名な「吾《われ》十有五にして学に志す。三十にして立つ。四十にして惑わず」うんぬん、の語を説いている。泰山に登った孔子は、これでもう思い残すことはない、と弟子に告げる。「後は、ただほんのわずかだけ、書斎に仕事が残っているきりじゃ」。

湖人は『次郎物語』の第六部に着手しようとしていた。次郎の三十代を書くつもりだった。孔子の言葉は、湖人の思いであったろう。

孔子は七十四歳で他界した。死の七日前、弟子の子貢《しこう》にこんな歌を歌って聞かせた。「泰山それ壊《くず》れんか　梁木《りようぼく》それ摧《くだ》けんか　哲人それ萎《しな》びんか」。これが『論語物語』の結末である。湖人は、七十で死去した。

「食育」の先駆者　村井弦斎

田舎の知人から、畑の恵みを送られた。添えられた一筆箋に、「馬鈴薯《ばれいしよ》以外の胡瓜《きゆうり》、隠元《いんげん》、赤茄子《あかなす》は今朝摘んだもの」とあった。

漢字を偏愛する人なのである。トマトのことである。馬鈴薯はともかく赤茄子には、ニンマリした。若いかたには通じないだろう。トマトのことである。

夏目漱石が親戚からアイスクリーム製造機を贈られる。明治時代に家庭用の製造機が普及していたのだ。どのような形の物か見たく思い、文献を調べていた。

すると、手元にあった『食道楽』という四巻ものの小説の、第一巻「春の巻」の巻末に、絵入り広告が載っていた。外国人の一家が食卓を囲んで、アイスクリームを味わっている。その隣に、夫人が製造機を使用している図がある。夫人がアコーデオンのような物を両手に持っている（アイスフリーザー）。前に桶と茶筒、手鍋が置いてある。説明に、こうある。「小形和製壱個　金二円八十五銭　小形米国製壱個　金三円七十五銭　以上大形数種有之候」「但シ製造法明細和訳書ヲ添フ」。

広告の載っている『食道楽』春の巻の定価は、金八十銭である（明治三十六年刊）。してみれば、日本製の代価はこの本三冊分と少々、大した額ではない。家庭用アイスクリーム製造機は、決して珍しいものではなかったようだ。アイスクリームの作り方も、この本にある。機械は小さいので三円位、宅でも一つ買いましょう、と登場人物が語っている。

赤茄子も調べてみた。これは夏の巻ではなく、秋の巻に出ている。「赤茄子の味」という項目である。「赤茄子の味を知らざれば共に西洋料理を語るに足らず」とある。赤茄子くらい調法な野菜はない。滋養が多く味がよく、畑へ三、四本植えておくと、使いきれないほどできる。西洋料理にこれを使うのは、日本料理に鰹節や昆布を使うのと同じで、大概のソースは赤茄子で味をつける。一番おいしい食べ方は、生でかじること。熱湯をかけ指で皮をむいて薄く切り、塩を少しと砂糖をかける。三杯酢にしてご飯のおかずにすると、いくつでも食べられるとある。

そして、赤茄子ソースとジャムの作り方が出ている。ジャムの方は、まず皮をむくのだが水気をつけないのが大事で、鉄の刃物を使ってはいけない、鉄の刃物を用いると、早く腐って味も悪くなるからである。竹のへらを薄く刃物のようにして、それでむく。西洋では銀のナイフを使う。

むいたら二つに割って種と汁を絞る。トマト一斤《きん》なら砂糖も同じ量をかけておく。砂糖が溶けトマトの汁が出る（記述はいつの間にか赤茄子からトマトになっている）。

最初は強火にかけ、浮いてくるアクをていねいにすくい取る。三十分間煮てアクが出なくなったら、火を弱め、一時間煮つめる。決して掻き回してはいけない。アクはよく取らないと、色が黒ずんで紅くできない。何のジャムでも弱火で気長に煮ないと、のちに砂糖がジャリジャリしていけない。砂糖と果実が同じ割合なのは（どのジャムも共通）、砂糖の防腐性を利用し長く持たせるためで、甘味が勝ちすぎるから、四、五日で食べ終わるものは砂糖を少なくすること。「赤茄子のジャムは売物にありませんからお家で沢山拵《こさ》へてお置きなさいまし」。

『食道楽』は明治三十六年に第一巻が出た。春夏秋冬の四巻物で、作者は村井弦斎である。

村井は大衆作家だが、この『食道楽』だけが、現在も読みつがれている。紹介したように、わが国唯一の「料理小説」なので、内容が古びていないためである。

むろん、ストーリーはある。大原満《おおはらみつる》という若い大食漢が主人公で、友人の妹が料理名人、子爵の娘がこの妹に料理を習いに来る。大原には叔父の娘の許嫁《いいなずけ》が、故郷にいる。大原には気が進まない異性だが、学費を出してくれた叔父ゆえ、否《いな》が言えない。

主人公は食いしん坊だから、料理上手の友人の妹に惚れてしまい、婚約を交わす。それを聞いた叔父夫婦と娘、大原の両親ら五人が、血相を変えて上京してくる。さあ、どうなるか。

いとこ同士の結婚は遺伝的によくないとか、許嫁は全く料理に無関心とか、甥《おい》を許さぬ叔父、気の弱い実父、問題はこじれて、のっぴきならなくなる。しかし、作者が書きたかったのは、料理を通しての、わが国文化の批判であり、日本人論だったろう。「家庭料理の進歩せざるは、文明の進歩せざるなり」「野蛮の世は何事も秘伝多し。秘伝は文明の大禁物」などという言葉が現れる。「食物に無頓着な男は、人の良人《おっと》たるべき第一の資格なし」「食物は人生の大本《たいほん》であるから我が心身を養って天下に大事業を成さんとする程の者は何より先に食物問題を研究して我が身体を大切にしなければなりません」

村井は作中で「食育論」を唱えた。

「今の世は頻《しき》りに体育論と智育論との争そひがあるけれどもそれは程と加減に依《よ》るので、智育と体育と徳育の三つは蛋白《たんぱく》質と脂肪と澱粉の様に程や加減を測つて配合しなければならん」。しかしそれよりも大切なのは、「食育」である、と声を大にする。

現在流行の「食育」は、村井弦斎の造語であり、自論なのである。

村井の面白さは、西洋料理を紹介しながら、何もフォークやナイフで食べる必要はない、日本人は箸で食うべき、と主張したことにある。フォークの背にご飯をのせて口に運ぶ、それが正式の食事作法という、知ったかぶりのエセ西洋通をあざ笑った。

調理に衛生は欠かせないが、村井はそれを説くなら、政界の衛生から必要だ、と演説する。政治家を名乗りながら、家では天保時代の台所で栄養のバランスを考えぬ食事をし、外へ出れば待合で酒を飲み芸者を引っぱる。こんなありさまで、どうして一国の文明を進められようか。

「一国の文明を進めんと欲すれば先づ一家の文明を進むべし。一家の文明を進めんと欲すれば先づ一身の文明を進むべし。一身の文明を進めんと欲すれば先づ三度の食事を文明的に改良すべし」

村井弦斎は本名、寛《ゆたか》。文久三（一八六四）年、三河国豊橋《とよはし》（愛知県豊橋市）に生まれた。代々吉田藩士で、儒学と砲術をもって仕えた。

数え六歳の年が明治元（一八六八）年である。十四歳で東京外国語学校（東京外国語大学の前身）にあがり、ロシア語を学んだ。健康問題や家庭の事情で中退、いろんな職業についた。実業家になろうと、明治十八年にアメリカに渡る。苦学するも母の病気で、一年余りで帰国する。

二十五歳で郵便報知新聞社に入社、翌年より同紙に小説を連載、三作目の長篇『小猫』で評判を得た。『日の出島』（全十三冊）が、ベストセラーとなる。前述したように現在は『食道楽』以外の著書は、全くといってよいほど読まれていない。

村井は明治三十九年、実業之日本社に乞われ、同社の編集顧問となった。月刊誌『婦人世界』を創刊、同誌に毎月、婦人論、恋愛論、結婚論、夫婦論、日常生活の知恵、等、評論やエッセイを執筆した。村井夫人の多嘉子も、料理記事を連載している。たとえば、大正十一（一九二二）年の九月号に、村井は「育児上の知識を欠きしため子供の歯を悪くした失敗談」（続）を書き、夫人は「食欲を進める即席漬物十種」を書いている。

つまり、『食道楽』に出てくる料理法は、夫人が考案研究したものとわかる。村井はもっぱら試食する側だった、と長女の米子《よねこ》が回顧している。その米子も本号に、「上高地《かみこうち》の天幕生活から」を掲載している。米子はわが国女性登山家の第一号である。十六歳で富士山に登り、二十代に入って槍ケ岳《やりがたけ》から穂高《ほたか》を縦走している。戦後、日本山岳会の婦人部創設に尽した。本職はＮＨＫディレクターだった。

村井弦斎は昭和二年（一九二七）七月、六十三歳で亡くなった。文学者に一番必要な資格は、誠心実意である。『食道楽』春の巻で、登場人物がこんなことを弁じている。

「いかに文章が巧みでも筆の先で鬼神を泣かしめる力があつてもその精神が欠けて居たら何の役に立たん（略）苟《いやしく》も文筆を以て世に立つものは社会を感化すると云ふ心でなければならん、世道人心に裨益《ひえき》すると云ふ精神で無ければならん」

『食道楽』はこの精神によって生まれたものである。だから「序文」で、こう述べている。「小説猶《な》ほ食品の如し、味佳なるも滋養分無きものあり、味淡なるも滋養分饒《ゆたけ》きものあり、余は常に後者を執《と》りて、聊《いささ》か世人に益せん事を想ふ」。

村井は、「百道楽」の小説を書こうとした。百の道楽である。最初に、「釣道楽」を著した。次に、「猟道楽」を出した。続いて、「酒道楽」、酒にはお酌だからと「女道楽」を出した。その次に書いたのが、「食道楽」である。新聞に連載中は、「くいどうらく」と読ませていたが、単行本で「しょくどうらく」とした。

『食道楽』は、大変なベストセラーになった、そのせいかどうか、百種予定の道楽シリーズはこれで終わった。村井の構想メモには、「犬道楽」「猫道楽」「囲碁道楽」「小言道楽」「芝居道楽」「持物道楽」等があった。「自転車」や「写真」「古銭」「旅行」

「小鳥」もある。「小説道楽」「読書道楽」もある。他のはともかく、この二冊は読みたかった。

村井米子の回想によると、『食道楽』が売れに売れて、毎月三千円前後の銀行振込がある。銀行の頭取が驚いて、児孫を小説家にさせようか、と語ったという。

定価八十銭の本である。四冊揃いで三円二十銭だから、ざっと毎月一万組は売れていたことになる（印税率を定価の一割と計算して）。頭取ならずとも、小説家にあこがれるだろう。『食道楽』は、昭和五十一年に柴田書店から復刻本が出ている。これもかなり売れた（その後、岩波文庫にも収録）。

「遊《あす》び」の極意　岡鬼太郎

よほどの落語通でないとご存じないかも知れない。「梅見」という題の落語である。出だしは、こうである。「袖の移香《うつりが》あやしい素振《そぶり》　梅見ばかりぢやないらしい　此《こ》の都々《どど》一《いつ》を題にしてと云《い》ふ事になりました、何《ど》うにか附会《こじつ》けましたらお慰み。女房『よう貴下《あなた》、本当の事を仰有《おつしや》いましな……』」。

古くさい語りと文字遣《づか》いでお察しのように、明治の新作落語である。こんな話――落語のあらすじを紹介するのも野暮でナンセンスだが、語り口の妙は想像にお任せするとして、梅見に出かけた男が夜遅く酔って帰宅したので、女房が意見をしているのである。どうしてこんなに遅くなったか、逐一《ちくいち》、行動を報告しろと責める。そこで亭主、仕方なく、とはいえ一杯機嫌だから、むしろ女房をからかうように、くどく打ち明ける。

梅見のついでに浅草に足を伸ばし、一杯飲んだ。つい、過ごしてしまい、気がつくと小遣いが尽きている。飯を食いたいが仕方ない。懇意の家に行って頼もうと、顔を出す。十七歳の娘が愛想よく迎える。娘の母親も出てきて大歓迎。ふつつかな娘だが、何とぞお見捨てなく面倒を見てやって下さいまし、と愛想笑い。居心地よくて勧められるまま、飯を食い酒を飲み、夜っぴてやっていたかったが、遅くなると姉さんが心配するからお帰り、と言われ、それもそうだ、おいとましようと急いで御輿《みこし》を上げたものだから、梅干しの土産《みやげ》を置いてきてしまった。お前と違ってあっちは美人だなあ、とやったものだから、聞いた女房は頭に角《つの》。そこはどこです、さあ今からその家へ行きましょう、私の前でその女とすっぱり縁を切ってもらいます、案内なさい、と人力車を呼ぶ。旦那のあとについて家に飛び込んだ。出てきた美しい娘は——見ると自分の妹。「アラッどうしたの。兄さん、梅干しの忘れ物。でも姉さんは？」旦那が答える。「これは慎《つつし》みを忘れたから来ました」。

酔った亭主のまわりくどい説明と、じれて次第に焼き餅を焦げつかせる女房のやりとり。「落ち」といい、新作落語の傑作の一つだろう。作者は、岡鬼太郎《おかおにたろう》。落語家ではない。劇評家であり、劇作家であり、小説家である。普通の小説でなく、花柳界《かりゅうかい》を舞台にした物語ばかり書いた。現役の頃は一部の通好みの読者に喜ばれた人だが、花柳界のすたれた今は、丸で読まれなくなった。注釈が無いと意味が通じないからである。

芝で生まれた生粋の江戸っ子で、江戸びいきの東京好み、言葉一つにも、東京人はそんな言い方はしない、と口やかましかった。

たとえば、「思いもかけないこと」は田舎言葉で、東京言葉は「思いもよらないこと」である。あるいは「思いがけないこと」と言う。「兎《と》に角《かく》」「兎に角に」なんて言わない。「兎も角」とも言わぬ。「兎も角も」である。「何々しなさい」「行きなさい」「見なさい」「書きなさい」の命令調は、東京言葉では、「何々なさい」「いらっしゃい」「ごらんなさい」「お書きなさい」である。

「浅草に行く」は、「浅草へ行く」である。「騒ぎが起きる」は、「騒ぎが起こる」である。「居心地がいい」は、「居心《いごころ》がいい」で、「心地よい」は「心持がいい」である。

地名の「高田馬場」は、「たかたのばば」と濁らない。「秋葉原」は現代は「あきばはら」と読んでいるが、「あきはのはら」が正しい、とこの「現代」は、大正十五（一九二六）年のことである。

「現代娘」の着物の着け方は見っともない、まくれて脚がのぞく、と実は嬉しい癖に非難する者がいるけれど、着方が間違っているからだ。腰紐を上の方へ締め、帯を胸《むな》高《だか》に巻きつけて、下腹を突き出して歩けば、裾がまくれるに決まっている。と言うことなすことに、いちいち目くじらを立て、ああだこうだと講釈する人の小説が、どんなものであるかは、想像がつくだろう。好きな者にはたまらないが、嫌いな人は見向きもしないはず。花柳界が、それである。独特の決まりごとや物言いがあり、それに精通していないと、相手にされない。金さえ出せば遊んでくれる世界ではない（明治大正期は特にそうだった）。一般人には敷居が高く、通人の気晴らしの場だった。普通の者には容易にのぞけない、秘密の遊び場。だから鬼太郎の花柳小説が読まれたわけだし、書く方も自慢で、知識のひけらかしどころだった。どんな小説か。見本を一つ。明治三十九年（一九〇六）作、長篇『昼夜帯《ちゅうや》』。タイトルは、片側が白（昼）、片側が黒（夜）の女帯のこと。題からして解説が必要で、すなわち、芸者の昼と夜を描く。まず午前六時に、仲のよい若い二人が目がさめての会話。「『姐《ねえ》さん、起《おき》るの『寒いだらう『堪《たま》らないの『曇つてるかい『そんなに叮嚀《ていねい》には見なかつたわ『寒がりだネ『自分だって『先《ま》アもう少し寝やう。此方《こつち》へお出でな『姐さん擽《くすぐ》るから忌《いや》。ト元の床へ急いで入る。」

セリフだけで物語を進める趣向。この短いやりとりで、姉妹分のような仲とわかる。妹の方が煙草《たばこ》をやめると言う。「丁年《ていねん》未満につきかい」と姐さんが受ける。イイエ本当の話と妹。何でさ急に、と姉分。「春野さんが煙草の煙《けぶ》が大嫌ひだし、それにネ、信心の為《た》めだから、安平様《あんぺいさま》へ断たうかと思うの」。

さあ、安平様なるものが、わからない。神仏の名？　「あんぺい」なる食物がある。ハモのすり身を練った蒸し蒲鉾《かまぼこ》だが、これはおもに関西人が好んだ物、とはいえ東京っ子が食べて不思議はない。あんぺい豆腐、という料理もある。信心のために、大好きなご馳走を断つ。茶断ち、酒断ち、いろいろ、ある。鬼太郎が現代人に読まれなくなった理由は、この辺にもありそうだ。内輪の者しか意味がわからない。赤穂義士の合言葉のようなものである。

先へ進もう。煙草について面白いことを言っている。「『だけどもネ、お前さんのやうな好きな人が急に止《よ》すとモク〳〵肥《ふと》るよ『エ、肥るの、煙草を止すと『そりやア確かに肥るネ、ドツチヨイ〳〵見たいに『アラ忌《いや》だ、それぢやア駄目ねえ『ホヽ、そんなにも肥るまいが、先《ま》ア幾らかは肥るネ……」。

ドッチヨイ、はドスコイの東京弁で関取《せきとり》衆のこと。煙草をやめると太る、なんてこの頃すでに言われていたのだ。ところで岡鬼太郎の小説を読めば、芸者衆とのつきあい方が会得《えとく》できる、と当時は評判であった。鬼太郎も心得て、小説で芸者の研究を書いている。題して、『花柳風俗三筋の綾《あや》』。明治四十年一月一日、隆文館発行。三筋は、三味線のこと。綾は、仕組である。

芸者の内幕、道楽、駈引、種類、年中行事、懐具合、呪《まじない》、箱屋、そして花柳界の女中、遊び方に至るまで、この道巧者《みちごうしゃ》の老人と青年が掛け合いで、「何方《どちら》も能《よ》く饒舌《しゃべ》り能く通《つう》がる、さりとて歯医者の廻《まわ》し者にもあらず、持つたが病《やま》ひの独《ひと》よがりを云《い》はしてさへ置けば、年中御機嫌の御上人《ごじょうにん》……」、先に紹介した如《ごと》く、情景描写抜きセリフのみの構成、芸妓稼業の契約書、金銭貸借証書の見本なども示され、本書は芸者研究(特に彼女らの心理面を活写した労は買うべき)の第一等資料、岡鬼太郎の業績の最たるものかも知れない。

下世話の興味は、芸者の「水揚げ」だが、「風俗に関《かかわ》るゆえ止《よ》しにして置きますぢや、相場の高いのは二百円に衣《きもの》一揃いといふやうなものもありますと申して止めますよ」、キスの場面を描いただけで「発禁」の時代だから、これはやむを得まい。

芸者遊びの秘訣だけを紹介しよう。秘訣はこう。「好かれようと思うな、嫌われまいと思え」これに尽きるそうだ。妹を相手にしているつもりで遊ぶがよい、とおっしゃる。

「されば幾度も云ふ通り、高ぶらず如才ながらず、何処《どこ》から何処まで平々凡々仲の好《よ》い友達と遊んでゐる気になつて遊ぶが遊びの極意、斯《こ》うすれば可愛がられぬまでも嫌はれず、馬鹿な日に遭《あ》はされず、普通《あたりまえ》の金を使って普通の面白さが得られまするぢや……」。別に芸者でなくとも構わない気もするが、どうだろう。

鬼太郎の他の仕事も語っておこう。劇作である。永井荷風の序文つき『世話狂言集』（好文社、大正十年刊）から、「深与三《ふけるよさ》玉兎横櫛《つきのよこぐし》」。お富、与三郎の後日談である。あらすじを記すと長くなるから、与三郎の決めゼリフだけ、しかも前半のみ揚げる。

「若気《わかげ》の過誤後先《あやまりあとさき》見ず、悪戯《わるさ》をしたなア此方《こっち》の落度《おちど》、責め折檻《せっかん》も仕方がねえが、燃立《もえた》つ油に松五郎、手前《てめえ》が焚付《たきつ》け赤馬の、火玉のやうな腹立《はらだち》から、生れも付かぬ総身《そうみ》の大《おお》疵《きず》、三十四個所の其の中でも、面《つら》に遺《のこ》した極印《こくいん》が、悪名《あくみょう》よりも消えかねる、おれ一代の愚痴の種、殺すものなら殺すが好《よ》し……」

　鬼太郎は、本名、岡嘉太郎《よしたろう》。明治五年九月の生まれ、終生の親友、『半七捕物帳』の岡本綺堂とは誕生日が二カ月違い、綺堂があと。

父は佐賀藩で長崎海軍伝習所に学び、英語に通じていた。福沢諭吉らと遣欧使節に。鬼太郎は父の縁で福沢の慶應義塾に入学、同級生に阪急の小林一三《いちぞう》がいる。卒業後、福沢の世話で時事新報社に入社し、演芸欄を担当した。材木問屋の娘であった母の感化で、芝居が大好きだった。

面白いことに、綺堂と家庭環境や両親の履歴が似ている。綺堂の父は、百二十石取りの御家人で、のち英国公使館に勤務（叔父も同館の通訳）、九世市川団十郎と親しく、綺堂は幼い時から芝居になじんだ。母は武家奉公した町娘である。綺堂の職歴は、中卒後、東京日日新聞の見習い記者を口切りに、中央新聞他の新聞社に勤め、劇評を書いた。鬼太郎と創作劇合作もしている。また、綺堂の代表作「修善寺物語」はじめ、多くの劇は、鬼太郎が演出している。昭和十八（一九四三）年、七十一歳で死去。綺堂の四年あと。むすこが洋画家の岡鹿之助《しかのすけ》である。

いのちの別れ　矢山哲治

東京中野区の中野ブロードウェイ、といえば、現在は「漫画ファンの聖地」で知られる。アーケードの二階は、全部といっていいほど、古書の漫画やグッズ、アニメ関係の店で占められている。四十年前は、ごく普通の駅前商店街であった。

その頃、私は古本屋を開業すべく、貸し店舗を物色していた。中央線沿線に出店するのが夢であった。高円寺、阿佐ヶ谷、中野、新中野の駅周辺をせっせと歩き回っていた。駅の近所は、当然高額である。奥をねらうのである。ブロードウェイの突き当りは早稲田通りで、さすがにここまで来ると、家賃が安い。早稲田通り沿いを探した（結局、この通りの高円寺に決め、出店した）。

その日、新井薬師まで足を伸ばしたが、思わしい物件が見つからず、空しく帰途についた。中野駅に向かう。ブロードウェイの奥から入口に逆に歩いて行く。商店街の途中で、古本屋があるのに気がついた。

　何度もここを往き来しながら、不思議に目に入らなかったのである。一つは、たぶん、店先が暗すぎて、古本屋とわからなかった。昼間とはいえ、十坪ほどの店には、奥に裸電球が一つ、ボンヤリと灯っているだけである。四十年前とはいえ、さすがに裸電球は珍しい。蛍光灯の時代である。表から目を凝らしてのぞくと、通路の両側は背の高さまで本が積み上げられている。書棚の前に山が築かれているのだ。人が一人、ようやく通れる空間しか無い。突き当たりが帳場らしいのだが、そこも本が天井近くまで積み上げられていて、店番の姿が無い。私は入ろうか入るまいか迷っていた。その時、ここだよ、この店だよ、という声を耳元で聞いたような気がした。宮沢賢治の『風の又三郎』の初版本を発見したのは、この店だよ、と言っている。

　そうか、ここだったのか。そういえば中野駅近くの古本屋だった。私は背中を押されるようにして店に入った。しかし、暗くて本の背が読めない。本の山の向こうの書棚を、背伸びして眺めた。とたんに、ギョッとした。棚の柱に、短冊形の貼り紙が至る所にある。「積んだ本を勝手に崩すな」「無断で下の方の本を取り出すな」「手袋をつけた手で本を触わるな」「唾をつけて本をめくるな」「乱暴に本を棚に戻すな」……。

　私は奥に目をやった。誰も居ないと思ったら、天井まで積み上げた本の山のてっぺんに、老人が座って目を光らせているのである。

私は恐れ入って、そそくさと店を出た。何か言われるかとびくついていたが、何も言われなかった。遠ざかってから振り向いた。その店の前だけ、影のように暗い。駅に着いた頃、ここだよ、『風の又三郎』の初版、という声を聞いた理由が判明した。

同業の古本屋数人と、以前、茶を飲みながら、宮沢賢治の初版本の話をしていた。無名で若死した賢治の本は、古書業界で稀覯本として高価である。一人が、戦後まもない頃は普通に入手できたらしい、と近頃読んだ本に出ていたというエピソードを語った。

中野駅を出て哲学堂の方に歩いて行く途中の古本屋に、『風の又三郎』があって、友人同士、おれが買う、いや、おれが買うと目の色を変えて主張しあう場面があったという。何の本かと問うと、新刊で松原一枝の著だと答えた。書名は覚えていないが、太宰治の友人の作家・中村地平の評伝らしかった、とあいまいである。それはともかく、この時の話が蘇ったわけだ。中野駅近くの古本屋。どうもあの本屋が舞台らしい。掘り出し物があって不思議でない。怪しく、偏屈で大時代的な雰囲気の店である。

前説が長すぎた。中村地平を調べていて、忘れていたそのことを思いだしたのである。井伏鱒二に師事した中村は（全集五巻がある）、戦後、宮崎県立図書館長になった。

図書館長列伝の仕事で、中村を紹介しようとしたわけだ。しかし、本稿は彼のことではない。

松原の著書は、昭和四十五（一九七〇）年に集英社から出た『お前よ 美しくあれと 声がする』であった。読んでみた。確かに中村は出てくるが、本書は若くして亡くなった詩人・矢山哲治《ややまてつじ》の思い出をつづったものであった。

中野在住のM子（著者）は矢山と矢山の親友の三人で近所の中村地平を訪問する。四人は散歩がてら中野駅まで歩く。駅近くの本屋で、矢山が例の賢治の本を見つけ、M子にこれを僕に買ってくれないか、と甘える。M子がためらっていると、友人がおれが買う、と言う。今日の記念に買うんだ、お前に買ってもらったら何にもならん、と矢山が乱暴な九州弁で言う。中村が手を伸ばして賢治の本を取り、じゃ、僕が買いましょう、と金を払った。

これだけのエピソードである。昭和十四年の出来事で、『風の又三郎』の発行された年である。してみると古本屋でなく新刊店らしい。店の位置もよく読むと、中野駅南口の坂の突き当りとある。ブロードウェイは北口だから、例の古書店ではない。

それはともかく、私は中村の姿を求めてこの本をとうとう読み切ってしまった。中村は『風の又三郎』を矢山に進呈したきり、二度と現れない（名前が出るだけ）。中村の代わりに、私は矢山哲治という、わずか二十四歳で亡くなった詩人に興味を抱いた。亡くなったのは昭和十八年、戦死でなく、電車にはねられた。事故か自殺か不明だが、松原の著書を読むと自殺くさい。

全集一巻がある（未來社、昭和六十二年刊）。生前、三冊の詩集を刊行している。『くんしやう』（昭和十三年）、『友達』（昭和十五年）、『柩《ひつぎ》』（昭和十六年）である。

こんな詩である。「鳥」

「わたしは鳥／もう一羽の鳥によびかける（一行あき）日が暮れるまで／羽がくたびれるまで飛んでゐようよ（一行あき）わたしは鳥／もう一羽の鳥がよびかける（一行あき）夜が明けるまで／羽が休まるときまで翔《か》けてゐませう」

矢山は大正七年（一九一八）、福岡市に生まれた。五歳の時に父が病死した。旧制福岡高等学校の理科甲類に入学、詩人の立原道造と文通、長崎旅行の立原を柳川に案内する。二十一歳、阿川弘之、島尾敏雄、真鍋呉夫らと同人誌『こをろ』を創刊する。九州帝大を繰り上げ卒業、久留米西部第五十一部隊に入隊する。

その壮行会で、次の短歌を色紙に記した。

「これやこの／いのちの別れ／また逢ふ日／もあらばあれ／われはをのこ也《なり》」

矢山が亡くなった翌年に、『こをろ』は十四号を以《もっ》て終刊した。檀一雄の詩五篇が巻頭を飾っている。

檀は福岡高校の先輩である。矢山と交遊がある。それだけでない。檀の生母、高岩とみは再婚したが、矢山はこの母とも親しかった。亡くなる前に、長女との結婚を申し込んだが、とみに断られている。

「(なんにもわかりはしませんのよ)といふ/あなたの唇《くち》もと!/(ほんとにようございましてよ)といふ(一行あき)あなたの眼もと!/そのあなたのたのしさは　やはらぎは/どこからくるのと　考へる」

「茶ひと」と題するこの詩は、檀の生母とみさんを詠《うた》ったものらしい。長女よりもその母に思慕を寄せていたようにうかがえる。とみさんは茶の湯の先生をしていた。

檀一雄は高校生の時に、生母と再会した。生別して十年になる。檀は、『わが青春の秘密』(新潮社、昭和五十一年刊)でその時の様子を書いている。

「友人達と市電の吊皮《(ママ)》にぶら下っていると、自分の目の先に、一人の婦人が子供を抱えて腰をかけていた。母である。嫉《ねた》ましい程に美しく思われた。私は一目で母を識別したが、母は一向に気付かないようである」

しかし檀はこの時は名乗りでたわけではない。友人を介して正式に会ったのは、その二年後で、檀は東京帝大の学生であった。

ている。

「近づいてくる一雄の、明るい笑顔を見ながら、私は、生きていてよかった、と心から思いました」ととみはその著『火宅の母の記』（新潮社、昭和五十三年刊）でつづっている。

「お互いに、昨日別れた人のようにさりげない挨拶をかわしましたが、本当に、別れて十二年の歳月が過ぎているという気は、少しもしませんでした」

息子が「嫉まし」く思う程に、美しい母だったのである。矢山が恋心を抱くのも無理はない。詩のように上品な言葉を遣う女性だったのだろう。

矢山の年譜に、死の前日の行動が記されている。「この日、高岩家を訪ね、とみに、同家に下宿させてもらえないかと相談したが不調におわる」。

翌朝、矢山は不慮の死を遂げるのだが、その原因が高岩とみだと言うのではない。矢山はたくさんの女性に恋をしていた。先のM子、すなわち松原一枝もその一人に入る。

いずれも、どれだけ本気であったかどうか、よくわからない。

先の中村地平がらみのエピソードを思いだしてほしい。『風の又三郎』をM子に買ってくれないか、と頼む。M子がためらっていると、矢山の親友が、おれが買うと言う。すると矢山が、お前に買ってもらったら今日の記念にならん、と拒絶する。M子への、これが矢山流の求愛なのである。

「ぼく達の背後に／美しい娘達が待つてゐる／誰か知らないが待つてゐるのだ／さうしてぼく達は／前方にまつしぐら死地へ歩いてゆく」（『お前よ 美しくあれと 声がする』より）

はっきり、言おう。詩人・矢山哲治は事故でも自殺でもない、戦争に殺されたのだ。彼の詩はすべて戦争の不安を詠っている。

矢山は宮沢賢治をどのように読んだのだろう。『風の又三郎』評がどこかに出ていまいか、と全集を繰ったのだが、一言も触れていなかった。

ラジオのおばさん　村岡花子

ＮＨＫの朝の連続テレビ小説「花子とアン」が、すこぶる評判のようである。『赤毛のアン』で育った読者が、ドラマに魅了されているのだろう。『赤毛のアン』の翻訳者の生涯は、ほとんど知られていなかった。

テレビドラマでは、花子はハナと呼ばれるたび、ハナでなく花子と呼んで下さい、と抗議する。自分の名に、強いこだわりを持っている。

戦前、満洲語で花子は「乞食」の意味だ、と満洲の人に教えられた。花子は不快がるどころか、わが意を得た。

聖書に、こんな文句がある。何を食らい、何を着んと、思いわずらうことのない百《ゆ》合《り》の花の美しさは、ソロモン王の栄華も及ばない。花と「乞食」は明日のことを心配しない。自然の生活を営んでいる。花子はそのように解釈し、わが理想だと考えたのである。

日比谷公園の音楽堂で、郷土芸能大会が開かれていた。安来節《やすぎぶし》や出雲神楽の幕間《まくあい》に、声帯模写の芸人が登場し、著名人の真似を次々と披露した。村岡花子も観客の一人で、面白さに笑い転げていると、「次は村岡菊子女史の、コドモの新聞でございます」と言い、マイクから自分の声が流れてきたので、驚き、恥ずかしくなり、そそくさと退場した。

菊子とわざわざ名を変えたのは芸人の親切であろう、と本人が記している。つまり、会場に花子がいることを芸人は知っていたわけだ。

村岡花子は戦前、「ラジオのおばさん」で有名であった。「コドモの新聞」は、昭和七（一九三二）年六月一日から始まったＮＨＫ（当時はＪＯＡＫ）ラジオ番組で、日曜と祝祭日をのぞく毎日、午後六時二十分から二十五分までの、短い子ども向け放送である。

花子と関屋五十二《せきやいそじ》という男性アナウンサーが、一週間交代で担当した。ニュースや、季節の話題、町の出来事などを、子どもたちにわかりやすいように話した。「コドモの新聞」は、「子供の時間」という番組の中の、コーナーの一つであった。

回を重ねるうちに、花子は子どもたちのアイドルとなる。ファンレターが殺到した。

こんな、たどたどしい筆跡のハガキがきた。

「けふ（今日）のラヂオはへんだなあ／村岡小母さんかぜかしら／をばさんさむさにきをつけて／おからだ丈夫にさやうなら／おびやうきおみまひさやうなら」

花子は日記の片隅に、歌を記した。

「うつし身のよこしま心多く持つ我なれど子等よいとひ拒《こば》むな」

いとひ、は厭い、嫌わないで下さいよ、である。

花子は歌人でもある。東洋英和女学校時代に、伯爵の娘・柳原燁子《あきこ》と親しくなった。燁子は白蓮《びゃくれん》の号を持つ、佐佐木信綱の門下生である。花子を佐佐木の元に連れて行った。師は門下生の片山廣子を紹介してくれた。片山は花子より十五歳上、松村みね子の筆名でわが国にアイルランド文学を紹介した。花子に童話や少女小説の執筆を勧めた人である。

花子は明治二十六年（一八九三）、甲府市で葉茶屋を営む安中《あんなか》家の八人きょうだいの長女に生まれた。

五歳の時に一家で上京、十歳で東洋英和女学校に入り、寄宿舎生活を十年間続けた。卒業すると、山梨英和女学校教師になった。二十六歳、教師をやめて東京の日本基督《キリスト》教興文協会（のちに教文館と合併した）で、翻訳と編集に従事した。印刷会社の三男の村岡儆三《けいぞう》と知りあい、葛藤のすえに結ばれた。戦前は認められない「道ならぬ恋」であった。大正八年（一九一九）のことである。翌年、長男が誕生、道雄と命名した。

大正十五年八月十五日の夕方、六歳の道雄が近所の人に抱えられて帰ってきた。道雄は激しく泣いている。大ケガを負ったのか、と花子は動転した。そうではなかった。道で転んで、ひどく膝をすりむいただけであった。しかし、道雄の異常な泣き方は花子を不吉にした。

二日後、御殿場に用事で出かけた。そこで女学校時代の同級生と会った。同級生は牧師の夫を亡くしていた。しかも形見の一人むすこを、一年前に急病で失っていた。花子は道雄のケガのショックを話し、あなたはどうしてその不幸に耐えられたのか、と尋ねた。

友人は言った。「そんな取り越し苦労をするものじゃないわ。万万が一、恐ろしいことが起こったとしても、人間は不思議なもので、その時はその時の力がわくものなのよ。私をごらんなさい。私は生きてることよ」

帰宅すると、道雄のケガはすっかり治っていた。花子は「よかってねえ、よかってねえ」と甲府なまりで繰り返し、道雄を抱きしめた。子どもは母親の興奮を、不思議そうな目で見ていた。

その数日後、道雄は高熱に冒《おか》されて入院する。花子は愛児を抱き車に乗った。「坊や、早く治ってお家へ帰るのよ」と励ますと、道雄が閉じていた目をぱっと開いて、「治らなかったら、どうするの？」と訊いた。花子は呼吸が止まる思いだった。

「三日目の九月一日朝、七年の（注・数え年）地上の生命は終つてしまつた。その日から十五年、私はやつぱり生きて来た。（略）人間の心がどれほど強靭なものかに、私はこの十五年間、驚きとほしてゐる。『生きられない』と思つた者が、笑ひもし、憤りもし、愛しもして来たのだ」（『母心随想』時代社、昭和十五年刊）

「いとしみの六年の夏は夢なれやうつつは一つ小さき骨がめ」

さて、ラジオの「コドモの新聞」だが、放送が始まってから村岡家では、一週間ごとに夕食時間が変わることになった。花子が放送局に行く週間は七時半で、行かない週間は六時である。これをずっと続けていた。

ある日、知人にこの話をすると、その人は不思議そうな顔をして言った。

「一週間おきに食事を遅くする？　どうして、いつも七時半に決めないのですか？」

花子はそう言われればそうだ、と何だか恥ずかしい話を聞かせてしまったような気がした。

戦時体制に入った昭和十六年、「子供の時間」は四月一日から「少国民の時間」と改題された。「コドモの新聞」は「シンブン」に変わった。

ＮＨＫ放送博物館学芸員の佐藤紘司さんの文章によると、この年の十一月三十日の放送で花子は最後にこう挨拶した。

「一週間たったら、お話しましょうね。では皆さん、ごきげんよう」

ご機嫌よう、は花子の口癖である。「花子とアン」でも盛んに連発している。

次の担当は一週間後の十二月八日であった。ところが、太平洋戦争の開戦当日である。情報局からの申し入れがあって、花子は放送局に来るに及ばず、と言われた。花子は翌週、辞表を出した。子どもに戦争の話をしたくない、というのが理由だった。

「シンブン」は花子がやめたあとも、関屋五十二と男性アナウンサーによって続けられた（関屋は昭和十八年秋に退職）。終戦と同時に終了した。

花子がモンゴメリーの『赤毛のアン』を翻訳し始めたのは、四十六歳の昭和十四年からだが、訳了したのは昭和二十年である。本になったのは七年後、花子が五十九歳の時であった。そして昭和三十四年までに十冊のアン・シリーズが出版された。

筆者は小学六年生の時に、移動図書館で借りて、こっそり読んだ。

当時、『赤毛のアン』は少女が読むものと言われていた。小学校の図書室に、講談社の世界名作全集が並んでいた。『怪盗ルパン』や、『ゼンダ城のとりこ』『ターザン物語』などにまじって、『大尉の娘』や『秘密の花園』や『サーカスの少女』『王女ナスカ』などがあったが、こちらは男生徒が読むものではない、と誰が言いだしたのかはわからないけれど、読むものを区別していた。男生徒が少女読み物を読んでいると、からかわれるのである。

ではどのように、男用女用と区別していたのかというと、一つは書名であった。少女とか娘とあるものは、だめである。次に、ケースの絵と、本文のさし絵であった。これが一番よくわかる。少女物は、少女が描かれている。しかし、そのうち訳者名で判別できるようになった。少女物の訳者は女性で、男物のそれは必ず男性であった。世界名作全集の第八十巻が、村岡花子訳『赤毛のアン物語』である。

筆者はこの本に思い入れがあるので、後年、古書で手に入れた。現在は高値ではないけれど、入手した当時は少年少女小説の熱狂的古本ブームで、『赤毛のアン物語』は五千円もした。そんな馬鹿な、と失笑するかたがいるけれど、子ども向けの本はマンガと同様で、親が捨ててしまって残っていないのである。ほしいと思っても、どこにも無い。内容が読めればよいのでなく、自分が子どもの時に読んだ本そのものがほしいのである。『赤毛のアン』は、昭和二十九年七月三十日に発行された講談社『赤毛のアン物語』でないといけないのだ。

アンが学校でギルバートに髪の色をからかわれる。アンは持っていた石盤（現在では説明が必要だろう。学童が用いた粘土石の板で、石筆で文字や絵を書いた。布でこすると消えるので、文字練習用にした）を振り上げる。以下、村岡花子の文章。「そして――ぱしんと自分の石盤をギルバートの頭にうちおろして、砕いてしまった――頭ではない、石盤をま二つにしたのである」。

この訳文に感動し何度も読んだ。名文は小学生にもわかる。「アヴォンリーの学校では、いかなる場合にも活劇を歓迎したが、ことにこれはすてきなので、恐れをなしながらも、一同はうれしそうに『おお。』といった」

結論。ラジオのおばさんは名文家である。

春に迷《ま》よたか　清水清

私が杉並区高円寺に古書店を開いたのは、昭和四十八年（一九七三）の夏である。十一年後の某日、お得意さまのお一人だった森田峰子さんが、ご主人の一朗さんと一緒に店を訪れた。ご夫婦は森田歴史写真資料室を経営されていた。古い写真を収集研究し、保存し、展示や資料に貸し出している。

ご夫婦は二枚のモノクロ写真を示し、昭和十一年夏に撮影された高円寺のカフェー街なのだが、現在のどの辺か、心当たりはありませんか、と訊く。一枚は、「民衆歯科」という看板と、「大日活」「新興キネマ」の看板が写っている通りで、もう一枚は、「純喫茶　噺《はなし》の家」「楽々」「召せよお茶の香お酒の……匂。各種洋酒とお茶」と記された「茶苑近代」「沈丁花」の看板を掲げた路地の写真である。突き当たりに、わらぶき屋根の家が見える。

カフェーが現存しているいると思えないから、場所を特定する鍵は、一枚は映画館であり、一枚はわらぶき屋根である。映画館は地元の老人なら記憶があるだろう。当時の高円寺は東京の郊外だが、それでもわらぶきの田舎家は珍しかったに違いない。二枚とも高円寺駅周辺のようである。歓楽街は駅の南口にあった。しかし、新参者の私には、一体どのあたりなのか見当もつかない。森田さんには、戦前から南口で店を張っている同業者を紹介した。古本屋は地元の情報に詳しい。いろんな情報の集まる商売だからである。私は何のお役にも立てなかったが、森田さんは有益な収穫を得て帰られたようである。

翌年一月より『週刊朝日』誌上で、「昭和の東京　あのころの街と風俗」の連載が始まった。警視庁カメラマンであった石川光陽氏の写真と、氏の撮影の思い出による構成で、聞き書きとキャプションは森田夫妻である。昭和六十二年夏、連載は単行本にまとめられ、朝日新聞社から刊行された。夫妻は私にも一冊下さった。巻尾の「取材・調査協力者」の名簿に、私の名があるのには恐縮した。有効な助言のひとつもできなかったのに。あれから、三十年たった。

私は昭和八年に爆発的に大流行した「東京音頭」について調べていた。このレコードが町に流れると、たちまち人が集まり踊り始めたという、「昭和のええじゃないか」

的狂騒の実態を、当時の雑誌や新聞で探索していたのである。

東京祭りというものが毎年十月に開催されることになり、読売新聞社が祭りの歌詞を一般から募集した。一等に当選したのは、門田《かどた》ゆたかである。二十六歳の門田はこれを機にプロ作詞家となり、三年後、古賀政男作曲、藤山一郎唄の「東京ラプソディ」が大ヒットする。二等が、清水紀代詩《しみずきよし》である。本名・清。十六歳の少年で、小学校しか出ていない。十五歳で詩の同人誌を主宰とある。東京祭りの歌の二等賞金は、百円である。大工さんの一日の手間賃が二円の時代だった。清水少年は浅草千束《せんぞく》町の生まれで、少年雑誌に詩歌や句を投稿していたとあるが、一体、何の職についていたのだろう？ 「東京音頭」より清水清に猛然と興味が湧いた。東京祭りも「東京音頭」と無縁ではなさそうだ、調べてみるのも無駄ではあるまい。清水に詩歌集があるかも知れない。そちらの方面から手を回してみると、あった。

『写実への道　その詩と批評』という著書が見つかった。一九九一年九月三十日発行。清水清作品集刊行会、とある。表紙をめくって、驚いた。森田さんに見せられた、あの、わらぶき屋根の写真である。どうしたことか。清水清は、高円寺の住人であろうか。急いで巻末の略年譜を見る。

すると清水はすでに故人で、本書は遺稿集とわかった。この本には別冊がついている。『回想　清水清』とあり、三十一名のかたがたが、短い追悼文を寄せている。次の人たちである。詩人の関根弘、寺島珠雄、高島洋、木原実、長谷川七郎、暮尾淳、向井孝、評論家の加太こうじ、赤塚行雄、漫画家の家石《いえいし》かずお、元大学教授の島田一男、他。

関根弘の文章を読んで、清水が関根とは若い頃からの友人であり（清水が三歳上）、詩の仲間、と知った。清水が読売新聞の二等になった、その少し前に仲よしになったという。やがて清水は、アナキスト詩人に変貌する。清水のアパートには、詩人の岡本潤や秋山清が入りびたっていた。関根は言う。「清水清のこの部屋は、わたしにとっての学校だった。もしこの部屋がなかったら、小学校しか出ていないわたしの人生はまったく別のものになったろう」。

思いだした。関根に『針の穴とラクダの夢』（草思社、一九七八年刊）という自伝がある。昔、読んだ本で、確かに清水清という詩人が出てきたっけ。読んだ当時は秋山清や岡本潤しか興味がなかったから、記憶にとどめていなかったのである。

二十歳の頃、私はアナキスト詩人にあこがれ（この年頃の流行病《はやりやま》いである）、秋山清がひいきにしているという、神田神保町の「兵六《ひょうろく》」という飲み屋（現存）に、友人と通ったものだった。ついに会うこともなかったが、会ったところで話をしたいわけではない。酒盃を傾けている姿を、ひと目見れば気がすむ、全くのミーハーファンであった。清水は秋山と親友同士だったらしい。年譜を見る。昭和十年、清水は高円寺「噺の家」を長谷川七郎らと根城にする、とある。「噺の家」である。見返しに、石川光陽の写真が使われているわけだ。長谷川七郎の回想「『噺の家』のエピソードから」を読んでみる。

わらぶき屋根は、「私の下宿のまん前の氷川神社」とある。この路地は、「新天地」と呼んでいたらしい。下宿の近くに「ザボン」という喫茶店があった。マダムの代理をしていた中年の黎子という女性が、アナキスト詩人の植村諦《うえむらたい》と結婚し、「ザボン」を譲り受けて「噺の家」と改名した。命名者は、アナキスト文士の新居格《にいいたる》（戦後、杉並区長）である。この「噺の家」は、アナ系の文学青年らの溜り場になった。清水が編集実務を担当し、戦前最後のアナ系雑誌『詩行動』を発行、秋山（当時は局清《つぼね》）、岡本、植村諦、菅原克己、長谷川らが同人である。清水は、わずか十七歳であった。植村黎子は人柄がよく、客あしらいも上手だったので、「噺の家」は居心地がよかった。しかし、まもなく同人の主力は無政府共産党（日本無政府共産主義者連盟を改称）弾圧を食らい、滝野川署に検挙される。清水も連行され、特高室で拷問を受けた。後ろ手に椅子にくくりつけられ、竹刀《しない》で裸の背中をぶたれ、靴で脚や太股を蹴られた。しかし、数え年十九の未成年ということで、起訴留保になった。

釈放される日、取調べ担当の警部が、「シミズ・セイ、いい名前じゃないか。親は清らかでまっすぐな人間になるように命名してくれたのだ。これを機に改心して生きるんだぞ」と、引き取りに来た父を前に訓戒した。清水は、父親は神妙な顔をして、「これからは盆栽でも手伝わせて――」と言いかけた。清水は、「冗談じゃない、イヤだよ」と反発した。警部が、一喝した。清水は以後、筆名を甲斐芯太郎とした。改心したろう、である。

「噺の家」はこの年の終わり頃に閉店した。十カ月ほどの営業である。写真で記録されたのは、奇蹟的幸運といってよい。森田さんに教えられなかったのは、くれぐれも残念だった。

清水は釈放後、結婚し、早稲田大学近くのアパートに住む。ここには、作家デビュー前の尾崎一雄らが集まり、文学論を交わした。

夫人の回想によると、清水は少年の頃、謄写印刷の技術を習得し、その専門印刷社の仕事を請け負っていたらしい。友人らが屯《たむ》ろし談笑する部屋の隅で、鉄筆を走らせていたという。小学校卒業後、ガリ切りで自活しながら、文学の道に励んでいたのだ。昭和十三年頃から謄写印刷の注文が少なくなった。清水は蒸しパンの講師になった。

作り方の指導をし、その道具や粉を売り歩いた。

昭和十五年、読売新聞社に入社、通信部整理課に勤務する。途中、海軍主計課の補充兵に召集されたが、二十一年に復員し、読売に復職、五十五歳の定年まで勤めた。

昭和二十四年、文芸誌『コスモス』の通巻十三号より同人となり、四十六年、第四次『コスモス』の編集人となり、五十年、初めての詩集『重い彼方』を発刊した。

清水は平成元（一九八九）年十二月三十日、七十二歳で逝去した。

では、『重い彼方』から、「儀杖兵」の前半の一節を紹介する。

「おまえが死んで／俺は娑婆の空気を吸った。／まっ白いセーラーを着て。／娑婆の魅力は強くて／八人の儀杖兵は／デコボコ道をトラックとともにはねあがる。／死骸の音なんか気にならなかった。／柩に片手をおき／焼き場へ行く町並みにみとれた。／色彩があふれ／女が歩き／子供が通る。／新兵教育三カ月のあいだ夢にみた娑婆だ。／総員起しもない／かけ足もない。／号令なんかない娑婆だ。」

ところで読売の東京祭り歌詞に入選した清水は、同年、東京荒川区尾久三業組合の依頼で、「尾久調子」を作詞した。これは町田嘉章の作曲、お葉・百合香・奴の唄でテイチクからレコード化された。その一番はこんな詞である。「ハー春に迷《ま》よたか飛鳥《あすか》の桜ヨイトコラショ／心一重《ひとえ》に七八重《ななやえ》化粧《づくり》／うかぶ筑波も　ネ、チョイトチョイト／ほのぼのと　ヨイトサ／心ほのぼの染まれば嬉し／粋な音〆《ねじめ》の尾久調子／コラサノヨーイト　コラサノサッサ」。

三年後、この尾久の待合を舞台に「阿部定《あべさだ》事件」が発生、三十一歳の阿部定が、愛人を絞殺し、その一物を切り取り抱きしめながら逃走した。この年の二・二六事件の戒厳令下にあった都民はもとより、戦争の影におびえる国民は、この猟奇事件にうっぷんを晴らした。「春に迷よた」のは定でなく、軍部であった。

【追記】昭和八年の読売新聞「東京祭り」歌詞募集には、二十六歳の詩人・中原中也が応募している。「読売の五百円はとりにがしました」と友人に手紙、落選したのである。

ビジネスと陰徳

『源氏』のパトロン　小林政治

世界最古の長篇小説『源氏物語』は、多くの作家が現代語訳を刊行している。戦前は、歌人の与謝野晶子と、小説家・谷崎潤一郎のそれが、名訳と謳《うた》われた。もっとも、『源氏』（と以下略称）の全訳は、当時はこの二人しか行っていない。全訳すること自体が、大事業だったのである。それと二人は、ほぼ同時期に出版している。いや、出版は晶子の方が早い。金尾《かねお》文淵堂《ぶんえんどう》から、明治四十五（一九一二）年に上中巻が出て、大正二（一九一三）年に下巻（二分冊）が出た。書名は、『新訳源氏物語』である。完全な訳というより、意訳で、晶子はこれに飽き足りず全面的に改訳し、先の金尾文淵堂から『新新訳源氏物語』の書名で再度刊行した。全六巻で、第一巻は昭和十三（一九三八）年十月に出た。二巻が同年十一月、三巻がその翌月である。全巻が完結したのは、十四年九月であった。六巻合計のページ数が、三千二百四十八ペー

ジ。

第一巻が発売された前の月に、谷崎は『源氏』現代語訳を完成した。四百字詰原稿紙で、三千三百九十一枚。十四年一月に、中央公論社から第一巻が出版された（全二十六巻。十六年七月に完結）。

晶子と谷崎の『源氏』が、同じ時期に書店に並んだのである。果して、どちらの売れ行きがよかったか。双方共に熱烈な読者がついていた。晶子には女学生や進歩的女性が多い。谷崎は官能と名文が売りであった。しかし、結局は出版社の勢いであったろう。中央公論社は連日のように大きな新聞広告を打った。金尾文淵堂は広告すら満足に打てなかった。

ところで「晶子源氏」は、本来、「天佑社《てんゆう》」という出版社から刊行されるはずであった。贅《ぜい》を尽した美しい完全訳が、何巻かに分けて出版される予定で、晶子は着々と筆を進めていた。天佑社から依頼されたのは、明治四十二年の秋である。三年後に金尾から出版されたのは別の原稿で、晶子は同時に二つの『源氏』を執筆していたわけだ。意訳と完全訳である。大正十一年、天佑社が倒産する。不運は重なる。翌年の関東大震災で、書き溜めていた完全訳の原稿が焼失する。完結直前の出来事だった。

「失ひし一万枚の草稿の女となりて来りなげく夜」（晶子）。

谷崎のそれより三倍の枚数である。コピー機の無い時代だった。実は天佑社を経営する小林政治《こばやしまさはる》は、預かった原稿を晶子に返す際、複写を取ろうとして、人を頼んだ。ところがその人が急死した。やむなく作者に戻したことが仇《あだ》になった。小林は天佑社の再建を期していたのである。晶子の夫の鉄幹が、自分の手で出版したい、と申し出たので、返還した。小林は鉄幹と晶子の古い友だちであった。夫婦の生活困窮を見かねて、家計援助のため、晶子に『源氏』の現代語訳を持ちかけたのである。いずれ出版社を設立する。記念の出版は、晶子訳『源氏』にしたい。ついては、毎月四十枚ずつ執筆していただけまいか。原稿料を二十円支払う（一枚五十銭）。期間は、百カ月でどうか。

晶子は堺市の老舗の菓子商に生まれた。幼時から店の手伝いをした。楽しみは閉店後に本を読むことだった。一番好きな本が『源氏物語』で、十一、二歳で通読し、二十歳頃には全巻暗誦できるほど（これは凄いことである）何度も読んだ。小林は晶子の『源氏』愛と、造詣の深さを尊敬した。自分も勉強したいため、先の依頼に至ったのである。出版社設立は、半分は口実だったろう。

小林政治は、大阪の毛布問屋の主人であった。

明治十年、兵庫県の質商に生まれた。十歳の時、明石《あかし》で医院を経営していた叔父に引き取られた。頭の良さを見込まれ、医師の道を勧められたのである。しかし、姫路中学時代に病《やまい》を得て、療養生活を送る。癒えてのち、叔父の世話で呉服問屋に勤めた。父が死去したため、家業を継ぎ、好きな文学に打ち込むつもりでいたら、叔父が実業界に歩め、と言う。そこで叔父に後見人になってもらい、二十三歳の時、大阪心斎橋筋に毛布の卸《おろし》商を開業した。明治三十二年の秋である。呉服問屋で修業中に、毛布肩掛の販売を手がけ、この商品のうまみを知ったのだ。

当時は各地に出張販売した。在庫一掃策としては、あらかじめ商品を先方に送っておき、一流の宿屋に小売商を招いて競売する。大阪には競売を請け負う専門会社があって、セリの名手と謳われる者がついていた。宿屋ではセリに参加した客に、酒食をふるまった。

小林には、こんな思い出がある。九州の佐世保から国見山《くにみやま》を越えて伊万里に向かった。鉄道を使った方が安全だ、と得意客に止められたのだが、その鉄道は明日が開通日だという。明日まで待てない。日の短い今頃の山越えは、山賊のうわさもあるから危ない、それに上り道はいいが、山向こうの下り道は石くれ道で歩くのは困難だ、といさめられた。しかし小林は若かったから、道案内者を頼んで強行した。山頂に達した頃、夜に入った。人っ子ひとり行き会わない道を、すべったりつまずいたりしつつ、無言で歩き、ようやく九時半を過ぎて伊万里の旅館にたどり着いた。後年、小林は雑誌『文藝春秋』を何気なく読んでいたら、ちょうど国見山を越えた年月を同じくして、山の下り道で山賊に出くわした旅人の文章を見つけた。その者は賊に肉を饗されたが、それは賊に殺害された婦人の肉であったという。

小林は、「三年主義」を信条とした。石の上にも三年、という。三年を物事の目安にする。開業して三年、順調に運んだ。二間《にけん》間口の店から、三間半間口の店に「出世」した。その三年後には、韓国の京城《けいじょう》（ソウル）に支店を出すに至った。日露戦争で、毛布の需要が爆発的に拡大した。陸海軍が軍用にまとめて購入した。小林が晶子に『源氏』現代語訳を持ちかけたのも、「三年主義」によるものかも知れない。

大正三年に始まった欧州大戦による好況で、小林は毛布問屋以外に事業を広げた。出版社の天佑社を初め、磯原毛織、島村毛布、浪華毛布、大阪変圧器などの株式会社を創立した。また、摂津メリヤス、ミカド油、西村食糧、そして満洲大連《だいれん》に創業した三星洋行などの株式会社の創業にも加わった。ところが大正九年春、株式市場で株価が大暴落し、戦後恐慌が襲う。小林も支払手形七十余万円の決済に行き詰まった。天佑社も二百万円近い損失を出して、財産の内整理をした。気がつくと、無一物の身だった。昨日まで、わが生涯中に金には不自由しないと思っていた。すべては、夢であった。

小林は眠れぬまま、庭を歩き回った。梅の香を聞いた。立ち止まり、老木を仰いだ。その拍子にチリメンの兵児帯《へこおび》がほどけて、足許《あしもと》にとぐろを巻こうとした。手にとって……その時、雨戸を開けて妻が呼んだ。トイレが長いので不審に感じ、起きて来たのである。続いて赤子の泣き声が聞えて、小林は我に返った。

彼には、たくさんの子があった。三女を迪子《みちこ》という。大正七年、というから、自殺を図ろうとした二年前の話である。

入院中の晶子は、留守番の者から、小林の娘の迪子急死の報を電話で受けた。たった今、電報が来たという。晶子は病床でお悔み状を認《したた》めた。

「迪子さんが大自然におかへりになつたのであるから、この風に迪子さんがまじつておいでになる、迪子さんを吸はうと思つて大きい息を一つすひました。そしてとめどなく涙を流しました。（略）私のやうに、大自然に迪子さんがかへつたと思ふより、なぐさめやうはないとおもひます。迪子さんを父母であるあなた様方は、御自分の躰《からだ》の中へ吸ひかへしておしまいなさい。自然の中から」

「千の風になって」である。

実は、留守番の者の誤読だった。晶子の知人に、渡辺湖畔《わたなべこはん》という者がいる。湖畔の幼女みち子が亡くなったのである。電報の発信人「コハン」を「コハヤシ」と読んでしまった。まぎらわしい書き方だったのだろう。名前が片仮名で同じミチコだから、間違うのも無理はない。

湖畔は佐渡の人、大正九年に出版した歌集『若き日の祈禱』に、五歳で亡くなったみち子を偲《しの》んで詠んだ十六首を収めている。「枕辺に父と母とがおとしたる涙あやしみ見はりたる眼よ」。

また鉄幹が序文を、晶子が歌を寄せている。「若き子が皐月《さつき》ばかりの野に出でて摘める真白き薔薇の花束」。みち子への哀悼歌であろう。

小林の娘の迪子は、この十年後、晶子の長男・光《ひかる》の嫁になった。

さて、小林の商売だが、再起し、昭和十四年、創業四十周年記念会を祝った。引出物に、晶子肉筆の短冊が用意された。祝歌が記されている。「四十とせの春秋炎暑雪霜の／日もうるはしく栄えこし家」

同時に小林の還暦記念出版『四十とせ前』が配られた。若き日に書いた小説が収められている。

やがて毛布は統制となり、企業整備が行われ、小林は廃業を決めた。

昭和十七年、記念に軍用機を一機、陸軍に献納し（軍から「毛布小林」号と命名される)、「小林商店」の看板をおろした。修業時代の六年を含めると、ちょうど五十年の毛布業であった。十八年九月、新しく「小林産業株式会社」の名称で、別の事業に乗りだした。その新会社より、翌年六月、『毛布五十年』という自伝を出版、商売でなく、再出発の記念に知友に配ったのである。書名の通り、本業の話ばかりで、文学面、晶子との交遊や『源氏』の記述は全く無い。晶子を初め文学者たちの経済支援をしたなど、自慢げに語りたくなかったのだろう。小林の人柄が知れる。

昭和三十一年、「小林商店」創業月に八十歳で逝去。店は残らなかったが、「晶子源氏」という大きな文化遺産の助産師役を果した。号を、天眠《てんみん》という。

碑に沁む梅が香　谷村秋村

書画骨董を収集愛蔵する実業家は、多い。しかし、古書を集める者は、至って少ない。なぜだか、わからない。そして不思議なのは、前者のコレクターの名は知られているのに、後者の名は隠れている。稀書珍本の所蔵者は、自ら名乗りを上げない。従って、伝記が数えるほどしか無い。

谷村《たにむら》秋村《しゅうそん》は、その中の一人である。昭和十一（一九三六）年三月、六十四歳で他界したが、翌年、有志によって『秋村翁追懐録』という、二百四十九ページの追悼集が発刊された。編纂者は、石川県立図書館長と金沢市立図書館長、他である。編纂者の肩書のせいではあるまいが、寄せられた五十五名の追悼文は、大半が秋村と古書のかかわりをつづっている。本業よりも、趣味の世界で有名な人だったのである。

単に集めただけではない。読んだ。しかも、研究した。そして、人にも貸した。貸して、何年も返却の催促をしなかった。更に、研究者が必要とする書物を代りに購入して、進呈した。図書館にも寄贈した。所蔵の稀覯書を翻刻した。

普通のコレクターと異なるのは、貴重な収集品を門外不出としなかったことである。必要とする学者に公開し、自由に閲覧させたことである。これはなかなか出来るものではない。収集家が名を秘すのは、見せてほしい、と同好の士に頼まれるのがいやだからである。

中国の愛書家は、珍しい本を入手すると、翻刻して世に広めた。それが愛書家の役目であったらしい。わが国には、この部分が伝わらず、むしろ私蔵し本人のみが楽しむのを良かれ、とした。秋村はその意味で珍しいコレクターであったといえよう。だから、後世に名が残った。実業家としての名は忘れられても、古書収集家、愛読家、稀代の蔵書家として、今に伝わっているわけである。

秋村は号で、本名を谷村一太郎という。明治四（一八七一）年に、富山県に生まれた。慶應義塾に学んだあと、東京専門学校（現在の早稲田大学）で政治経済を履修した。卒業後、越中鉄道に勤めた。やがて大阪財界の長老に実力を認められ、ビルのブローカー、銀行、証券会社で次々と手腕を発揮した。重役として関係した会社は、湊鉄道や映画の日活、そして帝国人造絹絲（帝人）がある。昭和九年に、株式疑獄のいわゆる「帝人事件」が起こった時、秋村の名も新聞に出たが、心配ご無用と知友たちを安心させた。その通り、秋村は埒外《らちがい》だった。

古書の収集は、まず仏教書（五山版）から始まったらしい。そのうち木活字版に移り、やがて経済資料から文芸、歴史、風俗などの分野に手を広げていったようだ。高額な本だけではない。五十銭、一円の本でも、これはと思う内容のものは購入した。高価なもののみが価値ある書物ではない、と言っている。自動車で京都の古書店を回って、買い集めたという。大量に買ったということである。

どのような古書を所蔵していたか。

昭和六年、金沢の書香会《しょこうかい》（本を愛する人たちのグループ）主催で、「年代順日本古紙の展覧会」が開催され、三百七十六点の書冊が出品された。出陳者は京都の某篤志者と名が伏せられたけれど、すべて秋村の蔵品であった。その目録が残されている。

奈良時代のものでは、神亀三年の申請筆文、天平十二年の光明皇后《こうみよう》願経、平安朝のものは、長元三年の左手灌頂の誡文、鎌倉時代は建保六年の大学頭藤原孝範《ふじわらのたかのり》の願文、仁治三年の久能経、室町時代は文和三年の尊氏《たかうじ》経、足利直義《あしかがただよし》の手沢本《しゆたく》（遺愛の書物）の伝燈録、などが出品された。他に秋村が所蔵していたものは、建長三年版の往生礼讃や、国宝（指定されたのは秋村死去の翌年）の、近江国永源寺の開祖・寂室元光《じやくしつげんこう》の書状、また、「内家私印」という光明皇后所蔵印のある天平経などであった。日本の古典籍だけでなく、アダム・スミスの『諸国民の富』の初版本も持っていた。

それでは秋村は、どのくらいのお金で本を購入していたのだろう？

具体的な金額の例は、一件しか見当らぬ。昭和九年の話である。京都のある古物商に木版本の『方丈記』が出ていた。ある客があるじに売り値を聞くと、三円五十銭と言う。果して妥当の売価だろうか、と問われた人が、もしやそれは本阿弥《ほんあみ》光悦《こうえつ》が、自ら版下を書き、美しいデザインの料紙に印刷した、いわゆる光悦本であるまいか、と思い、急いで古物商宅に駈けつけた。時、すでに遅し、店主いわく、その本は店員に持たせて古本屋を回らせている、と。相当の値打ち物に違いない、と店主が気づいたのである。そこで古書店を当たった。確かに本を持ち込んできたが、買わなかったと言う。そこで次の古本屋に探りを入れた。

結局、その本は秋村が「金五十円也」で買上げたことが判明した。ただし、本物の光悦本でなく、光悦本まがいの本で、木活字本の『方丈記』であったという。それでも三円五十銭が五十円である。当時の五十円は、小学校教員の初任給に当たる。秋村が五十円を払ったのは、光悦本に似せたものであっても、古活字本であったからで、その頃、三冊しか知られていない貴重なものであった。

昭和五年、秋村は大きな買物をしている。仙台藩侯の愛顧を受けた猪苗代《いなわしろ》家が襲蔵していた連歌関係のもろもろの書である。大永五年二月の天満宮法楽千句独吟、箱入り一巻、他、大箱にぎっしりと詰まっていた。秋村が直接に買入れると吹っかけられる恐れがあるので、人を介して購入した。かなりの高額だったようだが、内容が良かったのだろう。

秋村には五冊の編著書がある。まず昭和七年刊の『中嶋棕隠《なかじまそういん》と越中』、同八年刊『校註 老松堂《ろうしようどう》日本行録』、同十年刊『青陵《せいりよう》遺編集』、同『陰陽談』、同『まびき』である。

青陵は江戸後期の経済学者・海保儀平《かいほぎへい》で、商売繁昌のコツを説いた。風流好事《こうず》の儒者・詩人の中嶋棕隠(この人は漢文で春本を書いた)と青陵を、秋村は共に好んだのである。

四年の間に五冊の出版は驚きだが、大層筆まめな人だったようだ。郷里の北国新聞に、大正十年(一九二一)から亡くなる数日前まで毎日、十五年間にわたってコラムを執筆していた。それらをまとめたのが、前記の書というわけである。連日、というのが凄い。手紙もずいぶん書いた。一日に十数本は、ざらだった。同一人に、三本宛てたという記録がある。

大正十三年に、龍谷大学の禿氏祐祥《とくしゆうしよう》、京都帝大の黒田源治《くろだげんじ》らの提唱で、書物愛好会ができた。毎月、第一月曜日に会員が集まり、各自が持ち寄った珍本を見せ合い語りあう。会員は十六名。会名を、月曜会といった。秋村がこれに参加したのは遅く、昭和八年六月である。楽しみな会であったらしく、ほとんど欠かさなかった。

禿氏祐祥の追憶によると、東京の友人から五山版の一冊を手放したい、と相談された。そこで某新聞社重役に橋渡しをした。重役氏は地誌と古活字本を熱心に収集している。しかし五山版にはあまり熱がない。ただ見ると絵入りの医書だし珍しいから場合によっては求めたい、しばらく預からせてほしい、考えてみるとの返事だった。そのむね友人に通知した。ある日、秋村と古版本について語りあう中で、この本が話題にのぼった。祐祥氏は、いきさつを語った。

秋村が、その本は自分がほしい、と膝を乗りだした。では直接、重役氏と交渉してほしい、と言うと、いや、それはいけない、かぶりを振った。秋村は重役氏を知っている。古活字本の収集ではライバルであった。だから秋村が話を持って行けば、親しい仲ではあるが意地でも手放さないだろう。古書への執着とは、そういうものだ。だからあなたが策を弄してその本を取り戻し自分に届けてくれ、と祐祥に頼む。祐祥はこれだけの用事で重役を訪問するのは気が進まなかった。それに秋村が手に入れれば重役の耳にいずれ達しないわけがない。そこで事情をありのまま手紙に認《したた》めて、重役に送った。重役の義俠心に訴えたのである。案ずるより産むが易しで、重役からは本が送り返されてきた。祐祥はただちに秋村に吉報を届けた。すると秋村はまだ品物を受け取らない段階で、祐祥の友人に書籍代を送金した。

金離れの良さが、秋村のコレクションを充実させた理由だろう。ケチなコレクターの元には、まず優品は集まらない。商人は金持ちを、金の使い方で評価する。

秋村は昭和十一年二月二十六日の、昭和維新を掲げて決起した青年将校らのクーデターに、衝撃を受けた。いわゆる、二・二六事件である。日本は今後どうなるのか。実業家としての心配だったろうか。多くの知友たちが、この事件のショックが秋村を死に至らしめた、と証言している。

三月二日、秋村は車で京都の古書店に行き、七、八点を購入。そのあと梅見に桃山へ車を走らせた。しかし一輪も開いていない。寒気のきつい日であった。別の場所に回らせた。そこも、まだ早い。ところが早咲きの枝を持っている女性を見つけた。旧知の人だったので、同乗を勧めた。女性は洋画家で、民家の早咲きを頼んで分けてもらったという。期せずして車中の梅見ができたので、秋村は喜んだ。ところが、寒さが応えたらしく、翌朝、突然卒倒し、そのまま言葉を失い、十三日まで床についたのち旅立った。

「散る梅の碑に沁む花の香りかな」

秋村の句だが、元気な頃に詠んだものだろう。

残された蔵書は、遺子四人が話し合って、すべて保存することに決めた。死蔵するのでなく、父の生前通りに、学者のために公開することにしたという。

歌人の佐佐木《ささき》信綱《のぶつな》が電報で寄せた悼歌。

「家人《いえひと》の御嘆《おなげき》に添へてめて《（愛で）》ましゝ文巻《ふまき》も君に別惜むらむ」

是れ何物ぞ　高嶋米峰

明治四十四（一九一一）年一月十八日、明治天皇暗殺を企てた容疑の、いわゆる大逆事件の被告二十四名に、死刑判決が下された。翌日、十二名が恩赦により無期に減刑、残りの者が二十四、二十五日の両日、死刑を執行された。

　大逆事件は、数名が計画したのは事実だが、大多数が無実であって、幸徳秋水《こうとくしゅうすい》ら社会主義者を弾圧するための政府のでっちあげ事件、というのが、現在の見方である。大逆罪は、天皇家に危害を加える罪で、直接行わなくとも企図しただけでこの罪に当たり、審理は一度のみ、非公開で裁かれ、無罪か死刑の判決しか無い。戦後の刑法からは除かれた。

　今年（二〇一一年）は大逆事件判決から、ちょうど百年になる。一世紀もたつと人の関心は移りゆくもので、大逆事件に関する本も、ちらほらとしか見ない。新しい研

究書が出てもよさそうだが、筆者が見る限り、これといって目新しい内容の本は無い。資料も出尽したのだろうか。そうとも思えないのだが、どうだろう。たとえば、大逆事件の被告側の調査と研究は、おおむね行き亘《わた》ったと思うが、捜査関係者、裁判官、政府側の動向が、今ひとつ、ピンとこない。

それから事件の周囲の人たち、何らかの形でかかわった人、あるいは、かかわりを持ってしまった人たちの声を聞きたいのだが、研究者はどうしても当事者にのみ寄り添うきらいがある。そのため、後世の人には大逆事件は特殊な事件としか映らぬ。そうでなく、政府が創作した壮大なドラマ、と捉えれば、これは近代国家が国家を維持するための、やむない手段の嘘であって、私たち市民もいつ嘘の犠牲にされるかわかったものではない。他人事《ひと》とすまされない問題なのである。だから徹底的に検証しなければならない事件なのだ。

いや、拳《こぶし》を振り上げたところで始まらぬ。大逆事件を風化させてはならない。そう訴える者が一人くらいあってもいいだろう。筆者は事件にかかわった人の人生に、強い関心がある。関与の多少に限らず、その人の生き方に興味がある。高嶋米峰《たかしまべいほう》も、その一人である。

幸徳秋水は大逆事件の主謀者とされ逮捕された。獄中で、「基督《キリスト》抹殺論」を執筆していた。これが秋水の遺稿となった。無政府主義者で大逆犯であるから、その言動は当然制約される。秋水の著書はすべて発売禁止である。それなのに、遺稿を出版した勇気ある者がいる。米峰である。彼は丙午《へいご》出版社主で、自社から出した。事前に当局に打診し、検閲を受けたというが、いざ出版してみると、書店がお咎《とが》めを恐れて店に並べてくれない。広告を見て、直接注文がどっと入った。読者の大半が学生だった。

米峰は出版のかたわら、鶏声堂《けいせいどう》書店という小売業も営んでいた。こちらは二十七歳の時に開業した。元手が無かったので、わずかの文具と新刊と自分の蔵書を置いた。蔵書は売りたくなかったので、看板ですと断って客と喧嘩《けんか》になった。客と商人は対等、というのが米峰の考えであった。金を払えば客だ、といばる人間や、売ってやるからありがたく思えと恩に着せる商人を嫌った。本を乱暴に扱う客に説教した。異色の本屋であった。もっとも説教はお手のものである。明治八年、新潟県の寺の子に生まれた。すぐに生母と、十二歳の時に父と死別した。十三歳で小学校の代用教員になる。十六歳、京都に出て西本願寺立の文学寮に入学、中学校教師になるのが夢だった。

十九歳、上京し、井上円了《いのうええんりょう》主宰の哲学館（現在の東洋大学）に入学、二十二歳で卒業し郷里に帰っていたら円了から、自分の助手にならないかと手紙がきた。

円了は、わが国で初めて哲学会を提唱した学者で、仏教哲学の本を多く著した。その著作の手伝いを頼まれたのである。米峰は喜んで承諾した。たぶん月給は二十五円くらいだろう、と勝手に皮算用した。

さて月末がきて、給料袋をいただいた。わくわくしながら封を切ると、一円札が三枚しか入っていない。米峰は考えた。今月は中旬から働いたから、正味半月の労働である。だから二十五円の半分で、十二円五十銭なのだろう。五十銭は五入して十三円、そのうちの十円札を、先生はきっと落したのに違いない。正直に申告すべきだろうか。いやいや、先生に恥をかかせて、折角の仕事をふいにすると事だ。ここは黙っていよう。来月はきっと二十五円下さるだろう。その時、先月は十円足りませんでした、と言おう。先生はきっと気がついて、埋め合わせをしてくれるに決まっている。そう自分に言い聞かせ、さて翌月、下さった月給の金額を確かめたら、六円だった。つまり、米峰の給料は六円だったのである。最初から約束したわけではない。二十五円は米峰のあくまで腹づもりであった。当時、哲学館の寄宿舎は一カ月二円五十銭だった。米峰は仕方なく寄宿生となり、円了の助手をつとめた。

やがて、「北国新聞」から「助筆」（主筆の次席）待遇で誘いがきた。円了に相談すると、生きた社会を見学し、人間学を勉強するつもりで行ってきたまえ、と激励された。ただし、と条件をつけられた。せいぜい二年くらいで帰ってきなさい。長くいると、学問がいやになったり、道楽を覚えたりするから。

円了は、さばけた恩師であった。何しろ、この人には、お化け博士、妖怪博士の異名がある。『妖怪学講義』などという著作があり、幽霊やタタリ、狐火、コックリさん他、怪異現象を研究している。まじめな論文で、はびこる迷信を打破するのが目的であった。ちなみに、東京中野区に、円了が設計建設した哲学堂公園がある。髑髏《どくろ》庵だの天狗松だの宇宙館、絶対城、常識門などと命名された建築物や樹木のある、ユニークな公園だが、これらは円了が講演で得た金を注ぎ込んで完成した。

さて、勇んで新聞記者になった米峰だが（月給は二十五円）、社長と意見が合わず、辞することになった。師には二年が限度と言われたが、一カ月半の記者生活だった。かくて念願の中学校教師となる。驚いたのは、生徒の何人かが文学寮の同級生だったことである。彼らの多くは大学で哲学を学びたい、という志があり、それには高等学校へ入学せねばならぬ、高校入学の試験を受けるには、中学校卒業の資格が必要だった。そのため中学校に通っていたというわけだ。米峰先生も相当やりづらかったが、何とか講義をやってのけた。

だが、我慢ならなかったのは、一人の不良学生であった。米峰は更生させようと力を尽したが、増長するばかりである。主幹に訴えて策を進言したが、学生の保証人が文部省の役人であり、主幹と学生の親が親密の理由で、むしろ米峰は煙たがられ退けられた。「正義！　ア、正義！　汝畢竟《なんじひっきょう》是れ何物ぞ我しば〳〵汝が為に人を誨《おし》ふべく人と論争せり、世を救ふべく世に怒号しき。しかも我は人に排《おし》けられて世に容《い》れられざりき、我は常に汝の味方たりしが為に。人！　ア、人！　汝畢竟是れ何物ぞ正義を斥《しりぞ》けて不正を敢《あえ》て行はずむば以て人たること能《あた》はざるか。世！　ア、世！　汝畢竟是れ何物ぞ正義の士を陥《おとしい》れて不正の人を栄えしむるも是れ汝の本領なるか」。

　二十五歳の暮れ、米峰は教師をやめた。翌年、杉村楚人冠《すぎむらそじんかん》（朝日新聞記者、また『浜口梧陵《はまぐちごりょう》伝』の著者である）、加藤玄智《かとうげんち》、渡辺海旭《わたなべかいきょく》らと、仏教団の堕落を廓清《かくせい》せん、とのスローガンで、新仏教運動を始めた。雑誌『新仏教』を創刊、杉村が編集長だったが、こんな下手な原稿ばかりで発行するのはいやだ、と降りたため、米峰が買って出た。まずい材料を用いてうまい料理を作るのが編集の腕だ、と杉村をたしなめた。

　一方で、生活の基盤のために、書店を開業した。これは円了の勧めによるものだった。結局、書店は三十四年間続けた。商才があったと言えるだろう。丙午出版社も黒岩涙香や三宅雪嶺の著書が売れ、宗教、哲学、倫理、道徳の本を続々刊行、還暦をきっかけに書店は閉め、出版社は明治書院に譲渡した。

　米峰はいろんな活動をしている。禁酒禁煙運動、ローマ字国字運動、公娼制度廃止運動、年賀虚礼廃止運動、動物虐待防止会（のちの動物愛護会）等。戦時中、軍は犬や猫を強制的に献納させた。寒冷地の軍服に用いるため、といわれる。米峰は大いに憤慨し、厚生、内務、農林の各大臣や警視総監、その他に抗議・陳情しまくった。この事実と、上野動物園が宮内省の所有であった頃、象舎を新築させたエピソードは、米峰の隠れた業績だろう。

象舎新築のいきさつは、こうである。狭い屋舎に入れられていた象は、神経衰弱にかかったか、見物人に危害を加えるようになった。そこで後足を一本、鉄の鎖で敷板に結びつけられた。子どもたちから、かわいそうだとの投書がきた。動物愛護会長の米峰は宮内省に訴えた。象舎設計案はあるか、と聞かれ、図面を見せた。費用を問われ、五万円と答えた。予算が無い、と言うので、半分負担していただければ、あとは愛護会が持つ、と交渉した。数日後、呼び出しがあった。返事は、吉であった。動物愛護の精神を多とし、愛護会の活動を知らなかったことを反省するとし、五万円の改築費を出す、半分を民間の援助を受けたとあっては宮内省の面目にかかわる、うんぬん。

米峰には意外な功績もある。大正十一（一九二二）年、数人による連作小説を、雑誌『国粋』で始めた。第一回が米峰である。この形式を四年後『アサヒグラフ』が踏襲、四回目を米峰が担当した。文章も巧みで、慣れぬ手つきで玉子とじをこしらえる顚末《てんまつ》を、ただこれだけの事を、面白おかしく四千二百字にまとめている。誰もが知っていることを説明するのは容易でなく、またそれを最後まで読ませるのは技というより芸である。米峰は講演も卓抜だった。ラジオ放送〝最初〟の講演者という栄誉を持っている。

三越の広告　濱田四郎

たとえば、わが国で初めて新聞が発行されたのは、いつ頃か。写真の起源は？人力車を発明したのは誰か。気になって資料を調べ始めた。すると新聞の探索をすれば活版のことが、人力車を追跡すれば馬車の記事が目に入る。いっそ、維新後の事物の起源をすべて当たってみよう、と二十年かけて調査し集めて成ったのが、『明治事物起原』の一書であった。

著者は、福島県郡山の人、石井研堂《いしいけんどう》である。明治四十一（一九〇八）年元日に橋南堂から出版された。本文五百頁余、研堂はその後も項目の充実を図り、大正十五（一九二六）年に増訂版（八百余頁）を、更に昭和十九（一九四四）年に増補改訂版（上下巻、合計千五百余頁）を発行した。研堂はこの前年の暮れに、七十八歳で世を去っている。死の直前まで原稿に手を入れていた。あとをついで改訂作業をしたのは、弟の

濱田四郎《はまだしろう》である。八歳下の四郎が研堂のライフワークを完成させた。

石井研堂は慶応元（一八六五）年生まれ、雑誌『小国民』を編集、吉野作造らと明治文化研究会を創設し、『明治文化全集』を刊行する。研堂には、『漂流奇談全集』や『天保改革鬼譚』（松本清張が奇本にして稀覯本と評した）他多くの著書がある。『明治事物起原』は名著といわれている（ちくま学芸文庫で読める）。

濱田四郎は（姓が異なるのは、十四歳で濱田家を継いだため）、学者でも文筆家でもない。東京高商（現・一橋大学）を卒業すると、博文館に入社し（研堂も一時社員だった）、雑誌『太平洋』の記者になった。

明治三十七（一九〇四）年十二月、三井呉服店は組織変更し、株式会社三越呉服店と改称した。物産や鉱山、銀行などを経営し財閥となった三井には、呉服業は物の数でなく、本流から切り離して新会社にしたのである。三越を任されたのが、三井の専務・日比翁助《ひびおうすけ》で、店の屋号は呉服店だが、呉服を主にした百貨店の経営法に変えていく。

この改称の広告が新聞に出た時、四郎は日比にインタビューした。

「三越呉服店は何と読むのですか？」と聞いたら、「もちろんミツコシさ」と日比。「でもミコシとも読めますし、サンエツと読む人もいますよ。大切な屋号ですから、間違われぬようにルビを振るべきです」。

この提言に日比が感じ入った。君は高商出だそうだが、うちに来ないか、と誘う。今なら採用できる、のちでは枠が無い、と言った。そこで四郎は承諾した。日比の人柄に惚《ほ》れたのである。すぐに、外国人向け商品を売る売場に回された。一カ月間の見習いを経て、本採用される。月給六十円。博文館の給料と全く同じだった。午前八時出勤(売出しの時は七時)、退店は未定。客が一人でもいると、売場を離れられない。現代のように閉店合図の音楽を流さない。休日は月二回。日曜は休めない。

四郎はやがて、三越のいわゆるPR誌『時好《じこう》』の編集を任された。エッセイ誌のようであった内容を一新し、純然たる広告宣伝誌に仕立てた。表紙は片側を帯の模様とし、帯の値段を小さく入れた。誌名も『みつこしタイムス』と変更、菊判を今の週刊誌大にした。

四郎は学生時代に広告を研究した。明治三十五年、『実用広告法』を出版した。広告の本の、わが国最初である。日比は四郎のこの才能を見込んだのだろう。PR誌編集の他に、広告係も担当せよ、と命じた。新聞や雑誌などあらゆる物に、三越の二字が見えるようにせよ、あらゆる機会を利用して宣伝せよ、とハッパをかけ、費用を惜しまなかった。

明治四十年、東京勧業博覧会が開かれた。三越は新橋の芸妓をモデルに元禄美人画ポスターを製作し、銭湯や理髪店に掲げた。ポスターの余白に、次の広告文を入れた。四郎のコピーである。

「東京に来て博覧会を見ざる人ありや　博覧会を見て三越を訪《と》はざる人ありや」

この文句は好評で、「美人にしてクラブ洗粉を使用せざる人あるでせうか」等、次々に模倣された。ポスターそのものも当たった。是非当店に貼らせてくれと申し込みが相ついだ。

三越は明治四十四年、ポスター図案を募集した。賞金は千円である。当選したのが、夏目漱石の著書の装幀で著名な橋口五葉である。

一方、東京美術学校（現・東京藝術大学）日本画科出身、かつ洋画の研修生の杉浦非水《ひすい》を、専属図案家として入店させた。非水の『みつこしタイムス』の表紙画は、たちまち評判になった。

コピーの方だが、四郎の作で、こういうのがある。論語の有名な文章をもじったものである。「学而第二」の、子のたまわく、学んで時にこれを習う、亦説《またよろこば》しからずや。朋《とも》あり遠方より来《きた》る、亦楽しからずや。人知らずして慍《いきどお》らず、亦君子ならずや。

これを次のように、作り替えた。

「送ツテ時ニ之ヲ求ム亦悦バシカラズヤ、小包東京ヨリ来ル亦楽シカラズヤ、人知ラズ購《あがな》ハズ亦遺憾ナラズヤ」

『みつこしタイムス』の半分は、通信販売のページであった。その広告文として掲載した。日比が喜び、デザイン化して都下の各新聞に半ページの大広告を打った。

「ミツコシ論語巻之一　送而第一」とし、論語の本の体裁である。いわく「子曰送而時求之不亦説乎」と原文を真似、次に二行に分けて文の解釈が続く。「子曰《いわ》くとは違ふ。ミツコシ（と太字）子の説として送者に申す」うんぬん。

博覧会が終わったあと、四郎は日比から外国の商業実態視察を命じられ、英米を回った。いろいろな収穫を得たが、その一つに通信販売があった。アメリカでは千ページもある、あらゆる日用品を載せたカタログを、五百万部も発行している業者がいた。四郎は帰国後、日比に通販の有力なることを告げた。三越は呉服と雑貨を商っている。雑貨を通販でさばけばよい。日比はただちに賛成し、四郎を地方係長に命じた。地方係は三井呉服店時代に大阪支店が設けたもので、地方の顧客の注文を手紙で受けていた。これを大々的に拡張しようというのである。『みつこしタイムス』を二分して、一方を通販の月刊目録ページにしたのは、その手始めである。

日比は宣伝費に糸目をつけなかった。四郎は大いにはりきって、各地方紙に、『みつこしタイムス』の月ぎめ読者募集の広告を出した。無料で送るという広告だから、希望者が殺到した。地方読者には、目録ページの方を送るのである。つまり、『みつこしタイムス』の半分は市内版、半分は地方向け通販カタログというわけだ。

愛国婦人会の総会には、全国から会員が集まる。四郎は会に諮《はか》って、機関誌の臨時増刊号の名目で、『中形百種』という浴衣《ゆかた》地の通販目録を配布した。

かくて三越の通販は隆昌し、業界が注目した。新聞社や出版社が代理部というものを設け、自社の新聞雑誌の広告を用いて商売し始めたのも、三越の成功にそそられたのである。

四郎はお客の苦情引き受け所の設置を、日比に提案した。日比は趣意には異存はないが、名称がいけない、ご注意承り係としたらよい、と言った。通販目録には、ご購入の品物がお気に召さない場合は、喜んでお取り替えしますと入れた。この「喜んで」という文言がいい、と日比がほめた。

四郎の広告コピーで最も有名なのは、「今日は帝劇　明日は三越」である。明治四十四年、外国の劇場を模範とした帝国劇場が開場した。冊子のプログラムは有料だが、一枚刷のプログラムは観劇者全員に無料で配られた。

このプログラムに印刷されたのが、先のコピーである。たとえば、昭和風俗史や東京流行史などの本には、大正の世相を如実に表わす語として、「今日は帝劇」のフレーズが必ず取りあげられている。しかし、作者の名は紹介されていない。

濱田四郎は三越の広告宣伝において、多大の業績を残した人だが、そして、『明治事物起原』の隠れた功労者でもあるけれど、他にも知られざる功績が、いくつかある。

そう、それは『明治事物起原』に収録されている。

まず、「金銭登録器の始め」の項。「明治十七年九月の『太平洋』第三巻五号の濱田四郎の『現金箱』の記事は、本器のいかなるものなるかを、本邦実業界に紹介したる始めなり」うんぬん。

それから、「カード式記帳法の始め」。これは、「明治三十七年四月発行『太平洋』に濱田四郎の紹介せしに始まる。（略）三十八年四月、郵便貯金管理所が四百万の口座を同式に改めたるは、本記帳式採用の始めにして、爾後靡然《じごびぜん》として、実業界の注目をひくに至れり（略）」

むろん四郎は、PR誌配布先住所録をカード式にし、通販顧客の勘定を従来の帳簿でなくカード式簿記にした。日比も大層便利だ、とほめた。

二カ月分の月給をつぎこんで、『商業帳簿の大革命』を自費出版、五百部がたちまち売れたので、更に、『カード式記帳法の理論及実際』を、今度は一千部作った。これもじきに売りきれたが、「安サラリーマンの悲しさ、再版の資金に窮して即時再版思ひもよらず、漸《ようや》く三四ヶ月の後再版せしも、元来手品の種本見たいなもので、一度読了してしまへば用が済むので碌に売れずに損をした」（濱田四郎『百貨店一夕話』日本電報通信社、昭和二十三年刊）。

濱田四郎は、昭和二十七年十月に死去。七十九歳である。

三越中興の祖、といわれた日比翁助は、早く昭和六年に他界している。日比は慶應義塾を卒業すると、天文台技手となり気象観測に従事していた。それから実業界に入った異色の人物である。

心の援助　石山賢吉

「私は只今数え歳七十四歳でありますが、これまでに表彰されたことは一度もありません」

昭和三十（一九五五）年四月、第三回菊池寛賞を贈られた石山賢吉の、受賞の挨拶である。石山の受賞理由は、「雑誌経営者及び編集者としての精進」とある。写真界に尽した功績で木村伊兵衛が、この時同時に賞を受けている。

石山は次のように挨拶を続けた。

「私は無資本で雑誌経営を始めました。雑誌経営は資本があれば元より結構であるが、無くてもやれる事業であります。（略）それだから、私はこの点を誇るわけに行きません」

大正二（一九一三）年、石山は経済雑誌『ダイヤモンド』を創刊した。誌名は、

「小さくても光る」意である。創刊号は、一千部刷った。

挨拶の続き。「創刊三年間は食うや食わずの状態で苦心の経営をいたしましたが、ちょうどその時に、第一次欧州大戦の影響を受けた好景気が発生いたしまして、私の雑誌は一躍大発展をいたしました。これが基本であります。それだから、私の雑誌がどうにか成ったのは時勢の助けであります」。

石山は明治十五（一八八二）年一月二日、新潟県に生まれた。雨具などに使う油紙製造業の長男だが、父が亡くなったため、母方の伯父に育てられた。「居候おじ」と呼ばれ、肩身の狭い思いをした。小学校を卒業すると、郵便局の電信技手になった。六カ月の講習を受け、試験に通ると採用される。ここで三つ年上の親友ができた。親友は勉学のため上京する。数年後、是非東京に出てこいと誘いがかかった。石山は二十二歳の時に、これに応じ単身出郷する。

親友は芸者評判録発行所に勤めていた。石山もそこに勤めさせてもらう。仕事は芸者の戸籍写しである。区役所に行き、戸籍閲覧料を支払い、戸籍台帳を借り出し、写す。新橋、赤坂、日本橋と回る。

発行所は外神田にあり、社員は二十代の所長と石山ら合わせて五人である。スポンサーは浅草の湯屋の主人だった。戸籍写しが終わると、芸者屋訪問である。芸者の経歴を訊き、芸の特徴を調べ、記事にする。石山はスポンサーのお供を仰せつかった。湯屋主人は、訪問のコツをいろいろ教えてくれた。そっと格子《こうし》に手をかけて静かに戸を引き、ごめん下さいと優しく言うこと。言葉使いはていねいに。芸者だからと見下げたような口のききぶりは、絶対にいけない。ねえさん、芸は何でしょう、得意は何でしょう、と訊いて、相手を十分喜ばせ、然るのち、芸者評判録を一冊予約して下さいと頼む、うんぬん。

芸者訪問が終わると、評判記の執筆である。「都新聞」の記者が雇われた。記者が仕上げた文章を読んだ石山は、これなら自分にも書けそうだ、と二、三人分書いて記者に見せた。すると、うまいとほめられた。石山は外回りから内勤に昇格した。

美人でない芸者は、後ろ姿を写真にとる。「都新聞」の記者が、当意即妙の評判記をつづる。「露もしたたる御面相は、写真の裏から御覧くださるべし」。石山はこの発行所の正体が「詐欺師の集団で、不良青年の群れであることを知った」。

原稿ができて印刷所にまわした。校正刷りを見ると、写真がよくでていない。芸者の写真はアート・ペーパーに印刷し、美しいところを見せるのが本の主旨であったはず、石山は親友と印刷所に掛けあいに行った。安値の注文だから当然だ、と印刷所は言う。銅板で刷るところを、所長が値切ってジンク板にしていた。印刷代のピンハネである。日本大学の別科の入学試験を受けたら合格した。中学を出ていなくても、簡易な略式試験で入学できる。石山はさっさと発行所をやめた。別科に通っているうち、親友の兄が、慶應義塾で経済を学べと勧める。商業高校なら中学卒業の資格は不要という。ここは夜学である。石山は言われた通りにし、昼は神田の正則《せいそく》英語学校（現在の正則学園高等学校）に通った。学費は郷里の伯父が出してくれた。

商業学校の卒業間際に、野依秀市《のよりしゅういち》が『三田商業界』という雑誌を発行、頼まれて発行の辞を書く。この文章が評判となり、同紙の記者に迎えられる。雑誌はのち『実業之世界』と改題され、大々的に発展したが、石山は野依と「性格が合わない」。「日本新聞」に転じ、「毎日新聞」に移り、編集長と衝突し退社、「職を求めて得ず、しょうことなしに『ダイヤモンド』を創刊し」たのである。

石山は菊池寛賞受賞の挨拶で、こう述べている。「私が四十二年間の雑誌経営を通じて感銘が深いのは、先輩の御援助であります。（改行）それは金銭的の援助ではありません。心の援助であります。金銭的の援助も受けましたが、それはたいした額ではありません。心の援助をひどく受けたのであります」。

石山は小林一三や福沢桃介ら何人かの財界人の名を挙げ、「頂戴したお金はあるが、御願いしたお金は一文もない」と言い、彼らは金使いが上手だし、お金を大事にする人だから、ルーズな私が借金を頼んでもはねつけられるに決まっている、と語り、「また、私は永い間会社評論に従事し、大過なく今日に至っておりますが、学歴のない私がかかることを成し得たのは、私が隠れた先生を持っているためであります」と言う。業種ごとに、最良の教師を持っている。電気なら誰、鉄なら誰という風である。この先生がたが、自分に親切に教えてくれる。それで自分は、世の中を温かいものと思っている。そのため人生観が変わった。自分は最初「攻撃文」を書いた。しかし欠点を指摘して攻撃するよりも、長所を挙げてほめた方が世の中の改善になる、と覚った。「そこで、近年は会社の欠点よりも、長所を探し出し、それを賞揚して、その会社から益々よくなって貰うことを心掛けております。正直に申し上げると、攻撃文よりも賞揚文の方が書きにくい」。

筆者は商店員時代、むろん、将来は一人前のあきんどになるつもりだったから、そのための参考書をたくさん読んだ。商人の勉強は、早い話が、いかに儲けるか、である。金を儲けるヒントを学ぶ。石山賢吉の著書が、私の好みに適った。この人の書く財界人の成功譚が、一番面白かった。文章は粗いが、媚びたところが無く（財界人物伝はこれが多い）、いやみが無くて、エピソードが下世話である。高等ぶらないのが、いい。私は石山の本で、松下幸之助を知り、浅野総一郎や藤原銀次郎を知った。

松下幸之助が自転車店の小僧時代、パンク修理を待つ客のほとんどが煙草《たばこ》を吸う。当時は修理に時間がかかる。面白いのは、そういう客のこれまた大半が、煙草を切らす。松下は煙草のお使いを頼まれる。

これは金儲けになる、と自分の金で煙草をまとめ買いした。まとめて購入すると、いくらか値引きしてくれる。客はただちに間に合うので喜ぶ。自転車店の宣伝にもなる。

浅野総一郎は味噌醤油店で働いていた時、竹の皮を納入する業者の存在を知った。味噌を量り売りする際の包みに、竹の皮を使うのである。竹の皮は、浅野の郷里では、竹林にいくらでもあって、拾う者もいない。

浅野は千葉県に出かけて集め、横浜の魚市場に売った。物の価は、場所による、と覚った。経済学でいうところの、移転価値である。

石山は、このようなエピソードを紹介し、近代商業の秘訣は、客の気持ちになって物を造り売ることである、と説く。実に、わかりやすい。

石山の人づきあいは、財界人に限らぬ。右も左も関係なく、交際している。石山の文の面白さは、この辺に起因するかも知れない。

無政府主義者の大杉栄とも「別懇の間柄」であった。「私は、あの人が好きだった。

竹を割ったような気性に、何ともいえぬ魅力があった」。

主義のことは話しっこなし、それ以外の方面でつきあおうと約束して、交際した。大杉には、いつも尾行の刑事が二人ついている。この刑事を巻く時は、石山の会社を使う。社屋の表に刑事を待たせ、今日は奴らについてこられるとこまるんだ、頼むよ、と石山に断って裏口から出て行く。二、三時間すると、裏口から入ってきて、表に出て行く。

自動車に乗ってきたこともある。金の無い君なのにどうして？　と問うと、警察の車だと言う。警察がなぜ車を？　明日、監獄に入る。方々へ挨拶回りをしなければならぬと言ったら、車を提供してくれたという。警察にしてみれば、車で大杉を拘束しているわけだ。大杉は警視総監や内務大臣の所へユスリに行く、といううわさがあった。石山が糺《ただ》すと、本当だよ、と後藤新平の例を挙げた。

その当時の内務大臣である。官邸に訪ねた。応接室へ通された。秘書が応接室の窓に鍵をかけた。そこに後藤が入ってきた。「何用か」と問う。「金をもらいにきた」と大杉が答えた。「どうしておれの所に金をもらいに来たのか」と反問する。

「自分は原稿を書き、その収入で生活している。ところが原稿の掲載を差し止められ、生活ができない。その命令を出した親玉は内務大臣だから、大臣のあなたの所に生活費をもらいに来たのだ」「金は何ほど必要だ」「三百円」と大杉は答えた。実は五百円、と言おうとして口元まで出かかったが、気後れしてその金額を告げた、と石山に語ったという。後藤新平は奥に入り、三百円の紙幣を無造作に大杉に手渡した。

石山賢吉の受賞の辞は、次のように括《くく》られている。

「人間は死ぬまで学問と心得ます。案を立てて、それを実行するのは、苦しみでなくて、楽しみであります。皆様の御高配にも感奮し、一層勉強いたします……」

昭和三十九年逝去。八十二歳。

※引用は、石山賢吉『回顧七十年』（昭和三十三年）、『人智無極——石山賢吉翁生誕百年記念』（昭和五十五年）より、共にダイヤモンド社刊。

額縁の創始者　長尾建吉

伝記が好きで、読むものの大半がこれである。生き方を学ぶには、最適と思っている。

伝記は編年体の形式が多い。現在から過去に遡《さかのぼ》る逆編年体の叙述もある。『みんなで書いた野口雨情伝《のぐちうじょう》』（金の星社、一九七三年刊）のように、関係者が思い出を記したものもある。

しかし、今回紹介する本のように、当人に宛てられた手紙を年代順に並べた伝記は、珍しいだろう。筆者は初めて読む。

太宰治の初期の作品に、「虚構の春」という中篇がある。これは作者本人がもらった手紙を、「師走上旬」から「中旬」「下旬」という風に分けて、時系列で紹介したユニークな構成の小説で、むろん、創作だから、「ホンモノ」の手紙と、作者がこしらえた手紙文とを、巧みにないまぜて物語に仕立てている。最後は、「元旦」の章で、「謹賀新年」「賀正」「あけましておめでとう」など、とりどりの賀状の文句で締めくくられる。なかなか洒落た小説である。虚実の貼り交《ま》ぜが絶妙なのである。もっとも発表当時、私信を無断で公開された、と知友から抗議を受けたらしい。

太宰の意図は、他人の手紙の羅列（計算した配分）によって、「太宰治」という新進作家の心境と境遇を浮き立たせるものであった。斬新な手法の手柄だが、「創作」の書簡を挿入したことによって、成功している。

ところで今回の伝記だが、書名は、『嶽陽長尾建吉《がくようながおけんきち》』という。本文三百七十四ページ、グラビアが八十ページという、ぜいたくな一冊で、昭和十一（一九三六）年一月十日発行の私家版である。

日本における額縁製作の創始者といわれる長尾建吉だが、七十七歳の喜寿を祝って、長男の一平が本書をまとめ、関係者に配ったものである。一平の編集後記によると、最初は、建吉が「永年美術界及び現代知名の士から頂いた、肖像画、写真、色紙等」と年譜だけで構成するつもりだったらしい。助言があり、考えた結果、寄せられた手紙と、知友の原稿を入れ、「数度の編纂替をしてこの本（記録）？・」ができたとある。

太宰の小説と違って、手紙だけでは、長尾建吉という人物がよく見えないのである。

何十ページか読み進めたが、さっぱり、イメージがつかめない。無理もない。手紙は商用文だし、長尾の人柄に触れた内容は何もない。どういう人と交際していたかはわかるが、ただそれだけであって、何も語らぬに等しい。この伝記は、後半の各氏の「忘れ得ぬ長尾老」「嶽陽翁の回想」などが無かったら、第三者には全く役立たぬ本であったろう。筆者がこうして紹介するに至らなかった。なぜ紹介する気になったか。むろん、伝記の形式が奇抜だったからではない。

長尾が額縁製作に手を染めたのは、利益にならぬ商売だったからである。「儲からない仕事なら一生を賭けてみよう」この言葉に、瞠目《どうもく》したからである。和田英作《わだえいさく》らが長尾を画壇の功労者として、叙勲を申請しようとした。長尾が七十六歳の時である。長尾は言下に断った。「そんなものは駄目ぢや！」

嶽陽という号は、生地が静岡市なので富士山を表しているのだろうが、額縁の額にも掛けているのだろう。

刀の研師《とぎし》の三男である。明治七（一八七四）年に上京し、日本橋の斎藤善兵衛《さいとうぜんべえ》商店の小僧として住み込んだ。十五歳、美術骨董を販売する店である。十八歳、虎ノ門に住む工部大学校（現・東京大学工学部）教師の外国人についてフランス語を学ぶ。夜間に通ったというが、フランス語を選んだ理由は不明。しかし、この勉強は翌年、偶然にも役に立った。

パリで開催される万国博に、斎藤善兵衛が参加することになった。主人の供を、建吉が買って出た。並みいる番頭をさしおいて、是非、連れていってほしい、と頼んだ。主人が理由を訊く。すると、こう答えた。

「自分はフランス語を話せますし、新知識の商法も心得ております」

一人でこつこつ勉強していたのである。主人の許しが出た。しかし、建吉の干支《えと》の星廻りが悪い。当時のことだから、縁起をかつぐ。「八方塞がり」という。

明治十一（一八七八）年二月十一日出発の朝、建吉は皆の前で、台所の天窓から屋根に出て見せ、「これで私の八方塞がりも展《ひら》けました。日本晴れです」と主人に言った。

かくて横浜よりイギリス船で出航、無事フランスについた。日本の正使はのちの総理大臣・松方正義で、随行委員長は前田正名《まえだまさな》（坂本龍馬の密使として長州に行った。龍馬から刀をもらっている。地方産業の振興に尽した）である。建吉はこの旅で画家の山《やま》本芳翠《もとほうすい》と親交を結んだ。

万国博の日本館は大人気で、陳列店でまっ先に売れたのは花瓶だった。客は、大変な美少女である。お金でなく、紙片を差し出した。建吉は銀行小切手とわかったが、初めて実物を見た。しかし信用できないので、指定の銀行に駆けつけて換金した。振出人は、フランスの貴族で、美少女はその令嬢だった。

万国博も明日で終了という時、フランス政府から甲冑《かっちゅう》の買上げ打診があった。値引してくれれば買うと言う。売れ残りの品の、万国共通の交渉である。日本政府のお偉方も、名誉だし応じたらよい、と勧める。

建吉は、はねつけた。

「値引が前例となると、各出品者がこまる。博覧会の期間中は絶対だめです。ただし、日本国の名誉ですから、永久にミュージアムに記念として飾られるなら、閉会後に献納します。その手続きをお願いします」

フランス政府は体面を考えたのだろう、出品価格通りの金を払った。

このあと建吉はオーストラリアやアメリカ、また再渡仏をしたあと、斎藤商店を辞し帰郷、長尾家に入った。長兄と輸出向けの漆器造りに励んだ。三十歳で上京し、本郷湯島で塗師屋を開業した。

山本芳翠と再会、何をしている、と訊かれ、これこれと語ると、一緒に額縁研究をしてみないか、と誘われた。明治二十四（一八九一）年のことである。洋画はまだ普及していない。従って洋画家は貧しく、額縁は商売にならない。そこで先ほどの建吉の言葉が出るわけだ。

額を造ってほしい。ただし、今お金はない、という客ばかりである。よし、その代り、絵が売れたら、うんと払ってくれ、と答えた。売れなかったら、どうします、と返すと、その時は香典さ、と笑った。

おれに借金の無い絵かきはモグリだ、と豪語するほどである。

黒田清輝や和田三造、岡田三郎助など、全く売れない時代だった。黒田などは七円でも売れなかった、と建吉が回顧している。

「私が画家を色々助けた様に云ふ人もありますが、そんなに助けも何もしません、金はなし助けやう筈がない。只金の事を問題にせず、額椽をみんなに造つてあげた位なことです、併し貧乏しながらもこわれる様な椽は造るまいと色々苦心はしたものです。ぼたもちやおすしのやうにすぐ食べてしまふものではないから、後が大事で、直《す》ぐ毀《こわ》れる様なものをこしらへてはならないと、今でも悴《せがれ》達にはよく目的を話して造らせてゐます。昔造つたのが日本銀行や岩崎（三菱創業者）にも毀れないで残つてゐます」

画学生の面倒もよく見た。絵にも一家言を持ち、適切なアドバイスをした。絵に合わせて額を造るから、観賞眼は並ではない。当人も、絵を描いた。

後年、文化勲章を受章した小絲源太郎《こいとげんたろう》が、こんな回想をしている。

美術学校を出たばかりの頃、京都の清水寺で写生をしていた。十三、四メートルと離れていない所で、堂々とした恰幅《かっぷく》の老人が、やはり写生をしている。そちらは背後に、黒山の人だかり、若造のこちらには一人の見物人もいない。突然、老人が「破《わ》れ鐘のやうな声とでも言ひますかとても大した声で、オーイオーイと私を呼ぶのです」。どうもこの屋根がうまく描けないので、ちょっと来て直してくれませんか、と言う。とたんに、黒山の人だかりが、そのまま小絲の方に移動してきた。老人は口笛を吹きながら、ニヤニヤしている。

「一寸《ちよつと》言ひおくれましたが翁の、その描いてゐられる画と言ふものは、およそどうかと思はれる程度のものでした」

華族だろうが何様だろうが、訪問は、「大概紺の股引《ももひき》に印半纏《しるしばんてん》麻裏草履《あさうらぞうり》と云ふ被《(ママ)》(頗《すこぶ》)るイキな服装である」。

建吉の店で働いていた人が、こんなことを語っている。

ある時、建吉が小さな絵を描いていた。三日たっても同じような所を描いている。まだ続けるのですか、といささかあきれると、厳然として、「人間と云ふ者は自分の納得する迄仕事をするものだ、善い悪いは別の事だ自分として最全《(ママ)》の努力が自分として此の世に於ける至上の尊きものと云ふ事を知らねば不可、拙いからと云ふて止めては当底人《(ママ)》には成れぬ、解《わか》ら無ければ尚の事、解ても最全《(ママ)》の努力を払て、完成して始めて尊いのだ」と叱られた。

また、こうも、さとされた。

「商売は決して嘘では駄目だ……さりとて本当では商売に成らぬ『本当の嘘』でなくては駄目だ。愚人は嘘の嘘を云ふから失敗するのだ」

これは、建吉の口癖だったらしい。

ところで、彼の造った額縁は、どんなものだったのだろう。黒田清輝をはじめ、そうそうたる洋画家の信頼を得、評判だったという額縁（明治三十八年頃、額縁の店は建吉の所だけという）は、「砂金で中窪、周囲の高い部分には細い葉模様がついて居たもので、尚ほ四隅に唐草模様でもつけば上等の方でした」。

本書の欠点は、肝腎の額縁写真が一枚も無いことである。人はわかったが、作品がわからぬ。

俳人・歌人と漱石ゆかりの人々

陰徳の人　数藤五城（斧三郎）

学校での「いじめ」問題における教師の影の薄さ、あるいは卑怯な逃げ腰ぶりは、どうしたことか。「師恩」などという言葉が死語になるのも、無理もない。「わが師」なる者が、どこを見渡しても居ないのだから。

昔の人の書いたものを読むと、必ずといっていいほど、この「わが師」が出てくる。偉大な人間ばかりではない。中には、どこが尊敬に価《あたい》するのか、よくわからない師もいる。言葉で説明できない、「いわく言いがたい」魅力のある人間。数藤五城《すどうごじょう》は、その一人である。五城は俳句の号で、本名を、斧三郎という。おのさぶろう、と読む。歌の筆名を小野三郎と記したので、ふさぶろうではなさそうだ。珍しい名前である。

明治三十一（一八九八）年より、亡くなる大正四（一九一五）年まで十七年間、第一高等学校（旧制の一高）の数学教師を務めた。四十三歳で病没した。

数学の先生くらい、生徒に親しまれない先生はいない。無機的な、とっつきにくい学問だからだろう。

ところが数藤先生（以下、五城と記す）は、そうじゃない。生徒から熱烈に慕われた。なにゆえか。まず、授業ぶりを見てみよう。

俳人の水原秋桜子《みずはらしゅうおうし》は、一高の二年生の時に、五城から微分積分を学んだ。水原は東京帝大医学部に進んだ秀才だが、その秀才にして五城の講義が、さっぱり理解できない。五城は、くり返し説明する。何度も何度も、同じところをていねいに説く。生徒たちは、先生、わかりません、と訴える。五城は悲しそうな表情で、あなたたちが腑《ふ》に落ちるまで、私は何度だって説明をする、ですから、わかりません、という言葉だけはやめて下さい、と訴えた。五城の講義は声は低いが、語尾がはっきりしているので、よく聞き取れた。試験は、むずかしかった。五つの問題のうち三問解いた者はいない。皆、注意点を覚悟したが、誰ももらった者はいない。何となく底気味悪かった。

一年が終了した。「まことにふつつかな授業で、皆さんには申しわけないことをした」とていねいに挨拶し、教室を出ていった。水原たちは、しゅん、とした。誰かが、ああ、悪いことをした、落第してもう一年、授業を受け直すか、と言った。誰も笑わなかった。

その一年後、五城は亡くなった。「葬儀のあつたのは蓬萊町《ほうらい》のあたりの大きな御寺で、百日紅《さるすべり》の咲く下に沢山の下駄がぬぎ捨てられてあつたやうな記憶がいまあるのである」（秋桜子著『冬雲雀《ふゆひばり》』所収「五城先生のこと」）。

秋桜子は、この短い一文を、「思い出せば出すほど五城先生はいい先生であつた」と結んでいる。「先生のさびしい後姿は、おそらく永久に私の記憶に止まつて去らないことであらう」とも。水原の言う「いい先生」の意味がよくわからない。まさか、試験で注意点をつけなかったから「いい先生」ではあるまい。

水原と同じく一高生だった安倍能成《あべよししげ》（教育家・哲学者）も、学年は違うが五城に解析幾何を教わった。「小学の時から、今日になるまで、色々な先生にあつたが、その中に先生は実に私にとつて、ゆかしい先生として、著しい印象を止めたのであつた」と回顧している。しかし、具体的な事は語っていない。五城の講義がムダの無いもので、級友の誰もが、「先生の頭脳の明晰と態度の温雅とに敬服しない者はなかつた」。一高生たちは「斧さん」と呼んでいた。安倍は五城の講義を、結構ありがたい講義と思いながらも、一向に勉強はせず、ついに落第した。五城の講義を二年聴いたわけだが、物にならなかった。

安倍が五城と親しく話すようになったのは、二年落第した時の夏で、安倍には五城に謝らねばならぬことがあった（内容については記されていない）。京都に旅をし、嵐山で買った桜の杖をみやげに、五城の住居を訪ねた。謝罪ののち、心を開いて話をした。どんなことを言ったか覚えていないが、「その時から、私は先生に対する親しみを、在来の先生に対する尊敬の上に加へることが出来た」。やはり、よくわからない。肝心の、ことが書かれていない。親しみを覚えたきっかけが何かより、情感が伝わってこないのである。五城の言葉でなく、表情が、雰囲気が、まるでつかめない。

そこで、『数藤斧三郎君――遺稿と伝記』を披《ひら》いてみることにした。

本書は没後三年の大正七年四月に発行された。副題に伝記とあるが、正確には追懐集というべきだろう。略伝が四ページあるのみで、大半が知友の追悼追憶文である。紹介した安倍の文章も収められている。

安倍同様、一高生の時、五城の教えを受けた大賀一郎の思い出は、こうだ。大賀一郎は、「ハス博士」として知られる。二千年前の蓮の実を発見し、開花させた。古代ハスは「大賀ハス」と名づけられ、各地で現在も清楚な花を咲かせて、生命の神秘を伝えている。

大賀は学生時代、五城の自宅に入りびたっていたようである。五城に愛された。ある日、「先生」と呼んではいけない、と言われた。大賀は五城の真意を記していない。

幾人かの者にその名称を禁じたらしい。大賀は言う。「何処迄《どこまで》も平民主義の方でゐらした。やさしい方でゐらした」。

困った大賀は、「小父《おじ》さん」と呼ぶことにした。五城は大賀を、「二郎さん」と呼んだ。女中も、「さん」づけで呼んだらしい。

東京理科大学の教授で五城に同大入学を勧めた藤沢利喜太郎《ふじさわりきたろう》は、教え子の人となりをこう述べている。

「数藤君は何等《なんら》世に求むるところなく、唯《ただ》人の為めに働くことを以《もっ》て無上の楽とせられたる陰徳の君子であります。数藤君の行為は匿名的で、君は人に知られないのを本意とせられた篤実家であります」

仏教家・金子大栄《かねこだいえい》の追悼文に、こんなくだりがある。ある人が金子に語った言葉である。五城は数学の教授だが、学生の方では数学の他に、「何か知らん或者を教へられる。其或者は無論先生が口で語られることはないから、これであるといふやうに、瞭《は》つきりと解《わか》りはしない」。

少しずつ、姿が見えてきた。

山田恒太郎《やまだつねたろう》という五城の子ども時代を知る人が、「君は勉《つと》めて自分の功績が人に知られるといふやうなことを好まなかつたのである」と語っている。道理で、姿形がつかめなかったわけだ。

斧三郎は明治四年、旧松江藩士の三男に生まれた。十歳の年に数藤家の養子となる。島根尋常中学校を第二席で卒業すると上京し、東京理科大学に入学して数学を修める。卒業後は久留米《くるめ》尋常中学校に赴任、のち仙台の二高教授となる。明治三十一年より一年間の嘱託を経て一高数学教授に任ぜられ、病《やまい》を得て死去するまで教鞭を執《と》った。若い時は文学者志望であった。明治三十一年、中学の後輩、大谷繞石《おおたにじょうせき》が、東京根岸の正岡子規の家に連れて行ってくれた。子規は五城の俳句を認めた。『ホトトギス』に投句を始める。

程なく、子規から、「西の青々《せいせい》、東の五城」と称された。青々は、松瀬《まつせ》青々のことである。三十二年二月発行の『ホトトギス』二巻五号の、高浜虚子選、「寒」題では、十句のうち八句抜かれた。同号の子規選「凍」でも、同じく十句中八句抜かれ、「蒟《こん》蒻《にゃく》の累々として凍りけり」が「天」位に選ばれている。『ホトトギス』では、さまざまな句題が同人に出されている。外国語を用いて詠んだ「洋語十句」の、五城の作は次の通りである。四句のみ示す。「煮凍《にこごり》を探す戸棚や豆ランプ」「テーブルやノート人在《あ》らず春の風」「ステーションへ出る小路や霜柱」「永き日やバロメートルの下りもせず」。バロメーター（気圧計）のことだろう。

最晩年には、歌を詠んだ。教え子の斎藤茂吉に添削を頼んでいる。

「パンの実を餅につく音ことことと椰子《やし》の林にこだまするかも」

「吹矢もちて木登りゆけど木の上の鳥はうごかず昼しづかなり」

南洋の歌と題した、大正四年作。教え子がサイパン島から送ってきた手紙に触発されて詠んだものである。

「赤々と灯《ひ》にかざしつ、桜子《さくらご》の一つ一つの光を愛《かな》しむ」。桜子はサクランボのことだろう。

「寝ながらに三度《みたび》髪刈り幾十度《いくそたび》顔そりやせて常臥《とこふ》すわれは」

常臥、と題する逝去の月の詠歌である。

「晴れ上《あが》る夏の日浴びて工匠《たくみ》らは声勇しく家建てて居り」

死の床での哀切な一首である。

安倍能成は学友の岩波茂雄（岩波書店創業者）と、グロキシニアという西洋花を二鉢持って、五城をお見舞いした。五城は仰臥し、胸から下に着物をかけていた。安倍が胸をつかれたのは、先生の下半身が着物の下に感じられなかったことであった。顔もやせていたが、いつものように静かに、ポツリポツリと話された。それから一カ月後に亡くなられた。

「まれに得しやすき眠りのさめはてゝグロキシニアの暁の色」

「紫の袋いよいよ傾きてグロキシニアの花ちらんとす」

安倍が持参した花を詠んだ歌である。

安倍は追悼文を次のように結ぶ。

「『とはに病むかも』と歌はれた先生の一生も終つた。私は今更の如く、先生のゆかしい、しとやかな、デリケートな、そして道学的臭味の一つもなかつた一生を尊く思ふ」

世間一般の、説教がましい教師とは違った、というのである。

約六百六十ページの追悼集は、五城を知る人から寄せられた醵金によって発行された。その額、実に一千七百四十四円六十四銭、と本書の緒言にある。この当時の総理大臣の月俸が一千円であるから、いかに大きな金額が寄せられたかが、わかる。

つまり、醵金の額と追悼集の厚さが、数藤斧三郎という人物の人柄を表わしているといっていいだろう。

句座楽し　上ノ畑楠窓

書物というものは、内容によって本来と異なる形で読まれ、利用される場合が多々ある。それで大いに重宝がられるとすれば、書物の役割はすばらしいものと称えねばならぬ。

たとえば、ここに、『楠窓を偲ぶ』という書物の、菊判四百八十八頁の一冊がある。ナンソウをシノぶ、と読む。昭和十五（一九四〇）年三月、故上ノ畑純一《うえのはたじゅんいち》氏遺稿追憶記編纂所から発行された。すなわち楠窓は上ノ畑純一の俳号で、書名の通り追悼集である。古書業界では俗に「饅頭本《まんじゅうぼん》」と呼ぶ。葬式饅頭の代わりに、故人の関係者に配る本だからである。饅頭本という俗称は、蔑称ではない。定価はないが、「おいしい」本の意がある。古本の、いわゆる掘り出し物は、このジャンルに多い。一部の人しか知らない本だからである。いつの間にか作られ、然るべき人の目に止まり、そして忘れられていく。部数もせいぜい百か二百部である。それ以上の部数がさばけるなら、有名人である。饅頭本の価値は、追悼文を寄せた人の名で決まる。故人は無名であっても、故人と交遊した人が著名なら、利用価値はその人の文章にある。これは一般の人は気づかないことだが、およそ追悼文くらい文章の中で美しいものはない。名文を称えられるのは、大半が親しい者を哀悼した追憶記にある。

『楠窓を偲ぶ』には、どのような知友が文を寄せているだろうか。虚子《きよし》と素十《すじゆう》、それに下田《しもだ》実花《じつか》の三人が、世間に通じる名だろう。虚子は俳壇の巨匠の高浜《たかはま》虚子で、素十は虚子の高弟の高野素十である。実花は俳人・山口誓子の妹で新橋の芸者さんだが、句をよくし虚子の門下生である。他の寄稿者は知らない名前ばかり、これで楠窓こと上ノ畑純一は、どうやら虚子の俳句の弟子らしい、と見当がつく。

その通り、本の大半は遺稿だが、随想随筆と句集で構成されている。第二部が、追憶（寄稿）である。句は昭和三年から年を追って掲載されている。このような作品である（ルビは筆者が施した）。

「洗はれし甲板歩るく跣《はだし》かな」「驟雨《スコール》の日覆《ひよけ》はためくデッキかな」（昭和三年）

「月の波一帆《いつぽん》黒くよぎりけり」「菊の香の漂ふ耳のあたりかな」（昭和七年）

「輪飾をかけて火夫部屋《かふべや》水夫部屋」「菓子の家明りがつきぬクリスマス」「西班牙《スペイン》の野《の》

焼《やき》が見ゆる船路かな」（昭和十年）「船室に祀《まつ》れる厨子《ずし》に初詣《はつもうで》」「甲板にはづむ輪投や雲の峰」「句座たのし春の煖炉は赤く燃ゆ」「薫風や渡仏《とふつ》日記も後《あと》一ト日」（昭和十一年）「破魔矢《はまや》立て軍神祀りわがキヤビン」「顎を地に病馬は悲し蠅追はず」（昭和十四年）

句の内容でお察しのように、楠窓の本職は船の人である。日本郵船の欧州航路、「鹿島丸」「筑波丸」「箱根丸」他の機関長であった。

経歴は以下の通り。明治十八（一八八五）年、大分県に生まれ、二十二歳、東京高等商船学校の前身、官立東京商船学校機関科に入学、二十八歳卒業、日本郵船に入社した。亡くなったのが昭和十四年、五十五歳だった。

句を詠みだしたのは古いようだが、虚子主宰の『ホトトギス』に投句し始めたのは、昭和の初め頃らしい。虚子の作品評は、「構えすぎて味わいが少ない」だった。昭和十年頃から、句風が一段進んだようである。

昭和十一年、虚子はフランスに行く。門下生たちが勧めたのである。一番熱心に渡仏を慫慂《しょうよう》したのは高野素十で、楠窓が強力にあと押しした。船の便宜を図り、一切の手続きを代行した。虚子は女学生の娘と二人で、楠窓が機関長を務める箱根丸に乗船した。

虚子は皮膚が弱く塩湯に入るとかぶれるので、楠窓が特別に淡水の風呂を立ててくれた。インド洋を航海中、水が不自由になったので今後はかかり湯だけで我慢してほしい、とボーイが伝えてきた。虚子がよくよく訊いてみると、今までは機関長用の淡水を回してくれていた。また虚子のために、常に和食を用意した。至れり尽せりで、もてなした。

楠窓の発企《ほっき》で、洋上句会が催された。第一回の会には、虚子親娘、楠窓を含めて九人集まった。東北帝大助教授や、陸軍少将、逓信省事務官、二等機関士など、俳諧の心得がある者である。中に、異色の人物が加わっていた。小説家である。彼はベルリン・オリンピックの観戦記を書くため、大阪毎日新聞社から派遣され乗船していたのである。

横光利一、という。昭和十一年当時、横光は押しも押されもせぬ、中堅の流行作家であった。前年に、『盛装』『家族会議』という代表作を新聞に連載している。この頃、若い文学ファンから、「小説の神さま」と呼ばれていた。

横光は大正十三（一九二四）年に同人誌『文藝時代』を創刊した。同人に、終生の親友、川端康成がいる。他に片岡鉄兵、岸田國士、佐佐木茂索（のち文藝春秋の二代目社長）らが仲間である。横光は創刊号に、「頭ならびに腹」という短篇を発表した。

この小説の文章が、文壇を揺るがした。こんな文章である。「真昼である。特別急行列車は満員のまま全速力で馳けてゐた。沿線の小駅は石のやうに黙殺された」

写実的な描写でなく、新しい感覚の表現ということで、横光（川端らも）は「新感覚派」と呼ばれた。モダニズムを歓迎する読者らには喜ばれ、伝統を重んじる守旧派には非難された。たとえば横光の大作『上海』の書き出しは、「満潮になると河は膨《ふく》れて逆流した」という文章だが、現代の私たちには何の違和感もない。どころか、洒落た描写である。しかし当時は邪道であり、奇をてらっているとしか見られなかったのである。

新感覚派の首領である横光利一が、客観写生の俳句を提唱し、写生文のドンである高浜虚子と、四十日間の船上生活を共にしたのである。しかも洋上句会で、互いに作品を披露した。この事実は、両者の文学、特に横光利一の文学を論じる上で、きわめて重大な事柄なのである。この渡欧の体験を基に、横光は大長篇『旅愁』を執筆する。残念ながら未完に終わったが、横光の文学理念は、確実に以前と変わっている（『旅愁』の物語は船中の男女の出会いから始まる）。古神道に対する鑽仰《さんぎょう》など、西洋文明を懐疑し、国粋精神に傾いていく。そのため横光文学は戦後批判された（現在は再評価されている)。

極端なことを言えば、横光文学は、箱根丸での洋上句会体験で劇的な変化を遂げた、といえる。変転する何らかのきっかけがあったのである。それが何か、文学研究者は追究している。その重要な資料が、紹介している『楠窓を偲ぶ』なのである。

冒頭で述べた意味は、そういうことだった。本書は俳句関係の一資料だが、横光利一文学の隠れた貴重文献でもあるのだ。知る人ぞ知る本、と言ってもよい。

楠窓は洋上句会の様子を、「一日一信　虚子先生に随伴して」という文章につづって残してくれた。横光や他の人たちの言動も記録している。本書の真価は、この一文にある。

横光が第一回の句会で発表した作も、出ている。「天井に潮《しお》ざゐ映る昼寝かな」。ついでに楠窓の句は、「窓の外は厦門《アモイ》沖とや桃の花」である。

横光は句は素人ではない。文章の勉強に俳句はもってこいだ、と月に一回、文学青年を集めて句会を開いていた。十日会、という。

洋上の句会の二回目は、三月三日に催された。喫煙室に、虚子の娘が持参した子ども雛《ひな》を飾り、「雛」「更衣《ころもがえ》」の題詠、それに自由句、一人七句出詠の決めで行われた。

横光の作。「カムランの島浅黄《あさぎ》なる更衣」。

この回から出席者が五人増えた。中国史学者の宮崎市定《みやざきいちさだ》（この時は京都帝大助教授）もその一人である。

マラッカ海峡を出て少し涼しくなったある日の晩餐の席上、虚子がこんな句ができたと、披露した。「印度洋月は東に日は西に」。

与謝蕪村に「菜の花や月は東に日は西に」という句がある。蕪村がクシャミしているでしょう、と楠窓が笑い、アデン湾近くの実景ですが、こう詠んでみました、十字星右に北斗は左かな、いかがでしょうか、と応じた。

横光が虚子に尋ねた。「初心者は種々に変化した句を作るのがよくはないでしょうか」。

食卓の顔ぶれは大体、句会のそれのようである。虚子が答えた。「変化した句を作るのは結構です。進むにつれ、強いて変化した句を作ろうという考えはなくて、おのずとその人のきまった句境ができてくるのでしょう」。

「どうも句がなかなかできません」横光が言った。「先生は写生を心がけましたが、その方が楽にいくように思われました」。ところで、と語を継いだ。「句を選ぶのは、自分で作るよりむずかしいでしょうね？」。

確かにむずかしいですね。虚子が答える。

「先生は一定の型に押しこむのでなく、いろんな傾向の人を伸ばすように選句をなされるから、一層むずかしいのでしょう」。楠窓が口を挟んだ。

「食卓では、折々斯《こ》んな風な会話も交はされるのである」

三回目以降の横光、楠窓の句を紹介する（前者が横光）。洋上句会は五回催された。第三回。「京に似し彼南《カナン》は月の真下にて」「雨さきにありたりと云《い》ふ椰子《やし》涼し」。第四回。「十五夜の月はシネマの上にあり」「僧は皆黄の衣着てはだしかな」。第五回。「石に残るアラビヤ文字の懐しき」「乙女座に青き星あり空涼し」。

一週間後、船はマルセーユ港に安着した。楠窓は横光と意気投合したようだが、たぶんそれは楠窓の生地、大分県宇佐《うさ》郡（現宇佐市）が横光の本籍地だったせいもあると思う。楠窓は郡内の明治村、横光の父は長峰《ながみね》村の出身である。

専門は魚卵　神谷尚志

非売品の追悼集を、古書業界の隠語で「饅頭本《まんじゅうほん》」という。葬式饅頭の代わりに配る本だからである。地味だが、ぶ厚くて持ち重りのするものが多い。葬式饅頭は大きくて、餡《あん》がびっしりと詰まっている。隠語には、おいしいという意味も込められている。つまり、掘り出し物の多い分野の本の意がある。これは前項にも書いたが、「饅頭本」には意外な筆者が意外な文章をつづっていることがある。その文章は、全集に未収録だったりする。研究者にとって、掘り出しの一冊ということになる。「饅頭本」は、ごくわずかしか作られず、特定の人にしか配られない。特定の人は、よほどのことがない限り手放さない。稀覯本になる。

　饅頭本の執筆者は、遺族の要請がない限り、まず本名で原稿を寄せている。「意外な筆者」を見つけるには、その人の本名をまず知る必要がある。小説家の二葉亭四迷

の本名は、長谷川辰之助である。明治の作家は例外なく、本名で追悼文をつづっている。戯作名は故人に失礼だという観念であろう。夏目漱石は夏目金之助《きんのすけ》、森鷗外は森林太郎、樋口一葉は樋口奈津、夏あるいは夏子とも記している。

古本屋修業の第一歩は、文化人の本名と筆名を頭にたたきこむことである。「古本屋人の目玉で飯を食い」だが、人の名でもおまんまを食うなりわいなのだ。名前を覚えると一口に言うけど、容易なことではない。

たとえば、『鞍馬天狗』の作者大佛次郎《おさらぎ》は本名が野尻清彦《のじりきよひこ》だが、筆名は大佛の他に二十いくつもある。何しろ、一冊の雑誌を、一人で筆名を使い分けながら作った、というお人である。本名でも本を出している。高校生の時に出版した『一高ロマンス』だが、大佛次郎の最初の著書と知らなかったら、見逃してしまうだろう。古書値で、ン十万円もする珍本なのである。

古本屋が筆名や本名を記憶するのは、何も饅頭本の掘り出し狙いだけではない。あらゆる本や雑誌の宝さがしのためである。思いがけぬ本に、思いがけぬ筆者が文章を書いていたりする。序文や推薦文、解説の類《たぐい》である。ペンネームを知らなかったら、見過ごしてしまう。見過ごしては古本屋は食えない。

ここに、『ひとりしづか』という書名の歌集がある。著者は、神谷《かみや》尚志《たかし》。文学辞典には載っていない。思うに、自費出版の一冊であろう。俳句、短歌、詩集は、昔も今も自費出版が大半である。奥付に、大正十三（一九二四）年七月十五日発行、著作兼発行者として先の名と住所が記されているから、営利出版物ではない（一応、定価は記されている）。

この手の、世間的に無名の著作は、よほど内容に見るべきものが無い限り、古本屋は値段をつけない。まあ、古い歌集だからという理由くらいで（九十年前の本だ）、せいぜい百円均一の棚に入れる。売れれば儲《もう》け物、売れなければお払い箱である。

とりあえず、目次の前を見る。「序」文がある。筆者名を見る。吉村冬彦。

古本屋は、居住まいを正す。吉村冬彦は、寺田寅彦の筆名である。にわかに、この歌集は、単なる自費出版物でなくなる。寺田は漱石の弟子の物理学者である。エッセイスト、俳人としても、一流の評価を受けている。そういう人が序文を寄せている。神谷尚志も、ただ者とは思われぬ。

吉村の序文を読んでみる。「世捨人の歌も面白くないことはない。又《ま》た専門的に歌を作つて居る所謂《いわゆる》歌人の歌も決してつまらないと思はない」。

しかし、世の中の実務に携わって活動している人の歌には、違った味わいがある。この歌集の著者がその一人である。この人は、「国家の官吏」で、「魚の卵を研究して居る動物学者」である。歌の詞や技巧は、自分にはわからない。でもこの歌集を読んだ時、作者の生活の一部を体験することができた。「作者の閲歴や日常生活について殆んど何等の予備知識を持たなかつた私は、此一篇を読んで居る内に何といふ事なしに永い前から知り合つた友達の自叙伝を読んで居るやうな気がした。さういふものが本当の歌で有り得ないならば、歌といふものは私には何の交渉もない遊戯に過ぎない」。

少々長く紹介したが、それというのもこの文章は、寅彦の逸文かも知れないからである。

これから調べるが、岩波書店版の『寺田寅彦全集』に収められていない気がする。未収録の文なら、この本はそれだけで古書価がつく。寅彦と著者の関係も、調べる必要がある。

序文から推測すると、寅彦と神谷の交流は無いらしい。二人を知る人が、寅彦に序文を乞うたのだろうか。歌集を読んでいるうちに、旧友の自伝を読んでいるような気がした、と寅彦は言う。ならば、まず歌集を精読せねばならぬ。一体、神谷尚志は何者であるか。どこで生まれ、どのような職につき、どんな生活を送っていたのか。家族構成、年齢、友人関係、歌の師は誰か、どんな本を愛読していたのか。

『ひとりしづか』の巻頭には、「附録」として、「故綿谷《わたや》政二《せいじ》の歌」が出ている。明治四十三（一九一〇）年から大正四年までに詠んだ歌が、十五首。こんな歌である。「キリストは醒《さ》めず了《おわ》りしドンキホーテ、ドンキホーテはさめしキリスト」「死すと云ふ得疑《えうたぐ》らぬ事なくば我が生くこともはかなからまし」。ルビは筆者が振った。以下も同様である。

本文は、明治三十四年から「大正九年以後」の神谷の歌が、一ページに四首ずつ収められている。ゆっくり一首ずつ、味わうように読んでいく。「なつかしき壮健の国離れ来て病の国を吾はさすらふ」どうやら著者は病弱の人らしい。

明治四十五年（大正元年）最初の歌。「厄年ぞ厄避けの祖師へ詣でよと母の仰せのいなみ難かる」。

男の厄年は、数えで二十五、四十二と六十一である。著者はどれに当たるのだろうか？

「島蔭に春泥集を読み居しが側へのぐみに眼白《めじろ》来てなく」「『猫』を読みて独りおかしくなることのなにとて今宵かくは身にしむ」

前者は与謝野晶子の歌集、後者は漱石のご存じ『吾輩は猫である』、寅彦との縁がうっすらと見えてきた。

「北條の歯科医の二階すがたみにみすぼらしくものびしあたまよ」。北條？　はて？　地名であるか。「日毎《ひごと》日毎魚の卵の発生に命かがりて秋もおゆらし」「十あまりこつぶをならべおごそかに顕微鏡よりのぞく秋の日」。

これが神谷の職業らしい。

「蛋白《たんぱく》とよべるまがもの身ぬちより出《い》づる病に今日もねにゆく」。蛋白尿だろうか？　腎臓病をわずらっているのだろうか。

「吾はしもいくぢなし男よ弟の家持ち児《こ》をばうめりと云ふに」

弟がいて、結婚し子を持ったが、著者はまだ独身である。

「おぞましや恋の一つもならず間にくれて廿七あけて廿八」

大正三年の歌。してみると、神谷は明治二十一年の生まれである。だから明治四十五年に厄の二十五、これで計算が合う。

「もちつきは男のすなることとのみ知れば女のここはもちつき（安房北條所見）」

千葉県の北條町（現在は館山市）だったのだ。「さんかねの海女十二首」を詠んでいる。

中野青子さんという名が登場する。青子の母が亡くなり悼歌を、また七七忌にも詠んでいる。どういう女性か不明だが、彼女が結婚したという注のある歌。「おしきつて我言ふことのまことをば君がこの日のはなむけにせむ」。その次に、「文殻《ふみがら》を焼く五首」が続く。「あなかしこうからはらから友が文やかんとすれば涙流る」「文《ふみ》二千落葉に交り音もなく燃えてし行けば心をろがむ」。

恋文も焼いたのだろうか。何となく意味ありげではないか。しかし「文二千」とは凄い数である。それまで大事に保存していた知友や家族の手紙を、全部灰にしたのには、大きな心境の変化が起こったことは間違いない。

大正五年、「綿谷死す午前十一時政二死すこの電報のおごそかにつく（綿谷四月二十四日卒す、七首）」。

綿谷は神谷の文学の友であったらしい。本書のあとがきによれば、巻頭付録の綿谷の歌は、「残して行った歌の殆ど全部である」という。してみると歌人ではない。綿谷の作品が神谷を歌の道に導いてくれた、ということらしい。二人は同年だったようである。綿谷の形見の着物をつけて詠んだ歌がある。「眼ひらけど見ひらけど心果てもなし汝《な》が廿九はくれにけらずや」「うつそみの大路《おおじ》あがゆく一人ゆく君が衣とあが二人ゆく」。大正五年作とある。あがゆくは、吾が行くである。

翌年、神谷の弟がハワイから帰って、綿谷の墓にお参りしている。弟の名を寿《ひさし》という。この年、父が逝去、「さんけ百首」を詠んでいる。さんけは、懺悔《ざんげ》である。神谷は仏の枕元にあった日記を何気なくめくっていて、次の句を見つけ、胸をつかれた。「割引の電車で走る寒さ哉」。父の名を道一郎という。

その年か翌年の初め、神谷は妻帯したらしい。「手習ふと妻は硯《すずり》をひきよせて墨すり居れば五位さぎなけり」と詠んでいる。「二月冬木《ふゆき》町へ居を移す」の説明がある。冬木町は東京深川である。一時、職業を変えたようだ。「顕微鏡も久しく疎《うと》く専門の魚卵《たまご》も見ずて年またかへる」。しかしすぐ元の仕事に戻ったようだ。「大正九年以後」の章の最後に、「たらの卵をしぼる十五首」を載せて、巻尾としている。「降りしきる吹雪の能登の海に出でてたら卵《ご》しぼると網まちするも」。千葉でなく石川県である。

神谷尚志はこのあとどのような生涯を送ったのであろうか。

口利き人　瀧澤秋暁

江戸の昔、猫絵を売り歩く者がいた。大田《おおた》南畝《なんぽ》の随筆にこの数行の記述を見つけ、猫絵とは何だろう？　一体だれが購入したのだろう、と好奇にかられ調べ始めた。猫絵の殿さま、といわれた旗本がいる。手元に資料が無いので確かめられないが、上野《こうずけ》（群馬県）の新田《にった》岩松《いわまつ》氏である。明治になって男爵に列せられ、猫男爵とも称されたはずである。領地は養蚕が盛んで、蚕の敵は鼠である。鼠を捕るのは、猫。そこで新田の殿さまは猫の絵を描き、これを養蚕農家に貼らせた。つまり、鼠よけの絵である。ご利益があったであろうことは、殿さまの愛称でわかる。領民に親しまれたわけだ。

新田岩松氏の場合は、養蚕の関連で理解できる。江戸の町なかで商売になったのが、解《げ》せない。幼児の玩具として猫絵が引っぱり凧《だこ》とは、とうてい考えられない。では、これはどうか。たとえば大店《おおだな》のお嬢さまの愛猫が、行方不明になる。番頭や小僧たち

に探させる。そこに猫絵売りの登場だ。猫の似顔絵を描かせて、これを町の辻々に貼る。発見者には礼を進呈、と添えてある。ただし、こんなことで飯が食えたかどうか。しかし、猫絵の需要先を考えると、小説が作れそうな気がする。どうやって、なりわいとしていたのか、それを追究するだけで物語になりそうだ。

江戸時代は、動物の顔を面《つら》という。猫の似顔絵は、猫の似づら絵である。私は「猫の似づら絵師」を主人公にした小説を書きだした。

新田の殿さまにも、ご登場願った。養蚕の様子も描写しなければならない。私が子どもの頃、田舎でこれを行っていた家は、一軒である。繭《まゆ》を煮るにおいは強烈で、子どもたちは鼻をつまんでその家の前を走りすぎた。蚕がどういうものであるか、見て知っている。しかし、養蚕の手順はわからない。大体、蚕にまつわる用語は難解で、携わった者でないと読めないいし意味が不明である。毛蚕《けご》といい蟻蚕《ありご》という。卵からかえったばかりの蚕は毛が生えていて、形が黒い蟻んぼにそっくりだからである。小説に書くからには、正確な方法を知らなくてはならぬ。物語はでたらめでも、描写は写実でないと、全体が嘘っぽくなってしまう。

江戸時代の養蚕だから、できる限り古い本を探した方がよいと考えた。といって江戸期の本だと、何だかよくわからないのである。誰に読ませようと書いたのか、理解に苦しむ。そこで明治時代の活字本に絞った。これは多い。何しろ明治初期のわが国の輸出品の筆頭は、生糸《きいと》と茶であった。従って二つの生産に関する技法書は、わんさと出版されている。

いくつか読んだ中で、全く素人の私にも蚕を飼うことのむずかしさが、手に取る如くわかったのは、三吉米熊《みよしよねくま》著『通俗養蚕講話』であった。書名通り、通俗に著述している。序文にいう、「私の今度の著述は、丸きり見得や外聞に頓着なく若《も》しあつたものとすれば、其のさゝやかな品位を残りなく、かなぐり捨てゝ」いすへ腰かける代りにあぐらをかいて、炉端で茶飲み話をする趣向に仕立てた、と。本文はこんな調子である。

「吾輩の国は、小さい国の割に、世界の強国だなど、称《とな》へて、陸海軍其他身分不相応の外見《みえ》を張つて居《お》る、これが為《ため》に国民として、随分苦痛な思ひをなしては居るが、然《しか》し、これが若《もし》も日本の生産から、生糸といふ一項目を削つたらば、どうである乎《か》。四億の総輸出額から、一億を削り去つたらば、其の結果は如何《いか》であらう。如何に外見を張り度《た》くも、如何に外聞を装ひたくも、それは決して叶ふまい。日本の国脈は一本の生糸で繋《つな》がれて居るといふ事は、吾も人も明《あか》らさまに認めて居る実際の姿である」うんぬん。長い引用をしたが、理由がある。先に行って説明する。

著者の三吉は、長野県小県《ちいさがた》蚕業学校で近代的養蚕の実際指導をした人で、顕微鏡など最新機器を使用して蚕病原理を究めたことで知られる。著書は明治四十一（一九〇八）年五月に出版された。

話は、がらりと変わる。蚕とは全く関係がない。夏目漱石が序文を寄せた本の一冊に、想田秋暁《そうだしゅうぎょう》の『高岳《たかおか》』がある。大正三（一九一四）年一月に、長野県上水内《かみみのち》郡津和《つわ》村（現在の長野市）の高岳文芸社より出版された。散文や短歌俳句など地方人の応募作を選んで本にした内容らしい。漱石は、「郷土芸術は単なる言葉の戯れ」と言い、そういうものが存在するなら、郷土以外の人に読まれる性質のものでなくてはならない、その価値のある作品を収集してほしい、と述べている。この『高岳』という本を、長いこと探していた。収録作を知りたかったからである。

ある時、想田秋暁は、もしや瀧澤《たきざわ》秋暁の別名であるまいか、と考えた。瀧澤も長野の人だからである。こちらは明治二十年代の詩人・小説家で、文学研究者以外でその名を知る者は古本屋くらいだろう。私の生まれ故郷の茨城県に、「筑波嶺詩人」と呼ばれる横瀬夜雨《よこせやう》がいる。「男女《ふたり》居てさえ／筑波の山に／霧がかかれば／寂しいもの」という、「お才《さい》」が代表作である。この夜雨を発掘したのが瀧澤だった。詩の調べを「夜の雨の如く」と評した。横瀬は評語を雅号にした。瀧澤には『有明月《ありあけづき》』という著書がある（明治三十三年刊）。長野県に二人の秋暁。気にかかり、調べてみようと思いながら、当面の仕事に追われて忘れていた。

与謝野晶子を読んでいた時である。晶子のパトロン、小林政治に興味を抱き、小林関連の本に当たっていたら、戦時中に小林が事業の件で瀧澤に相談している事実を見つけた。長野県小県地方の製糸工場にわが製品を多数納入、うんぬんという手紙を記し、何とぞ後援を、と依頼している。小県の製糸、で『通俗養蚕講話』を思いだしたが、何はともあれ、瀧澤を調査する必要がある。実は『万骨伝』で小林政治を紹介しようと思い立ったのである（二〇二頁参照）。

瀧澤には、その名を冠した一冊ものの著作集があった。昭和四十六（一九七一）年に著作集刊行会が出版した、七百六十八頁もの大冊である。

これを入手し、まずは巻末の年譜に目を通した。秋暁は明治八年、長野県小県郡塩尻村秋和《あきわ》（現在の上田市秋和）に生まれたとある。本名、彦太郎。十四歳で政治小説を書く。霧村《むそん》と号す。少年文庫創刊とある。霧村が創刊したのではない。少年用作文投稿雑誌が発行され、三年後、彼もこれに応募する。その際、秋暁の号を用いた。たびたび入賞する。二十歳、秋暁は上京し、美術の学校に入学する。一方、少年文庫の主幹に文才を認められ、雑誌編集を依頼される。少年文庫は『文庫』と改題し、青年の小説や詩歌などの投稿月刊誌に変わった。この雑誌から、北原白秋や三木露風、伊《い》良子《らこ》清白《せいはく》(「秋和の里」という詩がある)や先の夜雨が誕生している。

秋暁は残星《ざんせい》の号を用いて、投稿作の批評をする。しかし、大病を患い、帰郷せざるを得なくなった。以後、秋和に居住し、『文庫』に原稿を発表、明治四十年、三十二歳、論文『愛の解剖』を刊行。明治四十一年、『通俗養蚕講話』刊行(三吉米熊名)。

「えっ?」と目が点になる。

なんと、三吉米熊の名で、例の養蚕本を出したというのだ。つまり、三吉が秋暁に名儀を貸して書かせたわけである。道理で、文章が「小説」っぽく、むだ話が多かったはずだ。

三吉の序文と、秋暁の本文を見比べてほしい。言葉の使い方が、明らかに違う。「みえ」を三吉は「見得」と記し、秋暁は「外見」と書いている。「もし(も)」を前者は「若し」と「し」を送り、後者は「若も」と送らない。

秋暁の両親は、蚕種製造を業としている。長男の彼は、家業をついでいたと思われる。そして三吉の指導を受けたのであろう。この時代、著作の名儀貸しは、ごく普通であった。批難されることではない。養蚕講話は、むしろ秋暁が買って出た仕事かも知れない。養蚕にことよせて時局批判を展開しているのは、引用に見られる通りである。昭和の時代と異なり、軍部の不遜はさほどではないが、それでもこれだけズケズケと物申して咎《とが》められなかったのは、お蚕さまの本だからだろう。文学で表現したなら、お目玉をちょうだいするのは間違いない。三吉は序文を書くに当たって、ひと通り本文に目を通したはず。秋暁の文章に手を加えず、そのまま本にしたようだから、その点、三吉の度量も讃えてよい。

昭和二十二年に、作家の佐藤春夫が突然、秋和の瀧澤宅を訪れ、歓待されている。佐藤は感激し、帰宅後、丁重な礼状と長詩を贈っている。

詩にいう。「この翁こそそのむかし／詩あげつらひ文を説き／口利き人と知られしを／世にかくれ住み老い給ふ（一行アキ）観潮楼《かんちょうろう》の大人《たいじん》に似る／いかめしき髭白くして／いとなごやかに物言へど／かくれがたなしその才は（以下略）」。観潮楼の大人とは、森鷗外のことである。最大級の褒辞《ほうじ》と見ていい。十年後、秋暁は八十二歳で世を去った。

著書『有明月』より、いくつかの詩を紹介する。まず、「新情人」。

「くれなゐそむる東雲《しののめ》の、／かなたにこゝろはせぬれば、／白波さわぐ『ばるかん』の、／出じまに夢はのこしつゝ。（一行アキ）雲井はるけし『おりんぱす』、／『ぎりしや』の山に跡たれて、／千とせふりぬる島々の、／みうらに花も降らしゝか（以下略)」

次は、「あらぬ浮名」。

「あらぬうき名の立てば立て、／水より清きわがこゝろ、／塵《ちり》のにごりのなきものを、／立つとてなどか厭《いと》ふべき。(以下略)」

続いて、「浪」。

「秋風に、／声のみありと思へるは、／ひがごとならむ、／清くぞ磨《と》げる湖の、／おもてを見よや。(一行アキ)論争無益、／とく出しね、／ふさはしき、／鏡もあらば、／今この胸に、／大なみ小なみ、／さわぐを見せむ。」

未確認だが、どうやら想田秋暁とは、別人らしい。

経歴不詳　高田元三郎

現在出ている岩波書店の『漱石全集』（第二次・全二十八巻・別巻一）は、わが国の個人全集の中で、最も充実した全集といえるだろう。漱石が書き損じた原稿の断片も、もれなく収められている。蔵書に書き込んだメモまで収録されている。

書簡は、二千五百二通が三巻に分けて載せられている。手紙は今後も発掘されるだろう。漱石は「手紙大好き」人間であった。一日に十数通も書いている。短篇のように長い手紙もある。小学生のファンレターにも、律儀に返事を認《したた》めている。『こころ』の先生は何という名前か、と問う松尾《まつお》寛一《かんいち》という子に、名前はあるが、あなたが覚えても役に立たない、この小説は子どもが読んで為になるものでないからよしなさい、と答えた。書簡集の末尾には、返事を送られた人の経歴が出ている。松尾寛一は、「不詳」である。

岩波版漱石全集の唯一の難は、この「人名注釈」である。白璧《はくへき》の微瑕《びか》、というべきものだろう。有名人は数行の経歴が出ているが、無名人は「不詳」の二字で片づけられている。

どんな人にも、生きた歴史があるはずだ。せめて何年にどこで生まれ、何年に亡くなった、どんな職業の人であったか、くらいは教えてほしい。何も業績を残さなかったとはいえ、一代の文豪とほんの一時期、交流があったわけではないか。漱石の愛読者であったことは確かなのだ。後世の私たちは、どんな人が漱石のファンであったか、顔を知りたいのである。これも漱石文学研究の一端ではないか。ところが研究者は、やらない。無名人を掘り起こしても手柄にならないからだろう。

ならば、地方在住の現在の漱石ファンに頼むしかない。自分の住む土地のかつての熱烈ファンの素性を調査してほしい。書簡だから、詳細な住所が記されている。現在の地名とは異なるだろうが、地元のかたなら容易に突きとめられるはず。数年前、私の同業（神戸の古書店主）が一人の「不詳」者を明らかにしてくれた。それがきっかけで、「不詳」者の縁者が、先の松尾寛一の身の上を調べてくれた。彼は高等師範学校に入学後、病いを得て、大正十二（一九二三）年一月に二十二歳で亡くなっている。松尾家では漱石の手紙を宝物にし、寛一の弟さんが大切に保存していた。松尾寛一の事歴が公表されたのを機に、書簡は姫路市の姫路文学館に寄贈された。現在、私たちは文学館に入ってすぐ正面に、表装されたこれを見ることができる。漱石がどういう人に手紙を送ったか、ようやく、相手の顔を見ることが叶ったのだ。漱石の対話の相手が見えたことで、漱石の言葉の意味が違ってくる。これは重大なことである。『漱石全集』第二十四巻「書簡　下」に、高田《たかだ》元三郎《もとさぶろう》宛の手紙が収録されている。

あなたが私に預けていった小説の原稿を読んだが、むだが多く締まらない、筋をもっとしっかり立てて、緊張と共に進ませなくては読みにくい、それでなければ無駄そのものを面白くさせる工夫が必要、友人の作品は、あなたよりまとまっているが甘過ぎる、「私は悪意を以《もっ》て批評するのではありません　好意で出来る丈《だけ》あなた方の将来に有利な結果が来るやうに祈つて　無礼な言を申すのですから　無遠慮の点はどうぞ誤解しないやうに許して下さい　以上」。

手紙は大正三年十月二十九日の日付で、昭和三十（一九五五）年刊の全集に初めて収められたが、それは現物の「うつし」であった。本郷区駒込動坂町の高田元三郎は、何者であろうか。

巻末の「人名に関する注および索引」を見る。「不詳」の二文字のみ。手紙の内容から推測すると、文学好きの学生らしい。書き上げた小説を、友人の分とも漱石に読んでもらった。気になるではないか。

長いこと、探していた。このほど、ようやく、突きとめた。無名人では、ない。正体を明かす前に、高田と漱石の関わりを見ておこう。

明治四十四（一九一一）年、高田は一高文科に入学した。十七歳である。英文科を選び、暇さえあると学校の図書館にこもって文学書を乱読した。小説家志望で、漱石の大ファンであった。大正二年五月十八日、漱石に手紙を書いた。会って下さい、と懇願した。文学の教えを乞いたい、とつづった。返事は無い。あきらめていたら七月九日に返事がきた。月日を記すのは重大な意味がある。それはのちに説明する。漱石の返事は、こうだった。

「その文面は、今でもはっきり覚えているが、『あなたの手紙を拝見した時は、大病で寝ていました。このため返事がおくれましたが、今でも私に会いたいというのでしたら、私は木曜日を面会日ときめているから、その日にいらっしゃい。しかし私はあなたの手紙に書かれているような偉い人でも何でもない。あなたがそんなつもりでいたら、失望するにきまっている。それでもかまわぬというのであったら、木曜日にいらっしゃい』というものであった」

長い引用をしたのは理由がある。それもあとで話す。高田は、こう続ける。「ちょうどその日が木曜日なのを幸い、七月九日午後二時頃、早稲田南町七番地のお宅に伺った」。

書斎に通された。客はない。あとで知ったが木曜日の面会日に弟子が集まって清談をするのは、夜であって昼間ではなかった。「作品に現われたように、また噂に聞いたような、気難しさは少しもなく、至っておだやかで親切な先生であった」。

高田は境遇や志望などを聞かれた。作家志望と答えると、君の手紙は感傷的すぎる、文章は簡潔でなくてはいけない、と言い、近代文学を手当り次第読め、一高の図書館の本は全部読め、とハッパをかけられた。

以来、高田は木曜日の夜、漱石宅を訪れた。芥川龍之介や久米正雄らは、まだ出入りしていない。高田は寺田寅彦や鈴木三重吉らの末座にあって、彼らと先生のやりとりを黙って聞いていた。「最年少の私の存在を、記憶している人はなかったろう」。

大正三年四月十六日、一高卒業前、高田は誰も来ないうちに漱石宅を訪れた。自分の小説と「同級のWという友人」の小説を持参し、批評をお願いしたのである。先生は、「まあ、おいてゆきなさい」と言った。

その夏、高田は東大英文科に入学した。あきらめていた漱石の批評が届いたのは、十月三十日である。それが先に紹介した十月二十九日付の手紙である。

「私は文字通り感激してしまったが、同時にこれで、自分に天分がないと判って、シヨックに似たものを感じたことも、事実であった」。高田は作家志望をあきらめた。この書簡は家宝として残した。他の漱石の手紙は、「友人などに預けてしまった」。荒正人《あらまさひと》の労作に、『漱石研究年表』がある。これは漱石の生涯を一日ごとに追った、恐るべき年表である。

大正二年七月の項に、（日不詳）高田元三郎から面会したいと手紙受け取る、木曜日に来るように返事する（この手紙は、高田の友人が疎開先で戦火にあい焼失する）、とある。

そして、七月九日（水）の項に、高田が来訪し（午後二時）会う、「木曜の夜はいろんな人が来るから君にもいい勉強になる、来たまえ」と言い、玄関に送り格子戸を開けてやる、とある。高田の思い出と日付が異なる。

作家をあきらめた高田は、大正六年七月、大学卒業と同時に、大阪毎日新聞社に入社した。大正八年、海外特派員としてアメリカに渡った。

アメリカは禁酒法の時代である。例のアル・カポネが暗躍した、ギャング全盛時代だ。粉末ビール、粉末ウィスキーが、公然と売られていたというから面白い。法律は液体の醸造販売を禁じたのであって、粉末はさしつかえないという解釈である。家庭で即席で作れる器具一切、瓶や栓まで店で売られていたという。高田も友人宅でご馳走になったが、酒を飲んだ気分になれた。禁酒法の弊害は、人々が法律を無視したり、違反する慣習が日常化したことだった。法の無視が常態化したら、国家の存立が危い。それでアメリカは禁酒法をやめた。

高田はアメリカからヨーロッパ特派を命ぜられる。大正十一年、超インフレ下のベルリンで過ごした。

第一次大戦前、一ポンドがドイツでは二十マルクだった。それが敗戦四年目のドイツに高田が入国した頃は、一ポンドが何と二千マルクである。インフレが進行していた。驚くのは早い。翌年八月に高田が帰国する頃は、一ポンドは二兆マルクという気の遠くなる数字になっていた。東京で外国時代の知友と交歓して二十九日大阪に帰った。

三日後、関東大震災である。ニューヨークのUP通信本社から高田宛に電報がきた。東京の特派員が消息を絶ち、震災状況が不明、できるだけ詳細の情報を頼む、という。高田は重役に相談し、社に入ってくるニュースを総合し、長文の描写的電報を作り至急報で打電した。これが米国など外国に送られた大震災の詳報の第一報であった。発信者はモト・タカタとして掲載された。この結果、全世界から罹災《りさい》者に対する同情と救援が、わが国に寄せられた。

高田はのち毎日新聞社の代表取締役になり、最高顧問になった。憲法調査会委員となり、制定事情調査を行う。九条（戦争放棄）は幣原喜重郎の発想という説があるが、高田は戦力を永久に持たないという点はマッカーサーの挿入したもの、との説をとっている。

『漱石全集』二十四巻の書簡の最後に、七月十日付「宛先不明」の一通が収められている。内容は、木曜が面会日だからおいでなさい、私はあなたが考えるような偉人ではない、あなたの手紙は感傷的すぎる、とあり、これは以上でおわかりのように、高田宛の手紙である。

高田には声楽家（テノール歌手）藤原義江あき夫妻の援助者としての顔もある。

※『漱石全集』以外の引用は、高田元三郎『記者の手帖から』（時事通信社、昭和四十二年刊）より。

師弟三世　岡本信二郎

作家・芥川龍之介の命日を、彼が好んだものと作品名に因んで、河童《かっぱ》忌という。同じく太宰治は、桜桃《おうとう》忌。三島由紀夫は、憂国忌。

二〇一二年に亡くなられた藤本義一は、蟻がゆく炎天下が大好きだった。知友たちが蟻炎《ぎえん》忌と命名しようとした。蟻の字は義に虫だから、名に縁もある。しかし家族には音の響きが激しすぎる。お茶目で穏やかな人柄だった。結局、蟻君（ありんこ）忌に決定した。

司馬遼太郎は大好きだった花の、菜の花忌。芥川や太宰同様、作品に『菜の花の沖』がある。

俳句の歳時記を開くと、俳人を主に、著名な作家の忌がずらずらと出てくる。松尾芭蕉は芭蕉忌で、別名が翁《おきな》忌、時雨《しぐれ》忌、号に因んで桃青《とうせい》忌で、与謝蕪村は蕪村忌、字《あざな》をとって春星忌《しゅんせいき》ともいう。正岡子規は別名を糸瓜忌《へちまき》、これは「糸瓜咲て痰《たん》のつまりし仏かな」他二句の絶句に因む。もう一つ、号をとって獺祭忌《だっさいき》ともよぶ。忌の名称は大体が、世間に知れ渡っている筆名を取っている。時雨忌が芭蕉の忌名と、一般の人は知らない。俳人たちも次第に別名を使わなくなった。

夏目漱石の命日は十二月九日で、漱石忌といい、別名は無い。古い歳時記に、『立春』というホトトギス同人の、「このごろは読まぬ妻なり漱石忌」という例句が載っている。

大森志郎というかたが、昭和四十五（一九七〇）年に『ひとりぼっちの漱石忌』という三十二ページの小冊子を印刷して、知友に配った。

大正十一（一九二二）年春、旧制山形高等学校に、岡本信二郎《しんじろう》という先生が赴任してきた。法制経済とドイツ語を担任した。大森は岡本の授業を受けた最初の学生である。

岡本が一高時代に漱石の最後の授業を受けた人と知って、興味を抱いた。半年間しか教わらなかったが、岡本の漱石に対する敬愛は並ではなかった。大正五年に漱石が亡くなると、以来、毎年、その命日に「一人だけの漱石忌」を営んできた。

漱石の写真、あるいは著書に線香を手向《たむ》けて亡き師を偲び、句か短歌を捧げるのである。岡本は漱石の門下生ではない。半年間だけの教え子である。漱石と親しく言葉を交わしたわけでなく、文通があったわけでもない。ただただ尊敬の念から、「ひとりぼっちの漱石忌」を毎年欠かさず続けていた。大森はこれを知って、後世に残すべきエピソードであると思い、小冊子を作ったのである。「明治・大正の青年たちに漱石がどう読まれたかは、文学史上・社会史・思想史に採りあげられていい問題だ」と執筆の動機をあげている。

筆者は大森の小冊子を読んだ時、漱石忌の年々のエピソードは、大森が直接岡本から聞いた事柄と合点していた。岡本の教え子なのだから、そのように受け取るのも無理はない。

ところが岡本自身が漱石忌のことを書いているのである。大森の文章と全く同じ内容の話を、「漱石忌のこと」と題して、昭和六年の暮れに執筆している。大森はこの文章を基に『ひとりぼっちの漱石忌』をまとめたのだろう。そう考えて間違いなさそうだ。筆者は大森を非難しているのではない。逆である。そのことは最後まで読んでいただけばわかるだろう。

ともあれ岡本が一人で営んだ漱石忌の様子である。岡本の手記で追ってみる。

大正五年、漱石は五十歳で長逝した。十二月十日の新聞で岡本は知り、愕然とした。

九日は木枯しの吹く寒い日だった。「漱石忌のことを九日忌の外に木枯忌といふのもその為めである」と記している。この名称を筆者は初めて知った。門下生たちが健在で、毎年忌を営んでいた時代までの呼称であろう。

　岡本は涙を流しながら街を当てどもなく歩きまわった。雪がちらついてきた。彼は日比谷の図書館の新聞雑誌部に入って、その朝の新聞全紙の、漱石訃報の記事を読みまくった。

　数日後、次のような手向けの句を詠んだ。

「此日より此世に師なし年暮るる」

　翌年から十二月九日には、「少数の友達と」句会を催し、手向けの句を作るのを「常例」とした。大正十一年に山形に赴任する。十五年に渡欧するまでは句にも親しまず、「年々の漱石忌もひとりさびしく営むのみで」、手向けの句も無い。

　大正十五年の漱石忌は、ベルリンで一人で行った。日本から持参した鳩居堂製の線香を、当地で求めた松かさに似た樅毬《もみまり》でできた人形の杖に持たせかけて焚いた。昨夜D夫人（下宿の主婦）が炊いてくれたご飯の残りに湯をさして煮て粥をこしらえた。その粥と線香で、漱石を偲んだ。

「あた丶かな粥をす丶りぬ漱石忌」

昭和三年二月、岡本は帰朝する。四月から山形高校に復帰する。この年は漱石の十三回忌だった。東根《ひがしね》温泉の本郷館で、一人だけの忌を営み、手向けの歌を詠んだ。

「ひたぶるに師を思はんと雪深き東根の温泉《ゆ》にひとり来にけり」

昭和四年の忌は歌友二、三人と歌会を催した。その折、岡本が詠んだ歌。「教壇を去りたまひたる先生の心をわきて偲ぶこのごろ」。わきては、特別にの意である。

昭和五年は昨年同様のメンバーに、アララギ歌人の結城哀草果《ゆうきあいそうか》が加わって催した。

「教壇にて亡き先生を思ひつゝ読み誤れることもありしか」

「ひたぶるに師を思はんの心さへかまけてまれになりゆくものか」

そして昭和六年は久しぶりに東根温泉の本郷館に来て営んだ。単独で、である。

「はらからと絶たねばならぬうつしみの十五年振に道草を読む」。

『道草』は漱石の最後の長篇である。未完に終わった。

岡本は更に一句詠んだ。

「枯菊のいぶる匂ひや漱石忌」

岡本には、「謦欬《けいがい》」と題するエッセイもある。いつの年の漱石忌か年度がわからないけれど、山形在住の年には違いない。これも一人の忌で、手向けの句は、「謦欬も昔になりぬみそさざい」。

このエッセイで一高での漱石の試験を回顧している。漱石の授業は、ジョージ・エリオットの『サイラス・マアナー』の講読だった。

十二月中旬から下旬にかけて第一学期の英文和訳の試験が行われた。六問出て、三問は教科書の中から、残りが応用問題である。

応用は前々夜あたり、漱石が読んでいたらしい書物から抜き取ったものと思われた。その一つは表現能力を見る文章で、「目の粗い網でバラの花のにほひを掬《すく》はうとするやうなものだ」というような文句があった。

もう一つは比較的長文で、夜のロンドン橋に一人のガールが現れる。後ろから一人の牧師がやってくる。ガールが橋上から身を投げようとする。牧師が抱きとめる。そのような文章である。漱石が言った。

「この問題は大学の英文科の卒業試験に出してもいい。僕の問題は単語を知らなくてはいけないから、知らない単語があつたら手をあげて訊《き》きたまへ」。

二学期の初めに、答案の講評があった。文章のガールは「夜の女」で、いわゆる「地獄」である。それを救うのは牧師であって、つまり洒落になっているのだという。わが国では私娼を隠語で地獄と称する。漱石の好んだ言葉で、ロンドン留学中、日本の夫人あての手紙に、「日本人は地獄に金を使う人が中々ある（略）おれは謹直方正だ。安心するが善い」と記している。夫人に通じたところをみると、当時は一般人が普通に口にしていたのだろう。

二学期が終わる三月に、漱石は教壇を去って朝日新聞社の客員になった。岡本信二郎にとっては、たった半年間だけ「謦欬」に接した先生である。それなのに、一人で漱石忌を続けたほどの、忘れられぬ恩師であった。

以上の文章を収めた本が、昭和五十五年三月二十日に発行された。他に三十九編入っている。書名を『銀鶏鳥《ぎんけいちょう》』という。発行所は、鎌倉市長谷《はせ》の長谷寺内「岡本信二郎著作刊行会」である。発行者の名は無い。

筆者は大森志郎の肝煎りで出版された、と見る。市販品ではない。『ひとりぼっちの漱石忌』のように、岡本信二郎の教え子や、ゆかりの人たちに配られたのではないだろうか。奥付には、「非売品」とある。

それにしても私家版につきものの、刊行の辞がどこにもない。刊行会があるのだから、普通は巻頭か巻末に、挨拶と刊行趣旨の説明があって然るべきなのである。あるいは、その旨記した手紙が添えられていたのだろうか。

筆者は古書で入手したので、挨拶状が本来ついていたのかどうか、は不明である。いずれにせよ、大森志郎の熱意で刊行されたことは、間違いないように思う。大森の小冊子が、あふれんばかりの岡本への讃辞が、それを裏付けているように思うのである。

岡本のエッセイは、どれも独特の文章でつづられている。回りくどいような、一読、すんなりと頭に入ってこない行文で、いかにも哲学者らしい。

「蕗《ふき》の薹《とう》」という短文がある。教授会の席上でK教授が、突然、表題の名を口にし、これはお好きですか、と訊く。好きだと答えると、私は昨日散歩の途中で見つけたと言う。実は毎年出る所を知っている、と言い、自分には妙な病気があると打ち明けた。屁が出ない。腹が張ってたまらぬ。そこでよく散歩する。ところが出かかると、人通りの多い往来だったりする。人のいない郊外の道を散歩場所に選んだら、蕗の薹のありかを発見した、というのである。毎年いち早く見つけるK教授のそれを、一度食べてみたい。

ただそれだけのエッセイである。蕗の薹のように、ほろ苦いような味のする文章で、哲学臭くないのがいい。

思わぬ花　久保より江

大正三（一九一四）年六月九日、歌人の長塚節は、福岡医科大学の耳鼻咽喉科教授・久保猪之吉の治療を得べく、下関に着いた。節は喉頭結核をわずらっていた。久保を頼るのは、二度目である。

明治四十三（一九一〇）年、節は夏目漱石の強力な推薦で、朝日新聞に長篇小説『土』を連載した。それが終了したあと婚約した。ところが半年後に発病、先の病名を宣告された。婚約も解消された。見かねた漱石が、当時の咽喉医学の権威の久保に紹介状を書いた。久保は東京帝大医科を卒業しドイツに留学した男だが、漱石とは旧友ではない。どころか、一度も会ったことがない。

久保夫人のより江と旧知なのである。より江を通じて、久保にすがった。夫妻は二つ返事で承諾した。そして九州を訪れた節を親身になって世話した。久保の手術で一

度は元気になった。再び体調を崩した節は、久保に一命を託した。

六月二十日、医科大附属病院に入院した。

節の絶唱といわれる『鍼《はり》の如く』に、次の記述がある。

「廿五日、ベコニヤの花一枝を挿《さ》し換《か》ふ、博士の手折《たお》りたるなり、白き一輪挿は同夫人のこれもベコニヤの赤きを活けてもてきてくれたるなり、廿六日の朝看護婦の蝒《かや》を外していにけるあとにおもはぬ花一つ散り居たり」

ちとわかりにくい文章だが、博士とあるのは久保のことで、久保が手折ってきたベゴニヤの一枝を、すでに花瓶に生けてあるベゴニヤの花と挿し換えた、ということである。古いベゴニヤは久保夫人が持ってきたもので、赤い花の中に一輪だけ白い色のものがあった。二十六日、看護婦が病室の蚊帳《かや》を畳んで去ったあとに、「思わぬ花が一つ」落ちていた。

以上の詞書《ことばがき》のあとに、次の三首が詠まれた。「悉《ことごと》く縋《すが》りて垂れしベコニヤは散りての花もうつぶしにけり」「ちるべくも見えなき花のベコニヤは蝒の裾などふりにけらしも」「ベコニヤの白きが一つ落ちにけり土に流れて涼しき朝を」

節は不吉な気がしたのだろうか。白いベゴニヤに特別の愛着を抱いていたのだろう。

久保夫妻は、ベゴニヤに凝っていた。庭中、ベゴニヤだらけである。ベゴニヤは、わが国では秋海棠《しゅうかいどう》といわれる。

より江が本格的に俳句を作りだしたのは大正七年四月だが、清原枴堂《かいどう》、高浜虚子の指導を受けた。枴堂主宰の句会に初めて出席した時、秋季皇霊祭と秋海棠の句題が出た。後者は明らかに初心者のより江に配慮した題である。作りやすいように、と枴堂が気を遣ったのだろう。

より江は前者の題の方は失礼し、好きな秋海棠で二、三句詠んだ。中の一句が選ばれた。

「まどごしに水捨つる婢《ひ》や秋海棠」

ところが、「まどごと」と誤って披露された。窓ごとの語が意味が深いと論じられた。より江は間違いです、とも言えずに、おのれの「ヒョロ〳〵とした迷筆」（本人の言葉）を呪った。

実はより江は俳句の初心者ではない。師の枴堂よりも作句歴は古いかも知れない。何しろ十二歳の時に、すでに詠んでいる。師匠は、何と正岡子規であり、漱石である。そして、子規にほめられ、子規編纂の『承露盤《しょうろばん》』に、「より女」の名で一句載せられている。こんな句である。「きのふけふ霞《かす》みそめけり春日山《かすがやま》」。

より江は高等小学校の生徒だった。こういうことである。

明治二十八年、漱石は愛媛尋常中学（松山中学、現・県立松山東高等学校）の教師として、松山に赴いた。松山時代の体験を下敷きに、のちに『坊っちゃん』を書いた。坊っちゃんは漱石の分身である。小説では主人公は「荻野」という老夫婦宅に下宿する。毎日、サツマ芋の煮つけばかり出す家である。

漱石が実際に下宿したのは、「上野」という家の離れであった。老夫婦は小説同様、品のよい親切な人たちだが、どうやらサツマ芋の煮つけは創作のようである。老夫婦宅には孫娘がいた。彼女が、より江である。

故郷の松山に帰った子規は、二カ月ほど上野宅で漱石と生活を共にしている。いわゆる「愚陀仏庵《ぐだぶつあん》」時代である（愚陀仏は漱石の俳号）。二人は仲間を集めて、ここで句会を開いた。毎晩のように、にぎやかだった。より江も面白がって遊びに行く。そのうちに見よう見真似で、指を折って十七文字文芸に挑む。

より江はこの年で泉鏡花をはじめ大人の小説を濫読していた。母親の影響である。漱石の蔵書も借りだして読んだ。利発な子であった。

子規と漱石に愛され、芝居や能にしばしば連れられていった。漱石は一年で熊本五高（現・熊本大学）に転任する。より江は小学校の校長らと、三津浜《みつはま》港に見送りに行った。

明治三十二年、十六歳で上京し、府立第三高等女学校（現・都立駒場高等学校）に入学した。卒業してまもなく、十歳上の久保猪之吉と結婚した。結婚のいきさつは、わからない。短歌の縁ではないか、と筆者は想像している。

猪之吉は高校生の時に歌を作りだし、落合直文に師事した。東京帝大医学部に入学すると、尾上柴舟《おのえさいしゅう》、服部躬治《もとはる》らといかづち会という歌の結社を立ち上げ、中心になって活動した。同人の服部に指導を受けたのが、より江である。

「南国の少女と生れ恋に生き恋に死なむの願ひ皆足る」

こんな歌を詠んでいる。してみると、猪之吉とは熱烈な恋愛の末に結ばれたのだろう。仲介したのは服部であろう。

結婚して程なく、猪之吉は単身ドイツへ留学する。一人になって寂しくなったより江は、本郷千駄木町の漱石宅を訪問、大歓迎された。特に漱石夫人に愛され、しばしば訪れるようになる。漱石が『吾輩は猫である』を雑誌『ホトトギス』に発表し、評判を取っていた頃で、より江は早速小説に使われている。「あら、よくってよ」と女学生言葉を遣う娘で、「雪江とか云ふ奇麗な名のお嬢さん」で登場し、「尤《もつと》も顔は名前程でもない」とは、文豪もあんまりである。

実際のより江は、美人だったらしい。泉鏡花が自作の「櫛巻《くしまき》」で、ベゴニヤ好きの、櫛巻の髪を結った女性に描いている。他の作品でもモデルにしている。より江自身も鏡花の大ファンであった。

より江は漱石宅へは女学生姿で通ったらしい。自分が人妻であることをはばかった、と「夏目先生のおもひで」で述べている。そのため漱石は錯覚したらしく、十年後のある日、「あなたはいくつになりましたか」と訊いた。「ちょうどです」とより江が答えると、「ちょうど？　早く坂を越えたらどうです」と言う。「来年になったら越えます」と答えたら、とたんに漱石の言葉が冷たくなった。

「なぜ女はそうなんだろう。同じ所にいつまでも止まっているのはみっともないじゃありませんか」

年を隠している、と思ったらしい。漱石は何より嘘を嫌った。夫人が、千駄木によく見えた時分が二十歳そこそこだった、だから三十で間違いない、ととりなしてくれた。より江は若々しく見える人だったのだろう。

猪之吉が帰国し、福岡医科大学の初代耳鼻咽喉科教授に迎えられると、より江も九州の人になった。漱石の手紙にいわく、「倹約をして御金を御ためなさい。時々拝借に出ます」。

以下、昭和三（一九二八）年刊の『より江句文集』より、彼女の句をアトランダムに紹介する。

「たんぽゝを折ればうつろのひじきかな」「ネクタイの浅緑よし春の人」「天爪粉額《てんかふんひたい》四角にたゝきやる」「蚊帳ごしに衣桁《いこう》の浴衣《ゆかた》よしと見る」「若うして奴豆腐の好みかな」「稲妻や海をへだてゝ博多の灯」「きもの着てたゞの男や宮相撲」「しがらみに藁《わら》も菜屑も冬の川」「母の年幾つか過ぎしはつ鏡」

より江は猫が好きで、句集に猫の句が多い。一句だけ挙げる。「ねこの眼に海の色ある小春かな」。

ベゴニヤ（秋海棠）はどうか、と調べたら、たった二句しか無い。「秋海棠にけふも雨なる留守居かな」、他の一句は先に紹介した「まどごしに」である。

正直言って、より江の句に、格別の新味を感じない。彼女の文章の方が読み応えがある。大正十四年に『嫁ぬすみ』という、エッセイ、戯曲、小説を収めた文集を出版している。これに先の漱石の思い出や、長塚節のことなどが入っている。特筆すべきは、より江が書き留めた長塚節の印象が、作家・藤沢周平《ふじさわしゅうへい》の心を打ち、長篇『白き瓶小説長塚節』執筆の動機となったことだろう。

より江は、こう記している。初めて対面した時（節は初めてではないと言った。子規の葬式でお目にかかったという。より江には記憶が無いので、節が一方的に見たということだろう）、品のいい人だと思った。猪之吉もうなずき、まじめな人だ、いい人だと言った。

節はより江に、自分は目尻が下がっているため、子供の時、「助平」とからかわれた。それが気になって、女性に対して淡白になった、と語った。

「まさかその為ばかりではありませんでせうけれど、長塚さんには何だか聖僧の俤《おもかげ》がありました。島原《しまばら》の太夫を見にいらつしつたとか、祇園《ぎおん》の舞妓のお話を伺つても、ちつともいやみがありませんでした」

この「聖僧の俤」という感想に、藤沢はイメージを喚起させられ、藤沢なりの長塚節像を作りあげたようである。より江は藤沢文学の、一長篇の助産師役を果たした人、として評価されてよいだろう。「猫の俳人」と記憶される人でもある。

昭和十六年五月十一日に、五十六歳で亡くなった。節の「思わぬ花」とは、より江のことではあるまいか。

歴史を作った人

生き神様　浜口梧陵

津波といえば浜口梧陵《はまぐちごりよう》、と戦前の小学生は、皆知っていた。教科書に、「稲《いな》むらの火」という物語が出ていたからである。

紀州有田《ありだ》郡広村《ひろむら》（現在の和歌山県有田郡広川《ひろかわ》町）は秋祭りでにぎわっていた。浜口五兵衛は高台の自宅から、海岸に近い神社の境内を眺めていた。今年は豊作で、踊りが奉納されている。

夕方、地震があった。「人を驚かす程の強さではなかつた」「長い、のろい、ふわりとしたゆれ様であつた」

祭りに夢中の村人たちは、気がつかなかったようだ。しかし老人の五兵衛は、不吉を感じた。海に目をやった彼は驚いて立ち上がっていた。潮が沖に向かって走って行く。

五兵衛は点火した松明《たいまつ》を持って、自宅の下の棚田に走り、刈り取ったばかりの稲束の山に、次々と火をつけて回った。

暮れかかった高台のあちこちに、炎が上がる。これを見た者が半鐘を打った。祭りに集まっていた村人たちが、いっせいに炎を目がけて駆けてきた。五兵衛の機転で、人々は津波から逃れることができた。

と、これが「稲むらの火」だが、原作は、小泉八雲の「ア・リヴィング・ゴッド」である。原作では五兵衛の孫が登場し（命じられて松明を用意する）、おじいちゃんが乱心した、と叫ぶ。冒頭に引用した地震の文章は、田部隆次《たなべりゅうじ》の訳である。小泉八雲は、明治三陸大津波の明治二十九（一八九六）年の翌年に、新聞で読んだ記事を基にこれを書いた。

浜口は実在の人物である。ただし、五兵衛でなく、儀兵衛《ぎへえ》という（梧陵は号である）。「稲むらの火」は実話で、津波は安政元（一八五四）年十一月五日夜に起こった。儀兵衛は老人でなく、当時、三十五歳である。稲むらの火だが、梧陵の手記によれば、津波の漂流者に「其身を寄せ安全を得るの地を表示す」るために、彼の従者に火を放たしめたという。その数、十余。「此計空《このけいむな》しからず、之に頼りて万死に一生を得たるもの少からず」。津波の襲来は、前後四回に及んだ。

被害は、家屋の流失が百二十五軒、家屋全潰が十軒、同半潰が四十六軒、潮が入って、あちこち大小の破損家屋が百五十八軒で、合計三百三十九軒、流死人が三十人（男十二人、女十八人）であった。広村の総戸数は、「僅々三百余戸未満」というから、すべての家屋が津波の害を被ったことになる。総人口は不明だが、被害民は千四百余人を数えた、とある。

浜口梧陵が賞讃されるのは、「稲むらの火」の機転だけではない。津波後の、村の再建にもある。まず私財を投げ打って家屋五十軒を建設、貧しい者には無料で、多少の資力ある者には十カ年の年賦で貸し、また農具を調達して分配し、商人には元手を貸した。一方、防潮堤を築いた。これには村人に日当を払って働いてもらった。農繁期には中止し、農閑期の生活費に当ててもらう計画である。梧陵の築堤手記によると、堤の高さ約四・五メートル、基底の幅が約二十メートル、堤の上の幅が約七メートルで、全長およそ九百メートルである（実際は約六百四十メートルで中断した）。

「是《こ》れ此の築堤の工《こう》を起して、住民百世の安堵《あんど》を図る所以《ゆえん》なり」

手記に出てくる言葉である。百世の安堵は、百年の安心というより、それ以上の年代を指している。

この手記にも「稲むらの火」のいきさつが述べられている。「田間《でんかん》に積堆《せきたい》せるすゝき、（俗称に従ふ）に火を挙ぐ」とある。刈り取ったばかりの稲束の山、でなく、稲藁《いなわら》の山でないか、と思われる。旧暦十一月初旬に、稲刈り、稲干しは遅すぎる。

それはともかく、浜口梧陵という人は、どういう人間なのであろうか。伝記を探したが、案外に少ない。小泉八雲の作品のモデルというのに、研究書らしきものも無い。浜口は、決して津波で活躍しただけの地方人では、ない。

勝海舟の『氷川清話』に、海舟が長崎に留学する際、金銭的面倒をみてくれた箱館の商人、渋田《しぶた》利《り》右衛門《えもん》が、万が一、自分が死んだらこの人たちを頼るように、と三人の知人を紹介してくれた、とある。一人が、講道館柔道の生みの親・嘉納治五郎の父、治郎作《じろさく》である。治郎作（『氷川清話』では治《じ》右衛門《えもん》）は、灘《なだ》の酒造家で、二人目は伊勢《いせ》の豪商、竹川竹斎。そして「今一人は日本橋の浜口、国会議員をして居る浜口の本家であった」。本家とは梧陵のことである。梧陵は海舟のパトロンの一人であった。

彼の場合は渋田の仲立《なかだち》かどうか、微妙である。三十一歳で佐久間象山の門に出入りしている。海舟が兵学塾を開いた年で、象山の妻は海舟の妹だから、あるいは象山の手引きで海舟と交友を結んだかも知れない。ちなみに明治二十六（一八九三）年建碑の梧陵記念碑（広八幡社《ひろはちまんしゃ》）の文は海舟の撰だが、こんな一節がある。「余少壮与君倶学剣技」、自分は若い時、君と倶《とも》に剣技を学んだ、「爾来殆四十年恍乎如一夢」、以来ほとんど四十年の交際で、恍惚として夢を見ているようである。「剣技」の友、と述べている。ちなみに海舟は三歳年下である。

海舟の碑文で書き起こされる『浜口梧陵伝』は、杉村広太郎の著作である。本書は大正九（一九二〇）年に梧陵銅像建設委員会の手で本にまとめられた。非売の記念品だが、昭和十二（一九三七）年十二月、日本評論社刊の『楚人冠《そじんかん》全集』第七巻に全文収録され、一般の者も読めるようになった。楚人冠は、杉村の号。彼は朝日新聞の名物記者として鳴らした人で、この全集は全部で十八巻もある。梧陵の生まれ故郷・和歌山県の出身で、そのため伝記を依頼されたわけである。全集の解題で杉村は、梧陵の資料を集め原稿をまとめたのは北沢秀一で、自分はその素稿によって全部を書き直したので、実際の編纂は北沢氏の労による、と特記している。

筆者の見るところ、梧陵伝は本書が一番要領よくまとめられているのではないか。ただし、漢文直訳文体なので、読みづらいのが難点である。

では本書によって、梧陵の業績と人となりを見てみよう。

有田郡広村の醬油醸造元に生まれた梧陵は、十二歳で千葉県銚子の本家に養子に出された。現在のヤマサ醬油の七代目を嗣ぐ。読書好きの少年であり、また武術を好み、剣と槍を学んだ。外国の文明にあこがれ、視察に渡航したがった。鎖国の時代だから、とても無理である。あなたは金持ちなのだから、いっそ密航したらどうか、と幕府のある重臣に勧められたが（外国方の田辺蓮舟《たなべれんしゅう》である。蓮舟は老中の小笠原壱岐守《おがさわらいきのかみ》に梧陵を紹介している）、外国へ行っても名を明かせず、帰国しても堂々とみやげ話ができないのではつまらない、と言った。海舟が万延元（一八六〇）年、咸臨丸でアメリカに向かう際、梧陵を誘った。わざわざ広村まで出かけ、同乗を勧めている。しかし何か理由があって断っている。梧陵は残念だったろう。

晩年、ようやく念願をとげている。明治十七（一八八四）年、私費で渡米したが、翌年に病いを得てニューヨークで亡くなった。六十六歳だった。

梧陵は医学や教育の発展のために、惜しげもなく金を出している。神田お玉ヶ池の種痘館に七百両を寄付、また銚子の医師にコレラ治療法を学ばせるため、費用一切を持ち長崎に留学させている。留守家族の生活費も出した。広村に耐久社《たいきゆうしや》（明治の耐久中学校）を設立した。

和歌山藩の勘定奉行にとりたてられ、やがて参政となり、参事に出世した。ただし、扶持米はわずか百五十俵、梧陵は金持ちだから、というつもりだろう。不服も言わず、藩政改革に勤しんだ。

明治四年、大久保利通に認められ、初代駅逓頭《えきていのかみ》となる。のちに郵政の父、とうたわれた前島密《まえじまひそか》が部下にいた。しかし、その役職にあったのは、たった二十日間、辞表を出し、和歌山に帰ってしまった。理由は不明、友人に宛てた手紙に、「さて小弟《しょうてい》雲の上よりすべり落、素願《そがん》の通り神仙中の人と相成《あいなり》」うんぬんとある。素願の通り、というから、もともと中央政府のお偉方には、なりたくなかったのだろう。

最後に、こんなエピソードを紹介する。

明治三十六年、ロンドンで浜口擔《になう》という者が、「日本の女性」という講演をした。終わって質疑応答の際、若いイギリス女性が、あなたの姓は浜口五兵衛と同じだが、関係があるか、と訊いた。彼女は小泉八雲のファンで、「ア・リヴィング・ゴッド」を大いに気に入っている。日本に行く折があったら、浜口大明神にお参りしたい、と思っている。たまたま今日の講演者が浜口なので、失礼ながらお尋ねしてみた。そう言って彼女は会場の聴衆のために、八雲の「生き神」のあらすじを語った。

壇上の浜口が、口ごもりつつ、答えた。

「ただいまお話の浜口五兵衛のむすこが、私です」

会場から、万雷の拍手が起こった。

擔は、そこで五兵衛の実像を話した。浜口大明神、と村人が崇《あが》めたのは事実であった。神社を祀ろうとしたのも、嘘ではない。しかし、梧陵が、自分は神にも仏にもなるつもりはない、と激怒した。そんなことをするなら、自分は今後一切、村のために働くことはしない、とつっぱねた。それで大明神の件は、沙汰やみになった。

質問したイギリス女性は、ステラ・ラ・ロレッツという。後日、擔に感激の手紙を書いた。「あの晩、会衆はどんなに感動したでせう。拍手喝采の声はほんとうに割れる様でした。（略）実際小説の一齣《ひとこま》でした」。

このいきさつを擔は手紙に書いて、小泉八雲に知らせている。八雲は健在で、亡くなったのは翌年の九月である。

六十年他言厳禁　新谷道太郎

戦後何度めかの龍馬ブームは、NHK大河ドラマの「龍馬伝」がきっかけだろうが、国民の間に強い英雄待望論があることは間違いない。ブームのお蔭で、龍馬関係の新資料が、いくつか発掘され話題になった。

これは発見でないが、横浜で最古の料亭といわれる田中家《たなかや》の近況が報じられた。昨年（二〇一〇年）十一月のAPEC（アジア太平洋経済協力会議）に出席したマレーシア大統領が、お忍びで訪れたというこの田中家に、龍馬の妻おりょうが、勝海舟の紹介で仲居として働いていた。おりょうが三十代の頃らしい。田中家には、「いとし恋しおりょう」とつづった龍馬の手紙が飾られている、と記事にあったが、ほんものの手紙なのだろうか。

手紙といえば、龍馬が寺田屋事件を兄の権平《ごんべい》、他一同に報じた有名な長文書簡は、権平の長男・直寛《なおひろ》の婿養子《むこ》の弥太郎《やたろう》が、他の龍馬書簡・資料と共に、京都国立博物館に寄贈した。この弥太郎が熊本県山鹿市《やまが》長坂《ながさか》の庄屋の次男と判明した、というニュースにも筆者は着目した。熊本といえば、龍馬に影響を与えた横井小楠《よこいしようなん》の存在である。そして弥太郎は、長崎の英学校に学んだという。熊本・長崎、共に龍馬に縁がある。弥太郎が権平の孫娘の婿に選ばれた裏に、龍馬の何かが作用していないだろうか。

などと、あらぬ推理を働かせたりする。

なに、楽しんでいるのである。そういう意味で、龍馬ブームは、いろいろ楽しませてもらった。その一つを次に語るわけだが、某紙に、維新の志士の珍本発掘なる特報記事が出た。その本には龍馬が大政奉還を決意するてんまつが詳しく出ている、とあった。珍本の書名を見て、ああ、とガッカリした。

諏訪正《すわただし》編『維新志士　新谷翁《にいやおう》の話』というのである。発行所が、島根県簸川《ひかわ》郡塩冶《えんや》村　郡是《ぐんぜ》製糸今市《いまいち》工場内諏訪正。いわゆる私家版で非売品とある。この非売品に記者は惑わされたのに違いない。稀覯本と思い、記事にしたのだろう。私家版非売の本なら、数は少ない。しかし、少ないからといって稀覯の書とは言わない。要は、内容である。

確かに、本書を現在探すと、おいそれと見つからない。なぜ古本屋に無いか。安価で売りさばかれたからである。私が覚えている値段は、四百円か五百円であった（三十年ほど前）。つまり、その程度の内容、と判断していたわけだ。安い本は大事にされない。客も粗略に扱い、本屋も引き取らない。かくて、探すとなると、見当らない。全く無くなったわけではない、時々、出てくる。

現に、数年前、私は五百円でこの本を入手し、知人に八百円で転売した。今回、本稿を書くに当たって、私はその知人にわけを話し、現物を拝借した（本を大切にする人なのである）。手元に、本書がある。私が何を言いたいかといえば、歴史資料は稀少だから珍しいのではない、書物の場合、貴重な内容のものなら然るべき値が付く。古本屋の目は確かである、と自慢したいのである。

「新谷翁」とは、何者か。幕末史、特に海舟に関心のある読者なら、新谷道太郎《みちたろう》という名に覚えがあるだろう。そう、巌本善治《いわもとよしはる》編『増補　海舟座談』の附録（その三）「九十三翁新谷道太郎氏の談」である。

前書に、こうある。「『維新志士新谷翁の話』（昭和十一年六月発行）、並びに『維新秘話志士の遺言書』（昭和十二年四月発行）の談者新谷翁上京せられたる折に聴く。（昭和十二年六月三日および四日）巌本記」

どのような談話か、岩波文庫『新訂　海舟座談』によって、紹介する。

十五歳で自分は江戸に出て、日本一の知恵者になりたいと思い奉公口を探した。都合よく勝海舟の仲間《ちゅうげん》になった。海舟が、「小僧、オレの所に何しに来たか」と問う。「日本一の智慧《ちえ》者の顔を見たいので」と答えると、「だれがオレを日本一の智慧者と言ったか」と畳みかける。「世間の人が皆申します」。海舟嘆息して、「それなら、オレは、日本一の智慧者ではない。日本一の智慧者なら、世間の者には分らぬはずじゃ。我が智慧を人の前に隠すことが出来ぬようでは、オレは、二流の人物ジャ」

その翌年（文久元年＝一八六二）の春、仲間から若党《わかとう》に格が上がり、六月、勝の供をして薩摩に行った。

鹿児島の西郷隆盛を訪ねると、大島（奄美大島）に行ったという。船を雇い、船頭三人、それに勝と自分で大島に向かった。何をしておられるか見に来ました、と勝が挨拶すると、西郷が「好イ《エ》商売をしております」と答えた。

翌朝、その商売を見てくれと勧めるのでついて行くと、海岸に七つの蔵があり、西郷が一つずつ開けて見せてくれた。種々の軍器や弾丸があった。それから御馳走すると言うから、何が出るかと思ったら、西郷が薩摩芋を自分で焼いて皮をむき、箸《はし》に刺して勝に出した。勝は食べる。「また、貝のお汁が出ますと、汁を呑んで、貝のカラを勝さまが、杯洗《はいせん》の中へ、ザラザラとあけられました。すると、西郷様がまた同じようにザラザラとあけられます。私はそれを見ていまして、何だか訳があるように思われて、その後色々に考えました」。

大島からの帰りの船で、船頭が軍器のことを口にすると、勝が、たとえ禁制の商売でも西郷はお国の為にすることで、決して悪意は無いから構わぬ。「しかしお前達がこの事を他言すると命が無いぞと言われまして、私にも同様にいいつけられました」。その後は自分の島（瀬戸内海の御手洗島《みたらいじま》＝現大崎下島《おおさきしもじま》）で、軍器弾薬の密買をすることになった。勝と西郷が品川の薩摩屋敷で面接した時は、自分は供をしなかった。しかし、他に一度、二人は泉岳寺で会われたことがある。その節は供をした。それからじきに江戸城の受け渡しがあったように覚えている。「明治維新の大改革は、大島における西郷様と勝様との黙契に始まり、最後も同じくそのお骨折によって片附いたものと思っております」。

以上だが、これだけでも新谷道太郎がいかに重要な役を果した人か、おわかりだろう。では、彼の更なる活躍ぶりを、『新谷翁の話』で見てみよう。本書は諏訪正の聞き書きによる新谷の伝記である。

弘化三（一八四六）年、安芸《あき》国豊田《とよた》郡御手洗島大長《おおちょう》村に生まれた。十四歳、志を立て伊予国願成寺の小僧になる。翌年江戸に。箱根の関所で、鑑札を持たぬため咎《とが》められた。噺家《はなしか》になりたいのです、どうぞ通してくれと頼むと、「掛け金《がね》とかけて何と解く」と謎を掛けられた。「茶碗酒と解く」「その心は」「引かけて寝る」と答えると、よかろう、通れと許された。勝家に採用され、あるじと日本一の知恵者問答は、『海舟座談』の通り。西郷を訪ねるくだりも同様。十七歳になると新谷は勝家を辞し、山岡鉄舟邸に入る。剣道修業のためである。山岡をよく訪ねてきた清川八郎《(ママ)》のこと、龍馬のこと、龍馬は山岡に剣の稽古を受けにきていた。龍馬は、「大体五段の腕前で先生のお突を受けることが出来ず、これを食ろふて引つくり返つたものである」。自分より十四歳上なので一度も立ち合わなかったが、自分の「八段の腕前に対しては相当に敬意を払ふてゐて呉れた」。

その龍馬に伏見で公家の貧乏ぶりを話すと、涙を流して聞いてくれた。

慶応三（一八六七）年二月十二日、龍馬は土佐前藩主・山内容堂《やまうちようどう》の命を受けて、薩長連合の策を行うべく、高知から「御手洗島の私の宅へやつて来た」。そして一緒に長州へ行ってくれまいか、と頼む。自分は断った。「『左様な事を云はずに行つて呉れぬか、一人は弱いものである。俺も君に負けぬ腕はあると思ふてゐるが、一人はどうも気味が悪い』と頼むので『そんなら行こう』と乗り気になり、承諾をして家を出た」。

下関の木原屋に泊った。高杉晋作に面会した。次に龍馬は自分に薩摩への同行を求めたが、親が心配するからと断って家に戻った。

一カ月ほどして、薩摩帰りの龍馬が自分の家に立ち寄った。

「それから二人で色々と話した後、帰りがけに坂本は、家の後の桃林に眼をつけて『花盛りはいつ頃かい』ときく、『三月十六七日頃であらう』と云ふと『その頃友人四五名と、花見に来るから是非宿をして呉れ』と云ひ残して、土佐へ帰つた」

三月十八日、龍馬、薩摩の大久保市造《(ママ)》(利通)、芸州の船越衛《ふなこしまもる》、長州の木戸準一郎(孝允《たかよし》)が来た。三日の間、寝るも起きるも四人一緒で、花見もせず何やら話し合っている。「この時薩長聯合《れんごう》が成立し、土芸二藩が之れに加はると云ふ、誓約をしたのであつて、これは実に秘中の秘事で、私もこの事は生命にかけて他言をせぬと約束した」。

十一月三日、龍馬、大久保、木戸、山県狂介《やまがたきようすけ》(有朋《ありとも》)ら計十三名がわが家に集合した。京都御所を護っている二千の西国兵をどうするか、協議するためだった。大政奉還した徳川慶喜《よしのぶ》は二条城に兵を擁して居る。京は戦争になるかも知れない。御所を固めている兵の食糧が尽きており、どう打開するか。自分は意見を求められた。忠君愛国のために生命をかけるなら本望だ、と述べた。龍馬が喜び、他言をするなよ、暗殺されるぞ、六十年以上は待て、と言った。なぜ六十年も待つのか、と問うと、六十年すれば今生きている者は皆死ぬ。そのあとで語れ、と言った。

新谷は龍馬の忠告を守った。九十歳になって初めて秘事を語った――というわけであるが、もういいだろう。長命者の回顧は、生き証人が少ない。これだけ重要な証言をした人の伝記の古書価が、なぜ安いのか、である。実は『海舟座談』の新谷翁談は信憑性がきわめて薄い、と岩波文庫版の校注者・勝部《かつべ》真長《みたけ》氏が書いている。『新谷翁の話』の「箱根関所」式誇張らしい。古書価は、資料ではなく、あくまで私刊本の評価なのだ。

嘘ぎらい　生江孝之

父は仙台伊達《だて》藩士で数理に長じ、病的に嘘を嫌う人だった。絶対に嘘をつかぬこと。そういう教育を受けて育った。母は外出の折、必ず布切れを袂《たもと》に入れた。下駄の鼻緒が切れて、途方に暮れている人を助けるためだった。涙もろさと憐憫《れんびん》の情、そして声の大きさをこの母から受けついで、慶応三（一八六七）年に仙台に生まれた。

生江《なまえ》孝之《たかゆき》がわが国社会福祉事業の先覚者になるのも当然か、と思われる。両親の美質を、大きく開花させたのである。それなのに、家族に対して、何気なく放った小さな嘘が、九十年の生涯の晩節を苦しめようとは、全く思いもよらぬことであった。

次男が慶應大学在学中に社会主義を信奉し、昭和七（一九三二）年、共産党に入党、地下運動に熱中して逮捕されたのである。左翼思想に近づかぬ、と親と約束しながら、ひそかに深入りしていた。裏切った理由が、生江にはどう考えてもわからない。判明したのは次男が昭和二十年、フィリピンにおいて戦病死してからである。編集者になった次男は戦争が始まると、文化工作の一員に選ばれフィリピンに送られる。そしてその地で一兵卒として激戦に加わる羽目に至る。彼の姿は、作家の今日出海《こんひでみ》が昭和二十四年に発表した手記『山中放浪――私は比島戦線の浮浪人だつた』に、実名で書きとめられている。生江は戦後、次男の検事調書を読んで、わが子がなぜ思想運動に走ったのか、そこに記されている自白で真相を知り、愕然《がくぜん》とした。

幼時、兄と喧嘩《けんか》ばかりする次男に業《ごう》を煮やして、「お前はもらい子だ」と怒ったのである。次男はこの一言に衝撃を受けた。親はいつも兄の肩ばかり持つ。そうか、自分が実子でないからなのか、そう思ってしまった。すると、思い当たることばかり。虚弱な次男は、しょっちゅう医者にかかる。薬代が馬鹿にならぬ、と生江は妻にこぼした。これを耳に挟んだ次男は、ひがんだ。自分が実子でないから苦にされるのであって、どんなに貧乏であろうと実子なら心配されるはずだ、と幼いながらに考えたのである。自分は不幸な子だ、と思い、しかし、表面には現わさなかった。家庭への不平不満が、長じて思想運動に向かった。次男はそのように検事に告白していた。冗談に放った嘘の一言が、繊細な次男の人生を、ねじ曲げていたのである。

「我心今ある如くありしなばいかで我子はかくやなるらむ」

生江が痛恨の思いで詠んだ一首である。

生江は宮城中学時代にハリスの洗礼を受け、クリスチャンになった。ハリスは、内村鑑三、新渡戸稲造ら札幌農学校（現北海道大学）の生徒を授洗した伝道者である。東京英和学校（現青山学院）に入学、ハリスのような伝道師になるつもりだった。明治二十三（一八九〇）年、二十四歳で退学すると、山口市の教会に赴任した。

夏のある夜、下関から中津に向かう船に乗った。乗客は三十名ほど、生江は中等船室に寝ていた。出船まで時間がある。隣室が騒がしい。少女の泣く声がする。男どもが小娘をからかっている様子である。

やがて、十二、三の少女がこちらの船室に入ってきて、生江のそばに身を寄せると、「旦那さん、アンマをとらしてちょうだいな」と言いつつ、返事も聞かずに脚をもみ始めた。

生江は承諾した。隣室をわきたたせていたのは、この子らしい。生江は娘の身元を訊いた。船で客をとる理由を知りたかったからだ。

娘は二年前に愛媛からこの地に来た、と語った。老婦の家に雇われている。その家には自分のような少女が四人と、女衆が十一人いる。去年、老婦や女衆から、台所の板の間でアンマ揉療治を教わった。それはそれは辛い修業で、指が腫《は》れ、爪も抜けそうになるほどやらされた。怠ると、棒で体中を打たれるし、ご飯も食べさせてもらえない。稽古がすむと、一人泣いた。一緒にいる子たちとも、両親の話をしてはよく泣く。

アンマを覚えると、毎晩、船に来て働かされる。十銭稼がないと、せっかんを受ける。船の客は娘をなぶったりからかうだけで、アンマの注文をくれない。自分は十二歳だから、あと八年の年季が残っている。早く十七歳になりたい。十七になると、女衆になれるから。女衆は一晩に五十銭ずつ稼がされる。でも皆それ以上に稼げるから、せっかんされない。アンマでない技術で客を取るのだ。

娘は無邪気に語る。生江は、息をのんだ。むろん、娘は女衆が何をしているか、知っているのだ。それだけに生江はショックを受けた。この娘を現在の境遇から救ってやりたい。しかし、若造の身で何ができるだろう。生江は黙って十銭を娘に渡し、今夜はこれでお帰り、と帰らせた。

この娘の告白が、後年、生江を児童保護事業研究に向かわせる。そして、「唐人《とうじん》お吉《きち》」の調査に熱を上げる動機ともなったろう、と思われる。

どういうことか、というと、生江の自伝である。

昭和三十二（一九五七）年七月、生江は八十九歳の生涯を終えた。翌年、生江孝之先生自叙伝刊行委員会により、『生江孝之先生口述　わが九十年の生涯』が刊行された。月刊誌『福祉春秋』に連載されたものを、まとめたものである。正直言って、面白い自伝ではない。業績の内容から真面目な、堅苦しい記述と想像できるが、いっそお人柄によるものだろう。筆録者の才量にもよる。退屈な自伝であって、何とか読める部分は、筆者が紹介した次男と娘の二つのエピソードだけでしか無い。ところが、この本は、古本屋で人気がある。生江の立派な功績のためではない。本の付録のせいである。付録といっては、おかしいか。自伝の最後に、「唐人お吉に関する調査研究」と題する未定稿が、五十五ページ付いている。この論文が古書の価値を高めている。「まえがき」に、言う。「尚ここに特に先生が生前異常な程の情熱を注いで『唐人お吉』に関する真相の調査究明に当り、従来の定説を一々論駁《ろんばく》してハリスの冤《えん》を雪《そそ》ぐに努められた貴重な資料が未定稿としてお手許《てもと》に残されていたので、全く思わざる先生の一面と知る立派な労作と信じ、本書に抜萃して興味津々たる内容を御紹介することとした」。

　唐人お吉の研究なるものは、現在どこまで進んでいるのか、筆者は知らない。しかし、本書が現在でも古書界で珍重されるからには、それなりの資料価値があるのだろう。

安政三（一八五六）年、アメリカの初代駐日総領事タウンゼント・ハリスが、伊豆の下田《しもだ》に入港し、玉泉寺《ぎよくせんじ》を領事館とした。ハリスの侍女となったのが美人芸者のお吉で、下田奉行のあっせんによるものだった。お吉は洋妾《らしやめん》と軽蔑され、自暴自棄から乱酔し落伍して、あげく投身自殺した。

これを十一谷義三郎《じゆういちやぎさぶろう》が小説にし、『唐人お吉』の題で昭和三（一九二八）年に発表、評判になった。唐人は中国人の他に、異人の意がある。異人の恋人のお吉、ということで呼ばれたあだ名である。

生江は、昭和五年に、日本国民禁酒同盟（戦後、日本禁酒同盟と改称）の理事となり、のち理事長、顧問をつとめた。昭和天皇に召された際、禁酒禁煙の話をすると、天皇が深くうなずかれたという。酒を敵とした生江は、酒に溺れて命を捨てたお吉が哀れでならなかったのだろう。それと、金のために身を売るお吉に、若い時、下関の船中で会ったアンマの娘と重ね合わせて、お吉の肩を持ってやろうという気になったのだろう。お吉の相手のハリスという名も、生江を動かしたはずだ。自分に洗礼を施してくれた伝道者と同名である。

開港親善の恩人ハリスは、清教徒であり、好色漢ではない。好色漢はハリスの通訳をつとめていたヒュースケン青年であって、彼は自分が見そめた下田の娘を侍女にしたいため、ハリスに看護婦を雇うことを勧めた。侍女と言わなかったのは、ハリスがその類いの女をそばに置くことを嫌う、潔癖家だったからである。ヒュースケンは下田奉行に持ちかけて、手を回す。奉行は幕府に伺い書を出す。下田条約を締結するため、女を利用したい、うんぬん。

結局、お吉はハリスの侍女となる。支度金が二十五両、月手当が十両である。お吉にハリスを丸めこませて、談判を有利に運びたい。それが奉行の思惑であった。しかし、たった三日でお吉は解雇される。ハリスは江戸に向かう。

「唐人お吉」については、大正の末、下田で医業を営んでいた村松春水《むらまつしゅんすい》が、雑誌『黒船』に詳細な調査結果を発表して紹介したのが最初であった。これを素材とし創作したのが、十一谷義三郎である。

生江は、晩年の村松に直接面会し、事情を伺った末に、お吉は実在の人物ではあるが、世上に流布《るふ》しているエピソードの大方は、「下田の繁栄策」のために、彼女を「幕末下田の烈女となすべく」創作したもの、と断定した。村松と十一谷が、潤色し美化したのである、と言っている。特に、十一谷が小説家の筆で、もっともらしく仕上げた、と憤《いきどお》っている。ハリスとお吉との間に、肉体関係があったという記述が、許せなかったらしい。ハリスは五十三歳の当時、純潔を保っていた、神経質で虚弱であった彼が「色魔的行為」をあえて為すわけがない、と擁護した。そして、「いやしくも歴史小説と銘打って純然たる小説を書くことは文士たるものの社会的責任上大いに反省を要するところではないかということを認めざるを得ぬものである」。

何も小説にまで筆誅を加えることはないと思うが、父譲りの「嘘ぎらい」がそうさせたのだろう。

しかし、生江は自伝の終わりの方で、こんな歌を詠んで自戒としている。

「おのが身を語らんとせばおのずから言葉を飾るこころ恥かし」

何だかいとおしくなるようなお人ではないか。

朝めしと夕飯の味　桂彌一

ローマ字日記、といえば石川啄木が有名だが、意外な人もいる。日露戦争で旅順《りよじゆん》を攻略した、第三軍司令官の乃木希典《まれすけ》である。のちに学習院院長となり、明治天皇に殉死した。日本人の伝記で、西郷隆盛についで多い、人気の軍人である。華美を嫌い、質素な生活を好んだ。世人はこれを「乃木式」と称した。「式」の語を添えたことで、言外に「ケチくさい」ニュアンスをにじませている。謹厳実直な人柄であったが、ひょうきんで、さばけた一面も備えていた。軍職を解かれた時、那須野《なすの》に隠棲し、百姓生活をした。留守中に訪ねてきた者が、置き手紙をした。それには、「世の中になすべき事も多かるに　こんなところで何をなすのか」と皮肉な狂歌が記されてあった。乃木は、これにこう返歌した。「なす事もなくて那須野にすむ我は　茄子唐《なすとう》なすを喰《く》うて屁をこく」。

昭和八（一九三三）年、ある人が乃木の色紙を入手したら、右の狂歌が書きつけてある。果してこれは真筆であろうか。乃木将軍ともあろうかたが、こんな下品な歌を詠むわけがない、と思ったのである。そこで乃木の旧友に鑑定を乞うた。友人は一見一読、まちがいない、と断定し、極書《きわめがき》を書いた。

乃木は多くの狂歌を詠んでいるが、中に、こんな艶《つや》っぽいものもある。

「色白にふつくり出来たおまんぢうアンと喰べたる味のよきかな」

「わたしはとんてあんとん《（行灯）》て　わかひしゅ《（若い衆）》にかきたてられてともされた」

解釈のしようによっては、どちらも意味深の作である。ともす、は交合の意もある。

そんな乃木将軍のローマ字日記というから、読みたくなるのも無理はあるまい。啄木のそれは赤裸々なセックス日記で、何しろ本邦初の「フィスト・ファック」の場面さえある。日記をローマ字でつづるということは、他人に読ませたくない魂胆だからである。

読んだ。なあんだ、であった。別に、何ということもない。セックスのセの字も見当らぬ。刀の話ばかりである。ついでに、乃木の日記を全部読んでみた。明治六（一八七三）年から四十五（一九一二）年まで、残されている（和田政雄編『乃木希典日記』金園社、昭和四十五年刊。千二十二ページ、二段組）。那須野の閑居時代も、記録している。トリモチ十銭、針二本一銭六厘、大根の皮むき一銭五厘、等と買物の明細もある。手紙を書いた人の名も、いちいち記している。生涯にわたって、ひんぱんに出て来る名前がある。「桂彌市《かつらやいち》」。ある日の日記には、桂あてに手紙を書いたむねを記し、即興の歌を書きつけている。「水戸川《みとがわ》に足手を洗ひ口そゝき耳も洗つて音信を待つ」。

一日千秋の思いで返書を待った桂彌市とは、どんな人なのだろう？

実はこの人は、先に記した「茄子唐なすを喰うて屁をこく」の真贋《しんがん》を鑑定した、乃木の旧友である。乃木は桂彌市と記しているが、正しくは、桂彌一と書く。

彌一の鑑定書草稿にいわく、「是れ大将の真蹟にして間然《かんぜん》する所なし。晴耕雨読悠々自適の境遇は、その間の詩歌に現れて、神韻縹渺《しんいんひょうびょう》たるものあり。就中《なかんずく》斯の詠草の如きは傑作の一にして、その洒脱高風、大将の面目躍如たるものあるを見る……」

二人は嘉永二（一八四九）年に長門長府《ながとちょうふ》藩士の家に生まれた。乃木が十一月十一日、桂が十二月十日の生まれ、一カ月ほど乃木が兄貴分である。父同士が嘉永六年の勅使江戸下向の折に選ばれて、勅使御跡乗《おあとのり》の役を勤めている。乃木と桂は竹馬の友で、十二歳の時、共に菅文達に就いて漢籍を、十五歳で藩校敬業館《けいぎょうかん》内の集童場に入学、文武両道を学んだ。元治二（一八六五）年、英仏米蘭の四国艦隊が下関を砲撃、二人は場生十数名と従軍を望んだが許されなかった。しかし先輩らと共に藩論を動かし、報国隊員となり戦闘に参加した。

明治二（一八六九）年、乃木は藩命により京都伏見の御親兵兵営に入営、仏式教練を修業、翌年、桂も選抜されて加わる。四年、二人は共に長府に帰り、豊浦藩陸軍練兵教官を命ぜられて、近衛親兵を養成し、教え子を東京に送った。そして藩費遊学の命を受け、一緒に上京する。ここで二人は別々の道を歩むことになる。乃木は陸軍少佐に任じられ、桂は仏人教師について仏語を勉強する。

その最中に、脚気《かつけ》に罹《かか》り入院する。当時、二十七人の脚気入院患者がいたが、生き残ったのは桂の他にたった一名という。お雇い外国人医師のホフマンの勧めで、パンと牛乳食により治癒した。パンは木村屋から取り寄せた。桂はわが国パン食の先駆者である。

重患が桂の人生観を一変させたのだろう。兵事から離れ、養蚕を研究する。明治八年、二十七歳で勧農寮試験場に入る。十年、勧農寮下総《しもうさ》種畜場が開設されると、桂は身分を伏せて牧夫に応募し採用された。日給十三銭で働く。たまたま佐倉第二連隊長の児玉源太郎と、東京第一連隊長だった乃木の二人が種畜場を訪れて、桂の身分が知れた。

十八年、旧主毛利家の東那須野牧場事業を任される。一方、農商務卿の西郷従道《つぐみち》の援助を得て、わが国最初の畜産誌『牧畜雑誌』を創刊主宰した。二十六年、大倉喜八郎の門司《もじ》築港工事の監察を任された。そして二年後、桂は一切の公職をなげうち、帰郷、下関長府で乳牛の飼育にいそしむ。四十七歳である。

同年の乃木は陸軍中将となり、第二師団長に補せられ、日清戦役の功により男爵を授けられていた。華族に列したわけである。

桂の後半生は、尊攘堂《そんじようどう》と万骨塔《ばんこつとう》の建立に費やされた。種畜場時代に目をかけてもらった当時の農商務大輔・品川弥二郎に頼まれていた事業である。また桂の念願でもあった。勤皇烈士の遺品や遺墨を展覧し、防長《ぼうちよう》精神を後世に伝える建物である。万骨塔は、無名志士の慰霊塔である。高杉晋作が旗上げした功山寺《こうざんじ》境内に、昭和八年に完成させた。桂は八十五歳である。

亡くなったのが十四年六月で、その一カ月前上京し、吉田松陰、品川弥二郎、乃木の墓参をすませて逝った。九十一歳である。

乃木は自刃の際、桂に遺書を認《したた》めている。乃木家断絶の意志を、強く示していた。養子を迎える話が起こった時、桂は遺言を尊重すべきだと反対した。桂の主張は通らなかったが、のちに養子は相続した伯爵を辞退している。

桂は乃木の銅像を故郷に建てるべく、東京の鋳造者に頼んでいた。それが完成し、明日、長府駅に送り届けると連絡が入った。桂は老いた自分はとても駅に迎えに行けない、像を建てる覚苑寺《かくおんじ》の門前でお迎えしよう、と言った。

翌日、駅から無事に到着したと電話が入った。同時刻に、桂は自宅で息を引き取った。二つの電話を受けたのは、覚苑寺の住職である。この偶然には、二人の並々ならぬ因縁が感じられた、と人に語った。

桂の自宅玄関には、大きな銅羅《どら》が吊してあった（ある時には陣太鼓であったり、鐘であったりした）。訪問者はこれを一つ叩いて、案内を乞うきまりである。音調によって、訪問者の度量の程を探っていたらしい。

乃木同様、お茶目なところがあった。「キンカギンカ」をお目にかけたいから、いらっしゃい、と招待状が来た。出かけると、開け放たれた座敷に通された。卓は出ているが、「キンカギンカ」らしき物は見当らない。どうです、すばらしい風景でしょう、と桂が戸外を指す。桜が満開で、桜の下は菜の花が一面に咲き乱れている。客が恐るおそる問うた。「あの、金貨と銀貨は、どこに置いてございますか？」桂は呵々大笑した。

キンカは金花で菜の花、ギンカは同じく銀花で桜のことだった。

「我利《がり》我利《がり》亡者《もうじゃ》は、何でも金銭に結びつけたがる」。客の間の悪さを楽しむ趣向だった。

若い時の桂は剣に秀でていた。夜、山中で賊に出遭ったという話がある（体験ではなく桂が語った某《なにがし》の挿話という説もあり）。賊の一団は焚火をしていた。桂は腹を決め、まっすぐ焚火に近づき、煙草の火を貸してくれ、と頼んだ。山賊が不敵に笑い、刀を抜くと、その切っ先に燃えている焚木を突き刺し、まっすぐ桂の鼻先に差し出した。桂もさすがに一瞬ヒヤリとした。しかし相手は手いっぱい、刀を伸ばしている。突いてくるには手をいったん引くか、足を一歩踏みださねばならぬ。その間に身をよけられる。そう思ったから桂は、煙草に火を付けることができた。火を囲んだ賊たちは気をのまれて、何もせず見守っている。よほどの使い手、と見たらしい。

以下、桂彌一語録。

「人は夕日を拝む心と、後姿へ話をする態度を忘れてはならぬ」

「大掃除には掃除をすると云ふ人は遂に掃除せざる人なり」

同じようなことで、

「忠君とか愛国とか説くものに真の忠君も愛国もない。口に孝を説くものに孝行者はない。死ぬる死ぬるといふものに死んだためしはない」

「腹案は決行が出来るやうになるまで口外するな」

「乃木さんぐらゐこの世に多くの茶代を置いて逝かれた人はない」

「山に人と書いて仙と読み、谷に人と書いて俗と読む。山にばかり居つて、世間を知らないといけないから谷も学ばなければならぬ。又谷にばかり居つては眼界が狭くなるから山も学ばなければならぬ。世の中に仙人ばかり居つてもいけないが俗物ばかりでも困る。仙人は俗人に学び俗人は仙人に学ばねばならぬ」

明治四十四年一月、乃木は桂に学習院の寒稽古を報じた手紙に、一首添えた。

「寄宿舎で楽しき事をかぞふれば　撃剣音読朝めしの味」

桂彌一に、遺吟あり。

「食はせても見せてもたれも解るまい　百姓の食ふ夕飯の味」

四月馬鹿　クララ・ホイットニー

四月一日は、いわゆるエイプリル・フール、罪のない嘘なら許される日である。欧米の俗習であるが、わが国に伝えられたのは、いつ頃であろうか。そして広めたのは、何者だろうか。筆者は、ひそかに、饒舌家の勝海舟とにらんでいる。

根拠は、むろん、ある。在日アメリカ人女性クララ・ホイットニーの日記である。一八七九年四月一日の項に、妹に用もないのに玄関に行かされた、という記述がある。友だちがいらっしゃった、とでも言われたのだろう。出てみたら、誰もいない。妹に文句をぶつけると、やあい、今日はエイプリル・フールよ、と笑われた。すっかり忘れていた、と書いている。そのあとで、本日は掛け取りの来る日だ、「日本では月始めに精算するのが習慣で、車夫、コック、八百屋、肉屋と数えきれないほど来て、その度に財布が軽くなっていく」とある。一八七九年は明治十二年だが、この当時の東京では一カ月ごとの精算だったらしい。クララは支払いのわずらわしさに音を上げ、大所帯の勝夫人はどのように切り盛りなさっているのだろう、と書いている。

　勝夫人は勝海舟の妻のたみである。

　翌日、クララは午後客を迎えるため、家を掃除した。お逸《いつ》が庭から切ってきた桃の花を活けてくれた。お逸は海舟の三女で、クララと同じ十八歳である。同じ八月生まれで、お逸の方が二十七日早い。二人は気が合って、毎日のように往き来している。両家は隣同士のようなもので、何しろクララ宅は勝邸の敷地内にある。クララ一家は勝海舟の世話になっているのだ。

　明治八年、クララの父は森有礼《もりありのり》の誘いで、商法講習所（一橋大学の前身）所長兼教師として、妻子四人と共に来日した。ところが、来て早々に話が食い違い、ホイットニー家は路頭に迷うことになった。一家を救ってくれたのが海舟である。この辺のいきさつと理由は不明だが、海舟はクララの兄（二十歳）を勝家の家庭教師に雇ったり、一家の経済を援助している。のちにクララは海舟のむすこの梅太郎《うめたろう》と結婚する。梅太郎は海舟が長崎滞在時に、「心行卓る《しんぎょうすぐ》」玖磨《くま》という名の娘との間に生まれた子である。玖磨は二十五歳で亡くなる。勝夫人が三歳の梅太郎を引き取り、養育した。クララより四つ年下になる。梅太郎夫人となったクララは、七人の子を生んだ。いずれも海舟が名付け親になっている。しかし、梅太郎とはうまく行かず、海舟が死去した翌年、クララは子を連れて故国に帰った。生活費は海舟の遺言で勝家から送られた。昭和四十九（一九七四）年に末娘が来日した際、クララの日記二十七冊を持参していた。海舟の次女を祖母に持つ一又民子《いちまたたみこ》がこれを翻訳し、昭和五十一年、『クララの明治日記』と題して出版した（上下巻、講談社。ここでの引用はこの訳書より）。本書によって、勝夫妻の動静、及び勝家の内情や、明治初期の東京風俗、人々の生活模様などが、実にいきいきとした文章で紹介された。何しろ、小説家を夢見たクララなのである。

日記は来日した当日から、克明につけている。先のエイプリル・フールの翌日から、ざっと一週間の動きを、日を追って見てみよう。

四月二日、クララはお逸、おひさ（日記に説明がないけれど、たぶん勝家の女中でないかと思われる）、アディ（クララの妹）と、縁側で虫拳《むしけん》をしている。おそらくクララがお逸に、昨日アディにまんまと一杯食わされた一件を語ったのではないか。そして日本に、同様の俗習はあるか、と訊いたのに違いない。お逸は、「騙《だま》しあい」遊戯、ということで、虫拳を紹介したと思われる。指ジャンケンである。親指が蛙、人さし指が蛇、小指がナメクジで、蛙はナメクジに勝ち、ナメクジは蛇に勝ち、蛇は蛙に勝つ（日記には誤った勝ち方が記されている）。手を袖の中に入れ、一、二、三の代りに、

「シッ」と発声して、同時に指のどれかを出す。負けた者は、身に着けている物を渡す決まりである。だから女の人は、カンザシ、櫛、帯留、ハンカチ、指輪、財布、鼻紙を出してしまうと、あとは着物を脱ぐしかない。「お逸の話だと、男の人や子供達の場合、着物まで全部出して、素裸になるまですることもあるそうだ。今度する時は、おひさを裸にしようとお逸が言ったので、おひさは絶対いやと怒った」。

お逸はまたこの遊びは、「静岡では目隠し鬼やその他の荒っぽい遊びのかわりにする」と語った。「荒っぽい遊び」とは、戸外の運動という意味だろう。お逸は明治五年に東京に戻るまで、静岡に一家で住んでいたのである。夜、クララは使用人の車夫の給金の件で、母に相談を受ける。月ぎめでなく時間給で日本人を雇ったため、付けが十ドル近くになってしまった。月給の方が安い、と勧められていたのに、相手が聞き入れないので引き下がってしまったのだが、何とかならないだろうか。クララは勝夫人に訊きに行く。夫人は、「眉をよせてじっと聞いておられたが、じきにあの感じのよい話し方で、そもそもが間違だったのだから、今となっては致し方がない、とおっしゃった」。今回は支払う他ないが、気をつけるように、相手には私が話しましょう、と言ってくれた。

お逸が生花でとったメダルを見せてくれたことから、お花の話になった。夫人が生花か琴を習って帰国のみやげになさい、と勧めた。生花は年をとってから楽しめるから、無用の物とは言えない。故郷で美しい花を見た時、東京の勝さんの所で花の活け方を教わったっけ。この枝をあの頃の思い出に活けましょう、と思えますものね。

「だから役に立たないことはありますまい」

　夫人の言葉は、味わい深い。

　四月三日、お逸は生花の会に出るため、来なかった。彼女は書道、音楽、茶の湯など稽古事に通っている。四月五日、お逸は庭いじりをしている。来客が何をしているのか、と尋ねると、いたずらをしているのですよ、と答えている。勝夫人が満開の白桃を一枝、クララに下さる。昨日長男の小鹿《ころく》が向島《むこうじま》に花見に行ったという。なんで男が花見に行くの、と訊いたら、花見でなく人見に行ったのだ、と答えた。夫人がおかしそうに語った。翌々日、クララは母やアディ、梅太郎たちと向島に花見に出かける。小鹿にせかされたのである。向島には勝家の別荘があり、昼食はここでとった。四月八日、テニスをしに加賀屋敷に行く。帰ってから勝夫人に別荘の礼を述べに行った。気持ちよくもてなされる。正月の話が出た。日本人は正月に、死を連想させるシのつく言葉を口にするのを、忌み嫌う。地名の芝を説明するのにいかに苦労したか、夫人は面白おかしく語ってくれた。

クララの日記で、勝夫人の言動は、実に魅力的である。クララの母が階段から落ちて寝込む。四月十日のことである。お雇い外国人のベルツ博士に診察を乞う。蛭《ひる》に血を吸わせよ、と処方される。クララはふるえあがったが、母がそうしたいと願う。仕方なく買いに行かせる。五十匹必要と医師には言われたが、二十匹だけにした。当時は生きた蛭を薬局で売っていたらしい。だがクララにはこれを使う勇気がない。お逸が、父がよく使うから、母が方法を知っている、と言う。それでクララが夫人に懇願すると、快く承諾してくれた。夫人はクララの母を子どものように優しく労《いたわ》りつつ、蛭療法を施した。終わると、血のついた手をあげて、「何か血生ぐさいことが必要な時は、いつでも呼んでね」と冗談を言った。

母は結局、助からなかった。勝夫人は冷静にクララを励ました。

「神の思召《おぼしめし》なのですよ、ですからあなたは悲しみに負けてはいけません。あなたの涙でお母様を生き返らすことは出来ません。お母様はもう何の苦痛もなく、今は幸せです。さあ元気を出して、お兄様や妹さんのためにお生きなさい」

こうも言う。「悲しい時は私達のところへいらっしゃい、一緒に泣きましょう、そしてあなたが仕合せな時は一緒に笑いましょう」。

母を手本になさい、と慰め、「これから先の長い年月のことは考えず、今日という日以外には日がないと思ってただ毎日をお過しなさい」。

クララは美人である。彼女に想いを寄せる日本人が現れる。しかし、クララは好きになれない。恋文を送られて、一層いやになる。この人は、矢田部良吉で、のちに東大教授の植物学者になる。牧野富太郎をかわいがったが、牧野が独力で植物図鑑を作ると知って、研究室の資料使用を拒絶した。

大森貝塚発見で知られる考古学者モースの『日本その日その日』に、モースが矢田部に、エイプリル・フールの話をする場面がある。日本人はいたずら好きですよ、と矢田部が言い、例を挙げている。この日付が一八七八年五月一日で、クララの日記の一年前になる。してみると、わが国で四月馬鹿を広めた人は矢田部かも知れない。

矢田部は詩人でもあり、井上哲次郎と外山正一《とやままさかず》と共に、新体詩を創作、仲よし三人組で詩集を発行した。この詩集を外山が海舟に見せに行った。外山は旧幕臣で、海舟と親しい。得意げに披露したのだが、海舟がせせら笑った。何が新しいものか、この形式なら数十年も前に、おれが作っている、とオランダの詩の訳稿を見せた。これが日本近代詩史のトップに据えられている海舟の「思ひやつれし君」という口語詩である。

もしかすると矢田部から外山に、外山から海舟に四月馬鹿は伝えられたかも知れない。しかし、やはりクララからお逸に、お逸からたみに、たみから海舟の線が自然のように思える。クララは梅太郎の子を身ごもった時、お逸にまず打ちあけた。お逸は母に告げた。たみの報告を受けると、海舟は二人を結婚させるべくただちに動いた。四月馬鹿も、海舟がいかにも喜びそうな話題であるまいか。

自処超然　富田鉄之助

一橋大学の前身、商法講義所の初代所長として、明治八（一八七五）年八月に来日したウィリアム・ホイットニーの娘クララの日記（一又民子訳『クララの明治日記』上下巻、講談社、昭和五十一年刊）に、こんな記述がある。八月十九日の項である。

「富田《とみた》さん（富田鉄之助）の奥様（縫《ぬい》）と知り合いになった。上流階級の出で、本当に上品できれいな方だ」

あとの方で縫はクララに日本語を教え、本人はクララの母から英語を教えられている。実は縫はホイットニー一家と同居しているのである。前年に富田と結婚したのだが、一カ月ほどで夫はニューヨークに単身赴任してしまった。縫を伴わなかったのは、彼女が病弱であったかららしい。媒酌人は福沢諭吉で、珍しくも契約書を交わしての結婚である。縫は福沢家に居候していたが、やがてホイットニー家に移った。これは勝海舟の世話と思われる。

前項、クララ・ホイットニーを紹介する中で、海舟がホイットニー一家を親身に庇護した理由が不明、と記したが、実は富田鉄之助が介在していたのである。縫の身元を調べていて、判明した。縫は、『蘭学事始』を著した外科医の、杉田玄白の曾孫に当たる。聡明でお洒落な女性であった。

ある日、縫が今どき流行の金かんざしを挿している。ところが、それが今にもずり落ちそうなので、海舟夫人が注意した。すると縫が、落ちそうに無造作に押して、粋に見せるのが今のはやりなのですよ、と笑いながら答えた。新しい流行はじきにすたれるから、私は好きでない、と夫人が苦笑した。

縫の夫の鉄之助は、仙台藩の重臣（二千石）の四男坊である。西洋砲術習得のため藩命で、海舟の塾に入った。慶応三（一八六七）年、海舟の長男小鹿《ころく》が、軍事修業でアメリカ留学することになり、鉄之助は随行を命じられた。学費が仙台藩から年に一千両支給される。随行は富田の他に、やはり塾生の庄内藩士、高木三郎が選ばれた。

三人はアメリカ船コロラド号に乗船した。この船には、高橋和吉と鈴木六之助という、二人の仙台藩の者が同乗していた。二人は足軽の身分なので、下等船客である。

上等船客の富田は二人に同情し、それぞれに二十ドル金貨一枚を小遣いに与えた。

酒に目のない高橋は、船中これを飲み代に使ってしまった。そのうえ下戸の鈴木の金貨もせがんで、酒に代えた。サンフランシスコに着いて、事の次第を知った富田は憤激し、今すぐ日本に帰れ、と高橋に迫った。高橋がいくら詫びても聞き入れず、三日間、勘気がとけなかった、と高橋の自伝にある。飲んべえ和吉は、のち改名して是清《これきよ》という。

富田がアメリカで勉学して一年たつかたたぬ時、国では戊辰戦争が起こり、仙台藩が朝敵になったとの知らせが入った。驚いた富田と高木は、小鹿を横井小楠《よこいしようなん》の甥に託し、二人だけで急ぎ帰国した。海舟に挨拶に伺ったところ、師が激怒した。藩や幕府の運命より国の先ゆきだ、何のためにお前たちを海外にやったと思うか、国家百年の計を考えての派遣だ、ただちにアメリカに戻れ、と凄い剣幕である。富田と高木はいったん引き下がり、翌日、再び師を訪ねた。海舟の興奮は治まり、わが国の目下の事情を詳しく説明した上で、今後の方針を熱く語って、二人に再留学の意志があるなら、藩費は当てにならぬから自分が費用を持つ、熟考して返事せよ、と言った。翌日、両人は再渡米を決意、海舟に告げた。

かくて富田はニュージャージー州のニューアーク市商業学校に入学し、経済財政学を勉強した。この学校がホイットニー経営の学校だった。幕府は倒れたが、富田たち在米留学生は、明治政府から学費を支給されることになった。明治四年、森有礼が米国公使に赴任、富田をニューヨーク在留領事心得に登用した。二人は意気が合い、日本に商法講習所設立の計画が森から出された時、富田は初代所長にホイットニーを推挙し手配した。従って商法講習所は、森と富田が創設者といってよい。富田は結婚のため、明治七年にいったん帰国した。この際、正式に外務省からニューヨーク副領事の辞令をもらっている。明治十一年、英国公使館に勤務のため英国に行き、十四年に帰朝する。そして日本銀行設立委員を命ぜられ、初代日銀副総裁に就任した。

この間、新島襄の提唱に賛同し、仙台に英学校を創設した。宮城英学校、のちに私立東華学校と改称する。

二十一年、富田は時の松方正義大蔵大臣から、日本銀行第二代総裁を打診された。松方は薩摩人で、副総裁を同郷人にというのが条件だった。

富田はこの人事に納得いかず、勝海舟に相談した。海舟は松方に手紙を書いた。富田が自分の意見を聞くので、こう答えた、と記している。

「引《ひく》も出《い》ヅモ唯《ただ》々五十歩百歩之場合何《いず》れ一身之進退ハ自然ニ任《まかせ》候事也と存《ぞんじ》候　豈《あに》銀行而《の》已《み》然《しか》らむ哉《かな》と愚考　仕《つかまつり》　候也」。

松方は海舟が遠回しに自分を諌めた、と取ったらしい。松方と富田は公定歩合の問題などから、見解が対立し、ついに富田が辞任することになった。世間は薩長閥の横暴、と取った。何しろ富田は、「朝敵」仙台の人である。任期わずか一年半であった。海舟が人に語った言葉が残されている。「あの男も松方さんに人並に二万か三万やればいいものを、反物一反も進物にせんからのう。こうなるのも当り前サ」。

しかし、本人には、自分の失錯でなくば何の憂うるところあらん、世の浮沈はすべてかくの如しさ、と慰め、書を贈っている。

「自処《じしよ》超然　処人藹然《あいぜん》　無事澄然《ちようぜん》　有事斬然《ざんぜん》　得意淡然　失意泰然（自らを処置して超然たり　民間人の今はおだやかである　何事もない時は清らかで　事ある時はぬきんでている　得意の折はあっさりしたもの　失意の時も動じない）」

富田はこれを「六然訓」と名づけ、額にして書斎に飾った。書斎を「六然堂」と称した。

明治二十四年、富田は東京府知事に任ぜられた。松方内閣の時である。

府知事時代の功績は、三多摩地方を神奈川県から東京府に編入したことである。これは水源の確保に迫られたためだが、三多摩は自由党の勢力が強く、神奈川県政界が大変動するから、反対運動が起こった。富田は暴漢に襲われている。

本稿は吉野俊彦氏の労作『忘れられた元日銀総裁　富田鉄之助伝』（東洋経済新報社、

昭和四十九年刊）に負っている。本書によれば、富田の日記は、明治十五年六月から二十一年十月までが現存し、あとは太平洋戦争で焼失したらしい。

残された日記から、富田らしい記述を拾ってみる。明治十八年十一月、旧仙台藩主の息子が北京留学するとのことで、富田が出願手続きをするため、榎本武揚宅を訪ねた。ところが取次の者が、主人は朝寝中と言い、出直してくれ、とつっぱねる。

「主人ノ顕職ナルヲ以テ　取次ノ僕《しもべ》　自尊豪慢ヲ極ム　間々顕職中ノ僕等ニ見ル所ナリ」

これは雇人が悪いのではない。主人が日頃、尊大な態度をするから、それを学んでいるのである。

六日後、富田は再び訪問する。そして榎本に会い用件を述べたところ、「言ヲ左右に托シ　不受合《うけあわず》　是レ榎本ノ真面目《しんめんぼく》ニシテ　只時ト勢トニ乗シ　世ヲ渡ルニ功ナルノミ　軽薄才子　嗚呼《ああ》可惜《おしむべく》ハ　函館ニ死サルヲ人死地ヲ誤ルトハ　此人の謂《い》フカ」。

真面目は、ありのままの姿の意である。一方、まじめとも読む。こちらは富田の真骨頂である。

先の本には、富田の俳句が五句載っている。

「消えて行く陽炎《かげろう》は夜の朧《おぼろ》かな」

「仮橋はまだ調はずはつざくら」
「帆際から虹のたつなり春の海」
「朧夜や検非違使《けびいし》殿の一騎二騎」
「初花もただけふあすの噂かな」

富田は海舟に頼んでホイットニー一家の面倒を見てもらった。海舟のむすこ梅太郎が、クララ・ホイットニーと結婚に至ったのも、富田の義理がたさに発している。クララも日記の中で、富田夫婦の厚情に、しばしば謝意を述べている。

富田は大正五（一九一六）年、八十一歳で亡くなった。夫人の縫は、昭和十四（一九三九）年に九十二歳で亡くなっている。富田は師と仰いだ海舟の年譜を作成している。生き残った門人の中で、彼は最も古い弟子かも知れない。坂本龍馬とも親しく交際していたようである。

さて、富田とコロラド号で渡米した高橋和吉こと高橋是清だが、帰国後、いろいろあった末に、第七代日本銀行総裁になっている。

また、和吉に二十ドル金貨を酒代にされた鈴木六之助は、帰国して知雄と改名、第二高等学校（東北大学の前身）教授をしたのち、日本銀行に入り、出納局長になった。同じ船に乗った三人が期せずして日本銀行に関わったわけで、不思議な暗合といえる。

富田は友人の長女を自分の義妹とし、鈴木にめあわせた。仲人は高橋是清がつとめた。

　最後に、クララ・ホイットニーの日記の一節を紹介する。一八七八年六月四日の記述である。ホイットニーは商法講習所教師を突然解雇され、一家は動揺する。富田に訴えると、富田も驚く。クララは勝家に行き、夫人に話す。夫人は、何とかなるでしょうから心配しないで、と慰めた。万が一の事態になったら当家へ来なさい、自分の娘同様に私が面倒を見る、と言った。帰宅すると母がうろたえている。富田が来て、クララをアメリカに連れ帰り、結婚させてまた来日するように、と言ったと語る。日本人の男は勧めない、と富田が言ったそうだ。

「なんてばかげた話。私がまるで結婚したがっているかのように」「あきれた話だ」。

孝行息子　上木屋甚兵衛

なまけ者で、遊び歩いているような出来の悪いせがれを、「どら息子」という。親不孝者である。猫を「どら猫」というが、こちらは野良猫をさすようだ。同じ意味で、「どら犬」ともいうらしい。犬にも使うとは知らなかった。信濃の俳人・小林一茶の句集を読んでいたら「どら犬」の句にぶつかった。「どら犬や天窓《あたま》でこぢる雪囲《ゆきがこひ》」「どら犬が尻で明《あけ》るや雪莚《ゆきむしろ》」「どら犬をどなたぞといふ衾哉《ふすまかな》」。次々と出てくる。一茶の句には蛙や雀や猪、蟬や蜂や蚤《のみ》や鱈《たら》、鰒《ふぐ》など、動物や虫、鳥、魚がやたら登場する。犬も多いが、猫が一番多い。一茶は猫が好きだったのだろう。ざっと数えても三百句以上ある。いろんな猫を詠んでいる。「のら猫」「ばか猫」「汚れ猫」「大猫」「恋猫」「安《あ》房《ほう》猫」「どろぼ猫」「若猫」「のらの猫」……。

ふしぎに、「どら猫」が出てこない。私が見落としたのかも知れないが、見落とすくらい、目につかない。「のら猫」は結構あるのだが。「猫」に関するアンソロジーを編むため、このところ、猫にゆかりのある文人の本ばかり読んでいる。現代の作家のものでなく、明治以前の学者や俳人の著作である。この人は猫について書いていそうだ、と見当をつけて探している。一茶は、その中の一人である。猫の句を詠んでいるはず、とある程度確信はあったが、こんなにも数多く詠んでいるとは思わなかった。「寝て起て大欠《おおあくび》して猫の恋」なんて一茶らしいユーモラスな作が、三百余もあるのだ。句のみでなく、文集にも必ず猫の文が収められているに違いない。

そこで、俳文や日記、紀行、書簡などに当たってみた。すると、猫好きの友の話が見つかった。昼間はふところに入れてかわいがっている猫だが、夜は猫用の布団に寝かせると寝つかない。仕方なく藁《わら》で「つぐら」をこしらえて与えたら、気にいったとみえ入って心地よげに眠るようになった――とまことに他愛ない話だが、いわゆる「猫つぐら」の登場するのが珍しい。猫ファンには喜ばれるだろう。文化六（一八〇九）年頃の話なのである。一茶の友は中村桂国《なかむらけいこく》といい、信州柏原（現・長野県上水内《かみみのち》郡信濃町《しなのまち》）の本陣のせがれである。一茶より十一も年上だが、幼い時分より仲よしで、共に俳諧に親しみ、「一日あはざれば百日のおもひ」という大親友である。その桂国が文化十年、六十一歳で急死した。一茶は悲痛の思いで、追悼文をつづった。そしてその月、親友と全く関係のない短文を他に三篇書いた。

中の一篇は、こんな文章である。文化十年十月十三日の夜、善光寺町に一揆が起こった。町の貧しい者たちが武器を手にして、米屋を初め富裕な商家を襲った。町には火が放たれた。「かゝる事は稀有のことにして、中〳〵にあるまじく」、人々は恐ろしがった。「かゝる災の起りたるは、世のさまの悪《あ》しきければ、魔王のたぐひの、ことさら世をみだらんとて、かくは起りつらん。よく〳〵心すべき事になん」。この年は不作で、米価が急騰した。それで細民による一揆が発生したらしい。一茶は文の末尾に、こんな句を書きつけている。「とく暮れよことしのやうな悪どしは」。

以上は、前説である。

「猫」の文あさりをしている最中に、旧知の編集者から妙な仕事を頼まれた。妙な仕事と言うのも変だが、要するに、実在の流人《るにん》のモデル小説を依頼されたのである。もう一つ条件があって、舞台は飛驒と伊豆七島の内の新島《にいじま》、と指定された。というのも、実在の人物は飛驒地方で起こった、前後十八年に及ぶ百姓一揆「大原騒動」の重要な関係者で、遠島刑に処せられ、新島に配流、そこで生涯を終えたからである。

新島では子どもたちに読み書きを教えた。島民に慕われ、「ひいだんじい」の愛称で呼ばれた。飛驒の爺《じい》さん、という意味だが、本名を甚兵衛と称するので、ひいだんじん、が次第にじいになったのではないか。何しろ甚兵衛は新島に在ること二十三年、八十五歳で亡くなっている。まさに、爺、である。ひいだんじいは、現在も新島で知らぬ人なく、毎朝「流人墓」には花が供えられているという。この人気の永続には、ひいだんじいの息子の存在があるのだが、それはおいおい語るとして、私はひいだんじいはおろか、「大原騒動」なるものを知らなかった。

ただ、昔、本で読んだ覚えがある。江馬修《えまなかし》という作家がいる。飛驒高山の出身で、『山の民』という長篇を書いた。これは明治初年（一八六八）頃の飛驒の一揆を描いたものである。「梅村《うめむら》騒動」と呼ばれ、新しく高山県知事になった梅村某の圧政に民衆が反抗する実話を題材にしている。梅村某は水戸浪士で、そのため茨城出身の私が興味を持って読んだわけである。江馬には、『本郷村善九郎《ほんごうむらぜんくろう》』という小説もあり、こちらが「大原騒動」を扱っている。善九郎は実在の人物である。その話を編集者にすると、早速くだんの著を古書店で見つけて、送ってくれた。大原騒動を説明する中で、「町の旧家で、俳人として知られた上木屋《うわぎや》甚兵衛もまじっていた。彼はもう七十であったが、後に伊豆新島へ流罪にされた」の一節がある。甚兵衛の名が現れるのは、ここだけである。

安永二（一七七三）年、時の代官大原彦四郎が増税のため検地を行うと宣言したため、農民が立ち上がった。高山町（現・高山市）の造り酒屋主人・上木屋甚兵衛は農民の味方をし、反対運動に加わった。甚兵衛は農民の出身で（といっても豪農である）、三十歳の時、見込まれて上木屋に婿養子に入った人である。

甚兵衛らは徒党強訴《ごうそ》の罪に問われた。主謀者は磔《はりつけ》（四人）、獄門（十人・本郷村善九郎もその一人、彼はたったの十八歳である。江馬の著作によれば、こんな辞世を詠んでいる。「寒紅《かんべに》は無常の風にさそはれて　つぼみし花のけふぞ散りゆく」。寒紅は、寒紅梅《かんこうばい》のことだとある）、死罪（二人）、遠島（十四人）、その他、罰金刑までを含めると一万人にも及ぶ。甚兵衛は遠島刑である。当時の新島には一千八百人の島民が生活していた。戸数は三百六十戸ほどで、流人はおよそ百六十人ほどいた。

身元の確かな流人は、粗末な小屋をあてがわれて住み、国元から送られてくる見舞いの金や品物で暮らしを立てた。島民の畑仕事や船の洗浄を手伝って、食べ物を分けてもらった。甚兵衛は何しろ大店《おおだな》のあるじだから、毎年十両ほどの送金があり、島民よりも豊かに生活できたという。十両あれば五人家族が一年過ごせた、というから、裕福な流人だった。もっとも、実際には、この半分、もしくは三分の一の額しか手にできなかったはずである。言うまでもなく、役人や名主などに鼻薬を効かせなければならず、何だかだと理屈をつけられてかすめ取られただろうからである。

江馬は『本郷村善九郎』で甚兵衛を七十と記しているが、新島に送られた時の年齢は六十二歳である。当時はおじいさんだが、甚兵衛は根が丈夫な人だったのだろう、これという病気もせず、毎日を送っていた。

ところが七十七歳の春、中風で倒れた。この前年、飛騨で再び騒動が起こった。大原彦四郎の跡をついだ息子の亀五郎がまた重税を課し、民衆の反発を買ったのだ。これを天明の大原騒動という。亀五郎は秕政《ひせい》と不正を咎《とが》められ、八丈島へ流罪となった。江馬によれば、父の彦四郎は一揆ののち郡代に出世するが、夫人には自殺され本人も盲目となり、息子に職を譲ってまもなく、熱病で急死したという。大原親子の天罰を見届けて満足したかのように、甚兵衛は倒れたのである。

その知らせは、高山の上木屋に届いた。上木屋は甚兵衛の次男勘左衛門に通知する。勘左衛門は生まれてすぐ甚兵衛の実家に養子にやられた。父親の看病をするべく、新島に渡る決意をした。家督を十三歳の長男に譲り、飛騨郡代（大原亀五郎の後任）に願い出て、幕府に提出する添状《そえじょう》をもらい受けた。そして江戸に赴き、勘定奉行所に渡島願いを出した。四十二歳の時である。

流人看病のため家族が島に渡る、という例は勘左衛門が最初だったらしい。時の勘定奉行は久世丹後守広民で、老中をまじえて評定が開かれた。その結果、許可がおりた。流人の身分で渡島する条件つきである。ただし、願い出ればいつでも帰国可能との、嬉しい条件もついていた。

寛政三（一七九一）年四月九日、勘左衛門は形式的に揚り屋という特別の牢に収容され、翌日、十五人の罪人と流人船に乗せられた。十九日新島に到着、流人身分なので七日間、寺で島の仕きたりなどの講義を受け、二十五日に父と対面した。十八年ぶりの再会である。七年後、ひいだんじいは死んだ。勘左衛門は父の墓を建て、一周忌の法要をすませると、御用船で新島を離れた。流人の身分を解かれると、故郷に十年ぶりで帰り、改めて父の葬儀を営んだ。勘左衛門が世を去ったのは、天保三（一八三二）年十二月で、父親より一年早い八十四歳だった。

勘左衛門は孝行息子として名を残しただけではない。実は、小説家としても名高い。真刀徳次郎《しんとうとくじろう》という盗賊が主人公の、長篇小説『天明水滸伝』を書いている。この小説は昭和の初めに、坪内逍遥の選定・監修により出版された『近世実録全書』全二十巻の中の、第九巻に収められている。小説だけではない。『伊豆七島風土細覧』という郷土史も書いている。他に歌集や紀行文もある。著作者名は三島勘左衛門で、この姓は勘左衛門の実家の姓である。

以上、親子の事績は、編集者氏が送ってくれた岐阜県大野郡荘川村《しょうかわ》（現・高山市）

発行の『義民甚兵衛と孝子勘左衛門』による。この本は林格男《はやしただお》氏が村の要請を受けて小中学生のために書きおろしたもの（平成七年発行）。むずかしい話をわかりやすくまとめている。

説教自伝　妻木松吉

以前、「人に歴史あり」というタイトルのテレビ番組があった。歴史の無い人間が、いるだろうか。たとえ、たった一日の命であった赤ちゃんにも、一日のドラマがある。「自分史」なるものが流行するのも、むべなるかな。かつて、自伝といえば、偉人とあがめられる人の特権的書物であった。無名人は書いてはならぬ、という法は無い。大いに書くべし。筆者は有名人の自伝より、市井で誠実に生きている人の自分史の方が好きである。ひとつは、大言壮語が少ないからである。全く無いわけではないけれど、それでも有名人とあがめられる人よりはましだ。自慢したところで、大した自慢ではない。有名人は、もっと有名になりたくて、誇張して語る。有名病のなせる業《わざ》だが、人によっては滑稽きわまる。

梶井基次郎という三十一歳で夭折した作家がいる。リリシズムあふれる短篇を残したが、中に「闇の絵巻」という一編がある。最近、東京を騒がせた有名な泥棒が、闇夜を逃げる時、割箸ほどの棒を顔の前に突きだして走る、うんぬんと書き出されている（手元に原本が無いので記憶のまま記す）。この有名な泥棒とは、「説教強盗」のことである。

大正十五（一九二六）年から昭和四（一九二九）年にかけて、中野、杉並、池袋、練馬一帯に出没、家人をおどして現金や金目の品を奪うと、悠々と煙草を吸いながら説教をするという変わった強盗だった。

説教というのがこれまた変わっていて、防犯の心得を説くのである。犬を飼いなさい、泥棒よけには犬が一番。戸締りを忘れるな。電灯をつけたまま就寝してはいけない。明かりがついていると盗人が侵入しやすいから。などと「懇切ていねいに」具体例を挙げて語った。深夜に忍び入った強盗は、朝、人々が起きだして活動し始める頃まで居坐っていた。一番電車が動きだすと退散し、人ごみにまぎれた。犯行は巧妙で、一向に捕まらない。

金を奪われるより、何時間も説教を聞かされる方が恐い。礫川全次《こいしかわぜんじ》氏の『サンカと説教強盗』（批評社、一九九二年刊）によると、当時、朝日新聞社が犯人逮捕に一千円の懸賞金を出したという。一千円という額は、朝日記者の給与一年分に当たるそうだ。

また出版社の平凡社も、自首したら、犯人の家族に一千円贈ると広告を出した。家族に訴えたわけだ。

　しかし、家族からの働きかけも密告も無かった。警察の手で、昭和四年二月二十三日、自宅に居るところを逮捕された。米問屋に侵入する際に残した窓の指紋が、運の尽きだった。警視庁は喜びの余り、祝杯を上げたという。長引く捜査にいらだった東京市民に、突き上げられていたからだ。犯人は妻木《つまき》松吉《まつきち》という、二十七歳の左官職人だった。裁判で無期懲役刑を科せられ、昭和五年の暮れ、小菅《こすげ》刑務所に送られた。

　昭和二十二年十二月に仮釈放された。「説教強盗」の評判（?）は変わらず、彼は社会事業団の要請で各地で講演をして回った。例の「防犯心得」である。どの会場も満員の盛況だったというから、「説教」の内容より、恐いもの見たさの好奇心であろう。浅草のストリップ劇場の寸劇にも、ゲスト出演したという。黒布で頬かぶりし、着物の裾をはしょって鼠小僧のような恰好で、お邸《やしき》の植込みにひそむ姿を舞台で再現して見せると、やんやの喝采だったと伝えられている。

　この人気に乗じたのだろう。燕書房という出版社が、彼に自伝を書かせた。それが昭和二十三年六月に発行された。『深渕にあえぐ　説教強盗自伝』という。自分の生いたちや家族のこと、結婚生活、犯罪の動機、そして犯行の数々を語っているが、おそらく妻木の談話をライターがまとめたものだろう。真実を明かしているか？

そこは、眉に唾をつけて読む必要がある。何しろ、「説教強盗」である。口がうまいという特技がある。彼は被害者から金を奪ったのではなく、金を出させるように仕向けた、と言っている。つまりは、おどしたわけだが、おどしたとは言わない。こういう犯罪者特有のずるさを考慮して読まないと、いつの間にか相手の術中にはまることになる。

先の礫川氏の著書によれば、説教強盗の犯行件数は六十五件である（氏が『警視庁史』より数えた）。しかし、妻木は、「百四十件」と語っている。誇張している。説教強盗が世間にはやされると、ニセ者も現れた（ニセ者は妻木より先に逮捕されている）。妻木はこのニセ者の犯行も数に入れているようだ（それにしても百四十件は大仰である）。

それと、強姦についての陳述である。自伝に言う。「当時の新聞も社会の人たちも、私がはいった家の女を片つぱしからけがしたように云つていたが、何をいつわろう。強盗百四十軒のうち、女に手を出したのは、ある家に入つた時、そこの女中に近づいたのがたつた一度だけである。これは私の予審終決決定書でも明らかにいつてある事実である」。

予審終決決定書なる書類は、一般人が容易に見ることができないのだから、何とでも言えよう。説教強盗が当時話題に上ったのは、実はこの「片つぱしから」の興味が大きかった。

妻木がねらった相手は、すべて「お邸」と呼ばれるような金持ちの住居であった。念入りに下見をし、あるじが留守で女だけの夜に忍び込んだ。それだけに、市民はあらぬ想像をたくましくした嫌いがある。説教強盗を主人公にした春本が出回った。富豪の母娘を手込めにする物語である。

恐怖におびえる母と十六、七歳の娘を前に、強盗はあぐらをかく。金をあげたのだから帰ってくれ、と母が哀願する。警戒が厳重だから外は危ない、もう二、三時間お邪魔させてくれ、と言う。こんな文章が続く。

「私は、未だこれからが大切な仕事があるんだよ、と胸の中で少しお可笑《かし》く思ひ乍《なが》ら、口では叮嚀《ていねい》に言ひました。それは私達の商売の云はゞ余徳です。女達は止《や》むを得ない事情のない限りは、其の事実は決して他人に洩らすものでないといふ事を私はよく知つて居ります。それ許《ばか》りか万一捕まつても、女達は自分の秘密が洩れるのを恐れて、犯人に対する陳述も成る可《べ》く曖昧にして呉《く》れるし、時には嘘さへ言ふものです。それですからこの付随行為も私達が自分の悪事をかくす為めにも寧《むし》ろ必要なことなのです。私はポケットから愛用の煙草バットを取出し、黒い風呂敷で深く覆面して居ましたが、それでも猶《なお》少しでも顔を見せないやうに、主婦に顔をそむけてマッチを擦《す》りました」

描写といい、「余徳」「付随行為」などという言葉遣いといい、しろうとの文章でない。然るべきプロがつづったものではないかと思う。

この春本の文章にくらべると、妻木のそれは、ライターがまとめたものとしても一段落ちる。

お邸に侵入し、寝室を探し当てた。すると、母と娘がベッドに起きている。声を上げるような気配なので、静かにしろ、と言いながら、ついていた電灯を消した。令嬢が懐中電灯をつけて妻木に向けた。消せと命じても、消さない。消さないと殴るぞ、とおどかした。

以下、妻木の文章である。「この令嬢、どこ吹く風と、緋ぢりめんの長じゅばん一枚にしごきをしめ、寝台に腰をかけ、いぜんとして懐中電灯を私につきつけている。私はあまり癪《しやく》にさわつたので、お嬢さんの足をめがけて力まかせにけりつけた。ところが、お嬢さんの足をけらずに、寝台の足を力一杯けつてしまつた。おり悪しく、その時はしのびこむ際池の中に片足をおとしたので、足袋を片方ぬいでいた。そのために、けつた瞬間、寝台の足でなま爪をはがしてしまつた」。

妻木は剝がれた爪を見つけよう、とあせる。拇指《おやゆび》からは血が吹き出る。令嬢が布を破いて渡してくれた。妻木は布で拇指を縛る。そして改めて爪を探す。令嬢が何をしているのか、と訊く。爪だ、とぶっきら棒に答える。令嬢が自分の大きな懐中電灯をつけ、妻木と一緒に探し始めた。しばらくして、ここにある、と指さす。

「爪は寝台の足にピッタリと張りついていた。私はそれを引つたくるように取るなり、その他の何物も得ずに表に飛び出してしまつた」

この奇妙なリアルさ。ありえないような状況だが、それだけに作りものでは無い気がする。ここは事実だろう。そして、「何物も得ずに」退散した、という告白も信じてよいだろうと思う。生爪を剝がして性欲が増進するとも思われない。体のどこかが痛かったら、妄念は起きないはずだ。この件には後日談がある。

「私にはいられたため、お嬢さんは何か私にみだらなふるまいをされたと疑われ、例の結婚も破談となり、世間からも変な目で見られるようになつた。お嬢さんは何回か死を決したが、その度ごとに親や弟に見つけられて果たさなかつた」

結局、尼さんになってしまった。

妻木が捕まり、判決が言い渡される日の前日、線香の匂いのする手紙が届いた。妻木は線香と石炭酸のにおいが大嫌いだった。邸宅に忍び入っても、このどちらかのにおいがすると、さっさと引きさがるほどだった。手紙のぬしは尼になった令嬢であった。あなたの罪はあなたの一生でつぐなって下さい、そして仏の慈悲にすがって、静かに生きてほしいとつづられていた。妻木は心を打たれた。控訴を断念し、無期の判決に服した。

妻木松吉は昭和五十年に週刊誌上で、先だって亡くなった俳優・小沢昭一と対談している。小沢は説教節など放浪芸の関係から、説教強盗に興味を抱いたのである。

妻木は平成と年号が変わった年の一月二十九日、気管支肺炎で死去した。八十七歳である。晩年は生活保護を受けて、アパートで一人暮らしだった。身寄りは無かった。

ただ一筋にひたむきに

強きを敬う　佐藤次郎

二〇一二年の全豪オープン（テニス）で、二十二歳の錦織圭《にしこりけい》が準々決勝で敗れ、四強入りはかなわなかった（二〇一五年も二十五歳でベスト8）。準決勝に進んでいたなら、錦織は実に八十年ぶりに、ある人の記録に並ぶところだった。惜しくも逸してしまったけれど、思いがけなく、その忘れられていた日本人プレーヤーの名を明らかにした。

佐藤次郎である。

一九三二（昭和七）年の豪州選手権大会において、シングルスは準決勝で、混合ダブルスでは決勝で敗れている。同年のロンドン、グラスコート選手権大会では、シングルスは準決勝、ダブルス（パートナーは三木龍喜《みきたつよし》）は決勝でストレート負け、全英選手権大会（ウィンブルドン）では、シングルスは準決勝で敗れている。一九三三年の世界ランキングは、一位が豪州のクロフォード、二位が英国のペリー、そして三位が佐藤次郎であった。佐藤はクロフォードをデヴィス・カップ（デ杯）で、ペリーを全仏選手権大会で破っている。一九三二—三三年が佐藤の絶頂期であろう。この頃から健康がすぐれなくなった。しかし、彼の活躍によってわが国のテニス人気が沸騰し、休養を許されなかった。入場切符をさばくため、全日本選手権や、東西学生対抗試合などに出場しつづけた。ファンは佐藤次郎のプレーを見なければ、承知しなかった。

一九三四年四月、デ杯戦に出場するため渡欧の途次、佐藤は突然死んだ。二十六歳である。結婚を控えていた。自殺である。船からマラッカ海峡に身を投げた。何に追いつめられたのだろう。当時の新聞記事を読んでも、健康不安の他に、これという理由らしきものが書かれていない。

不世出の天才、とうたわれた佐藤次郎に、突如、一体何が起こったのだろうか。錦織の活躍と共に、にわかに名前が取り沙汰されたこの人の生涯を、改めて見てみたい。

佐藤を偲ぶ会が、出身大学の有志によって催された際、追悼集を出そうという話が出た。そして昭和十年九月に、早稲田大学体育会庭球部・稲門《とうもん》テニス倶楽部発行の『佐藤次郎』が出版された。写真グラビア十二ページ、本文七百八ページの、重厚な一冊である。編集の目くばりが、ゆき届いている。「生立《おいたち》」の章は、長姉・兄・妹、そして小学校の校長が思い出を記している。「中学より早稲田に」の章は、それぞれの学友たちが、そして「追憶」の章は、佐藤とゆかりの人々がつづっている。「球歴」の章は、福田雅之助（編者代表）が、七十ページにわたって各試合の戦績を詳細に説明している。「世界の悲み」の章は、各国選手のコメントや、庭球協会の追悼の辞、また新聞記事を、原文と訳文と両方収録している。

英国のゴールドン・ローは、「日本の生んだもつとも立派な大使の一人」と称え、「彼は多分にユーモアを解してゐた」と、次のようなエピソードを披露している。佐藤が一矢《いつし》を酬《むく》いたペリーが、ローに語ってくれた話である。ハリウッドのホテルで、佐藤をはじめ各国のプレーヤーが一緒に朝食をとっていた。佐藤はキノコのオムレツをとったが、何か考え事をしていたらしく、ソースでなく、ホットケーキにかけるメープルシロップをかけてしまった。一同がひやかした。佐藤はそれを余さず平らげたあと、もう一つ同じ物を注文した。「佐藤の死は警告を与へた」とローは言う。「五年間といふもの佐藤は殆《ほとん》ど休養しなかつたし、彼の手からラケットを離した事は稀であつた。彼は九ケ月の世界旅行から帰るや否や又再び出発しなければならなかつた」。

英国のモーニング・ポスト紙は、ペリーのコメントを伝えている。

「私が知つてゐる快活な一人であつた。そしてユーモアを多分に解してゐた」

外国のプレーヤーや新聞が、佐藤をどのように見ていたのか、評言を拾ってみる。
「彼程負け振りの好かつたプレヤーは未《いま》だ曾《かつ》てゐなかつた。彼は勝利の栄誉を担はふと敗北しようと同じ態度であつた」（プライス）
「佐藤次郎は日本人で外国の型を採用した最初の一人である」「佐藤がコートで嫌な顔をしたのを見た事はない。悲境に立つても笑ふか只かぶりを振るかに過ぎなかつた」（前述のローの評）
「プレヤーとしての驚異的技能から離れても、彼のコートマナーは顕著なものだつた。少しもうるささうな風を見せなかつたし、判定に苦情を言つた事など更になかつた」（アドリアンキスト）
「数ポイント、数ゲームを慎重にプレーした後彼は突然荒々しくボールをひつぱたく事がある。そしてニヤリとする。こんなショットは概《おおむ》ね失敗である。観衆からいつでも生真面目だと思はれるのが癪《しゃく》だから、時々こんな風な事をせざるを得ない衝動にかられると説明してくれた」（ファーカーソン）
　佐藤次郎の一面が、ちらり、と覗けたような気がする。
　佐藤は明治四十一（一九〇八）年、群馬県長尾村（現・渋川市）に生まれた。名前の通り次男坊である（兄は太郎という）。小学生の頃から兄とテニスをしていた。生家は豪農である。祖父も父も剣道家で、次郎もその筋を受け継いでいた。渋川中学で剣道部に誘われたが、一番好きなテニスを選んだ。剣のたしなみがあった、ということは、次郎の生き方を解く一つの鍵であるような気がする。大石内蔵助《おおいしくらのすけ》や高山彦九郎を尊敬し、両者の伝記を熱心に読んでいたという。有名になって、人から色紙を頼まれると、こんな文句を書いた。「弱きを助け強きを敬ふ」。

この辺にも佐藤の本質が見え隠れしているような気がする。上州は任俠の土地である。国定忠治の物語など、幼い頃から、おなじみであったろう。

昭和四年、早稲田大学政治経済学部に入学した。テニスはその前年の軽井沢トーナメントで、初めて優勝し、注目された。続いて同年の全日本選手権大会で、シングルスは決勝戦に、ダブルスは準決勝まで勝ち進んだ。学生庭球界の大関と称される。日本ランキングは、シングルス・ダブルス共に第五位に躍り出た。

翌年は宝塚トーナメントのシングルスで優勝、神宮大会では単複優勝し、ランキングは単複ともに第三位になった。翌五年は全日本選手権を獲得、テニス界の第一人者となった。ランキングはシングルスが一位、ダブルスが二位である。

昭和六年、佐藤はデ杯選手に推薦され、海外に遠征し、デ杯の地、フランス大会、またウィンブルドンに優秀な成績を残した。イギリス各地をまわって、十一連続のトーナメント優勝の記録を作った。世界ランキングに名を出し、第九位であった。

昭和七、八、九年とデ杯選手の推薦を受ける。

佐藤は無口で、笑顔の少ない男であったが、英国人のローが指摘するように、なかなかのユーモリストだったようである。仲間たちが言葉遊びに興じていた。「近くにあって豆腐屋とはこれいかに」「遠くにあってソバ屋と言うが如し」という遊びである。佐藤がボソリ、と口を挟んだ。

「あのよく見える大通りにあるのに、明治製菓とはこれいかに」

明治製菓を、ミエジセイカ、と発音した。一同、爆笑した。

昭和七年、デ杯戦より帰国して、ラジオで試合や外国の様子を語った。その草稿が追悼集に収められている。

ラジオでしゃべるのは苦手であると告白し、次に苦手なのはダンスと語る。「生れつき恥かしがりに育ち、第二の天性習慣でその上に耻《はず》かしがりにさせられた私にはあれ程身を切る様な思出は有りませんでした」。

外国ではダンスを申し込まれて踊らないのは、礼儀を欠くことになる。そこで決心した。「上州長尾村の百姓次郎吉も席をけつて女の手を取りました」。その結果、シャツはぬれたハンカチのようになる。それより気の毒であったのは、「相手の銀張りの白靴が金張りの赤靴の様になつてゐた事で有りました。それから彼女は二度と私に踊らうと云ふ表情をしませんでした」。やたらにパートナーの足を踏みつけてしまったのである。

佐藤は同じテニス選手の岡田早苗と婚約した。岡田に宛てた遺書に、「一寸《ちよつと》したことが原因で私の頭の中に一つの集中を妨げる思ひが生じてしまつた」、そのため死ぬ、とある。「一寸したこと」が、何であるか。当の岡田が追悼集に、「純情の人」という題で書いている。

「彼が一時は非常に悩んだ学校、就職、それに婚約も（デ杯遠征に）出発の頃には皆良い解決がついて居たのに亡くなつてしまつては何も彼も水泡に帰してしまひました」

学校や就職問題は面倒なことがからんでいて、一歩間違えば自殺もやりかねぬ彼のようだった、とある。しかし岡田は自殺の理由は、外国選手と戦ううちに、いつしか、「武士道精神に引きずり込まれた」ことにあると見ている。出発前に、自分はテニスの球を砲丸と思ってラケットを振って戦う、そうでないと北満で戦う日本兵に申しわけがつかない、と岡田に語った。日本が非常時なのに、テニスをしに外国に行くのはやましい、と言った。平生ぐちをもらさぬ彼が、毎日、行きたくないと繰り返した。

「マラッカの水煙と消えたあの最期も彼の運命でせう」。

英国のテインリンは言う。「彼は自分の弱点だと云つたが、二つの大理想即ち国家と家庭に同時に尽す事が出来なくなつて、悩まされ、そして遂には一方に不忠実になるよりはと一身を犠牲にして了《しま》つた」。

同じくマーシユの言う。「彼程一生懸命に試合に勝たうとした者は誰も無かつたと思ふ。が然《しか》し、それは彼自身の為ではなくて彼が愛する祖国日本のためであつたのだ」。

短距離人生　鈴木聞多

二〇二〇年に東京でのオリンピック開催が決定した。某誌から早速アンケートが来た。

「東京オリンピックは楽しみなりや。イエスまたはノウ」「イエスの方へ。どんな競技が楽しみなりや」「ノウの方へ。東京オリンピック開催に際し気になっていること。また反対へのご意見あらば承りたし」「オリンピックの思い出はありますか?」

第一問に筆者は、ノウ、と答えた。理由は、生きていないと思う。かりに生きていたとしても、楽しむような余裕があり健康であるかどうか。そして、こう書いた。

「そうです、原発の問題です。福島だけでなく他の原発も安全でないような気がします。二〇二〇年は〝死のオリンピック〟年じゃないでしょうか」。

オリンピックの思い出は、次のように記した。「一九六四年東京五輪大会に反対し、開会式当日、友人と『七輪大会』をやろうと企画した思い出があります。七輪でサンマを焼いて一杯飲んで気勢を上げるという、実にばかげた催しでした。七輪を買って集まったのは小生と主唱者の二人のみ。七輪を駅に預け、三越名人会に行ったのを覚えています。古今亭志ん生が『富久《とみきゅう》』を語りました。今日ここに来た皆さんは、よほど世の動きについていけない人のようですね、と枕を振った」。

これは事実である。東京オリンピック開会式は十月十日の土曜日だった。三越名人会は、東京日本橋の三越デパートの小ホールで行われていた。当日のプログラムは、次の通り。

立川談志「三方一両損」。春風亭柳橋「笠碁《かさご》」。三遊亭円生「阿武の松」。柳家小さん「時そば」。桂文楽「つるつる」。林家正蔵「山崎屋」。そしてトリが志ん生である。すこぶる豪華な顔ぶれである。

筆者はこの年二十歳、当時の日記に、先の枕が記されている。よほど感激したのだろう。ただし、志ん生とは書いていない。アンケートでは話の成行でそう記したが、おそらく談志でなかったかと思う。談志の言いそうなセリフである。それはともかく先のアンケートでは、筆者と同年の評論家の川本三郎氏も、「生きていまい」と答えている。二〇二〇年にはお互いに七十六歳になっている。

オリンピックに関心が無いわけではない。日本人選手の活躍は嬉しい。日の丸が揚がり、君が代が奏せられると、涙が出る。

一方で、期待されながら記録を出せなかった多くの選手たちの心中を思う。彼らはその後、どう生きたのだろうか。栄光に輝かなかった人たちの後半生は、報道されない。伝記もない。自伝もない。記録上では、無名のアスリートという扱いである。

そういう一人に、鈴木聞多がいる。この人には、『聞多の記録』という本が出ている。

昭和十五(一九四〇)年十二月三十日に、埼玉県比企《ひき》郡三保谷《みおのや》村宮前(現川島町)の、「鈴木聞多の記録発行所」から出版された。聞多は、昭和十一年の第十一回ベルリン・オリンピックに、陸上選手として出場した。書名は彼のその時を含む運動記録という意味でなく(むろん、それも入れてだが)、聞多という男の二十七年の生涯、という意味である。

そう、この本は追悼集なのである。本書の発行所は彼の生まれ在所で、発行者は彼の兄である。聞多はオリンピックに出場して三年後に、亡くなってしまう。

戦死、である。昭和十四年七月十日、中国河南《かなん》省沁陽《しんよう》県常平村北方高地の戦闘により死去した。同日付をもって正八位に叙せられ、歩兵少尉に任ぜられた。何という短い生涯であるか。聞多は百メートル短距離走の選手だが、二十七年間を一気に走り抜いたという人生である。

大正二（一九一三）年四月一日に生まれた。大正十五年、埼玉県立川越中学に入学、ここから彼の競技人生が始まる。昭和四年九月、水戸高グランドで行われた第六回近県中学陸上競技大会で決勝一位、タイムは十一秒七。川越中の新記録となった。

翌年の全国中学陸上選手権大会で、十一秒一で優勝、「嘱望《しょくぼう》される韋駄天《いだてん》振り」と新聞でほめられた。「一躍スプリンターの名をかち得た同選手は、今後のトレーニングによつては吉岡選手に代つて日本の短距離界を代表するだらうと言はれるに至つた」。吉岡は、「暁の超特急」と称された隆《たか》徳《よし》選手である。

昭和六年四月、慶應義塾大学予科に入学、十九歳。

昭和八年五月、全日本学生陸上選手権大会で、先の吉岡が二百メートルで二十一秒二の日本新記録を出した。聞多は二十一秒六で四位。

翌年、慶應大学法学部政治学科に入学。二十二歳。九月に早慶対抗陸上で百メートル十秒六の大会新記録優勝。昭和十一年五月のオリンピック最終予選では、吉岡が十秒六で優勝、聞多は十秒八で二位だった。共に選ばれてベルリン大会に出場した（他に佐々木吉蔵）。

三人とも第一次予選を突破したが、二次予選でまず吉岡が落選、続いて佐々木も落ちた。

残るは聞多のみ。第四組に出場、第二コースについた。ドイツのボルヒマイヤーが十秒五で一着、二着がイギリスのスウィニー、タイムは十秒六。カナダのマクフェーと聞多が同タイムで飛び込んだ。しかし、スウィニーが胸一つの差で二着と判定され、聞多たちは同着とされた。

そこで、このベルリン大会で初めて採用された「映画計時機の撮影したフィルムの時速度現像の結果」、惜しくも聞多は四着とされ、決勝には進めなかった。

映画計時機は、現在のビデオの先駆だが、これが勝負の判定に使われていたとは、本書で初めて知った。聞多はわが国初のフィルム判定選手である。

聞多はこの大会で四百メートル継走《リレー》にも出場した（吉岡、聞多、それに矢沢正雄、谷口睦生の四人）。

第一走者が吉岡である。吉岡は二番手で、第二走者の聞多にバトンを渡した。ところが聞多が受け取りに失敗、タッチゾーンを踏み越したため日本チームは失格を宣告された。

聞多の陸上競技生活は、これで終わった。

同年、大学を卒業、日立製作所に入社。総務部業務課に勤務する。それもたった八カ月、翌年正月が明けると、〇〇部隊に入隊する。〇〇は伏字である。

そして二月には園部部隊、他の部隊に属して満洲に渡る。八月、幹部候補生として日本に帰り、九月、仙台予備陸軍士官学校に入校した。

半年後に卒業、すぐさま先の〇〇部隊に帰り、見習士官を命じられた。四月、部隊をひきいて中国に向かう。

鈴木聞多は、どんな人だったのだろう?

ベルリン大会で三段跳びで金メダルを得た田島直人が、いつも君は明るく鋭い機知で我々を笑わせた、と追想している。

田島は走り幅跳び専門の選手だが、ベルリンで三段跳びの三番手の出場選手に選ばれた。日本で留守を預っていた織田幹雄の推薦だった。前回の大会に幅跳びで出場した経験を買われたのである。会場の雰囲気に呑まれないだろう、と読んだ。織田の予想通りの結果を得た。

ベルリンの帰途、船中で田島は聞多を麻雀に誘った。「下手で横紙破りの君の麻雀は修平さん（西田）やチヤラ（原田正夫）のよきカモであった」。横紙破りとは、定法《じょうほう》を無視して、やみくもに行うことである。西田は、棒高跳びで二位になった。三位が大江季雄《おおえすえお》だが、日本人二人が決着がつかなかったため、先輩の西田を二位とした。二人は帰国後、銀と銅メダルを半分に割り互いにつなぎ合わせて所持した。両者が二位であり三位であるというわけだ。大江は四年後、太平洋戦争で戦死した。原田正夫は三段跳びで銀メダルを獲得した選手である。

日立製作所の総務部業務課で、聞多と一緒に働いていた仲間が、こんな思い出を語っている。

戦勝記念の提灯《ちょうちん》行列を全社員で行った時、聞多が記録係だった。社員の誰々がどうしたかなど、当日の行動を細かく記録する。

聞多は自分が見ていなかったことは、人に訊いて確かめていた。自分はこういう事をした、ああいうことをした、と吹聴する者がいる。その人の行動は、聞多の記録には無い。

どうしてか、と尋ねたら、即座にこう答えた。「あれは自分で宣伝して居るから皆が知つて居る筈だ、だから特に書く必要はない。黙つてやつて居るやうな人のことを書きたい」。

同期の者が同じような仕事をする。競争になる。出世争いだ。これについて聞多は、こう答えた。

「おれたちは百米を走るのに、スタートは皆一緒。一所懸命に走るが、一着になるのは一人だけである。突きのけて走るとか、卑怯な真似をして勝つのはいけないけれど、一所懸命に走つて一等になつたら仕方がない。正々堂々と競つて勝つのは当然のことだし、よいじやないか。ただし、勝つてからあとのことが大事で、我々は一緒にくつわを並べて走りだしたのだから、自分の到達したところまでは、ひつぱりあげてやらなくてはいけない」

昭和十四年四月二十六日。中国の某町に至る。半日の休暇を得て、仲間の見習士官らと町のバーに入る。一人の女が聞多をトランプで占った。こう判断された。

「我に未来なし現在のみ」

七月二十一日の朝日新聞記事。

「此の戦闘に於て元慶應大学オリンピック選手鈴木聞多見習士官は決死隊に加はり、戦車擁護の下に山上トーチカに突入したのを最初に決死突撃隊の先頭に立ち奮闘、刀が折れるまで激闘し全身数ヶ所に重傷を負ひ折れた刀を杖に遂に壮烈な戦死を遂げたものである」

聞多はモンタ、ブンタどちらが正しいのか不明、知友たちは双方で呼んでいる。どちらか一方が愛称のようである。

指の人　浪越徳治郎

「指圧のこころ母ごころ、おせば生命《いのち》の泉わく」のキャッチフレーズで、一世を風靡した指圧師の浪越徳治郎《なみこしとくじろう》は、ハリウッド女優のマリリン・モンローにひいきにされた人として有名である。何しろ、素裸のモンローの肌に指で触れた。しかも一時間半以上も肩から背中、そして腹部から乳房、腰、太股、足の指まで押さえ、こね、ほぐした。

モンローは日本に新婚旅行で立ち寄り、過労から胃ケイレンを起こしたのである。医者嫌いで注射恐怖症のため、浪越が呼ばれた。十分ほど左の肩甲骨の下を指で押さえると（胃ケイレンを治すツボである）、激痛が薄らいだ。やがてモンローは安らかな寝息を立て始めたという。

浪越はヘビー級ボクサーのモハメド・アリも指圧している。内外の著名人を顧客にし、自伝『おやゆび一代』（実業之日本社、昭和五十年。平成十三年、日本図書センターより復刊）には、華麗な交遊群像が描かれている。有名人好きとか自慢ではなく、指圧師という仕事が、人から人への紹介で成り立っていることを表わしている。

同時に、裏返すと、著名人を列挙せざるを得ないほど、注目されていない職業であったといえる。現在と違い、昔は、偏見を以て見られていたようだ。因習を打破し、技術を向上させ、国内だけでなく世界中に広めたのが浪越徳治郎の功績なのだが、容易なことでなかったろう、とは次のエピソードでわかる。

モンローとの一件でいちやく時の人となった浪越は、弁舌も巧みであったから、国政選挙の応援演説を頼まれる。愛知県下の立候補者を応援するため、東京駅に行く。浪越は国務大臣の某（自伝では実名）と組んで、県内を回る予定だった。駅に立候補者夫人がいて、切符を渡してくれた。大臣は一等車に乗車したという。浪越の切符は二等車である。

駅に着いた。大臣は駅長室に入る。浪越は大臣に名刺を出し、「私も応援演説に来た者です。どうぞよろしくお願いします」と挨拶した。すると大臣が黙って名刺を突き返した。

偉い人は違う。名刺一枚でも粗末にするな。お前の名前は分かっているから大切にせよ。こういう意味かと浪越は善意に取った。何のこだわりもなく、返された名刺を収めた。

駅前にはたくさんの聴衆が集まっていた。選挙事務所の者が、大臣、まず一声を、とうながした。「なにっ！　俺を街頭にさらす気かッ！」一声ならぬ一喝である。事務所の者が恐れ入り、ひっこみがつかなくなった。

浪越がとっさにマイクの前に立った。「大臣はお疲れのためお休み中ですので、私が代わりに」と話し始めると、「わしは病気じゃない」とマイクを取り上げた。そのまま二十分ほど演説をした。

夕方、指定の旅館に入った。早速食事の運びとなり、床の間に大臣と浪越が坐らされた。食膳を持ってきた女性に、大臣が、「この人知らんでのー」と浪越を指さした。「知らん人と一緒に飯食うのは好かんでのー」と言った。一日、車に乗って演説をした仲である。さすがに浪越も、カッときた。しかし、ここでわめくのも大人げない。虫を殺して、「私も食事は一人でやるのが好きですから、では失礼します」と立ち上がった。別室でビールを飲んだ。

翌日、公会堂で政談演説会が開かれた。浪越の応援演説が残り時間五分になった時、立候補者と例の某が会場入りした。壇上の椅子に着き、司会者が浪越の前にメモを持とたん、昨日からの某の仕打ちにムラムラときた。

「皆さん、選挙の応援演説というものは、世間に名の知れた者が来るのが常識であります。私は無名の指圧師にすぎません。けれども皆さん、有名人が必ずしも有能とは限りませんし、無名人これまた無能とは断じられません。男の値打ちは得意の時にいばらないこと」うんぬん、と語りだし、某の言行を逐一、述べた。むろん、名は出さない。日時も、とっさに昨年に変えた。しかし聴衆は、馬鹿でない。「それから、どうした」と大声援である。浪越はとうとう二十分ほど弁じた。

さすがに見かねた立候補者が立ってきて、「その辺でいいだろう」と浪越の肩を叩いた。「もう時間でしたか。失礼しました」と降壇した。次は某大臣である。「ただ今のおかたは大変お話の上手なかたです。私は話し下手ですから、何も申すことはございません。××候補をよろしくお願いします」これだけ言って引っ込んでしまった。

宿へ帰ると、番頭を始め従業員たちが喝采した。うわさが広まっていたのである。近くの蕎麦屋に入ると、居合わせた客たちが握手を求めてきた。浪越は皆に一杯奢《おご》って痛飲した。おいしい酒だった。

徳治郎は明治三十八（一九〇五）年、香川県に生まれた。五歳の時に家業が破産し、一家で北海道の留寿都《るすつ》村に開拓農民として移住した。母が関節リウマチで苦しんだ。医者もいないし、薬もない。家族が交代で痛む手足をさすったり押さえたりする。徳治郎の手が一番気持ちよい、と母がほめた。いろいろ続けるうちに、治すツボを発見した。本当に母は全快した。病気は押せば治るもの、と確信した。村人たちに施しているうちに、この仕事で身を立てようと決心した。十二歳の時である。

マッサージ免許が必要とわかって、十七歳、修業のため単身上京し、按摩名人の元に入門した。四年間、懸命に努め、試験に合格し資格を取得した。室蘭で治療所を開業する。

患者の第一号が、料亭の女将《おかみ》。女将に付き添ってくる娘の千枝《ちえ》に恋をした。将来を誓いあう。はりきって札幌に進出、新しい治療院を構えたところで、二十円の結納金を携えて、料亭の女将に会いに行った。

ところが、「そんな気だったら、なぜ、そうと言ってくれなかったのか」、ひと足遅い、娘は結婚が決まってしまった、と無情の返事。娘と会わせてくれ、と頼んだが、親戚に出かけて留守と。泣く泣く札幌に戻った。

失恋が発奮の起爆剤となる。東京小石川の伝通院《でんづういん》そばに、「日本指圧学院」を創立した。わが国最初の指圧の専門学校である。昭和十五（一九四〇）年に開校し、三年後には卒業生が一千人を突破した。

浪越は校歌を欲した。三石勝五郎《みついしかつごろう》という早稲田大学卒の易者に、作詞を依頼した。三石は三節の前半まで書き上げ、その次の詞に悩んでいた。浪越の口をついて出たのが、冒頭のフレーズである。指圧に対する彼の信念であり、心情であった。

やがて指圧は「ＳＨＩＡＴＳＵ」の名称で、世界に広まっていく。「フィンガー・プッシュ」の方が外国人にはわかり易いのではないか、と勧められたが、浪越は頑固に指圧にこだわり、押し通した。柔道同様、指圧で世界中どこでも通用する。「指圧は肌と肌が触れあうもの。だから、それによって争いがなくなる。指圧によって世界平和を目指す。指圧は平和使節なのだ」（浪越和民《かずたみ》著『父のうしろ姿』あんず堂、平成二十年刊）

浪越の理想であり、持論だった。

昭和五十四年に第一回指圧国際大会が開かれ、世界十カ国から参加があった。キャッチフレーズは、「指圧は地球を支える」である。

『路傍の石』『真実一路』の作家、山本有三を治療した。「先生のお仕事は、のちのちまで残るからいいですね。私の仕事は精魂こめて努めても、何も残らない」と言ったら、「残るから恥ずかしいんですよ」と答え、名優をうたわれた六代目の尾上菊五郎が、芝居は残らないからこそ観客の心に焼きつけることができる、と言った、芸術の尊さはそこにある、浪越さんのひとおし、ひとおしは芸術です、と語った。

昭和四十三年以降、浪越はテレビで持てはやされるようになる。「指圧教室」が人気になった。

小川宏ショーの、「初恋談義」に出演した。浪越は料亭の娘の話をした。司会の小川が、ゆっくりと言った。「その千枝さんに、このスタジオにお越しいただいております」。

カーテンが開かれると、そこに四十一年前の初恋の人が立っていた。

浪越はハッとした。思わず駆け寄って、「失礼」と相手の手を取った。

「間違いありません。花見の帰り道にさわった手は、確かにこの手です」

スタジオが、爆笑した。浪越は天性の、タレントでもあった。

再会がきっかけで、二人は結婚する。お互いに再婚同士だった。テレビ結納が行われた。浪越は結納金を渡した。金額は二十円である。浪越の、テレビ向けシナリオだった。結婚式も、放映された。

のちに浪越は、好きあっていた二人が結ばれなかった真相を、テレビのトーク番組でこう語っている。問いかけたのは、タレントの黒柳徹子である。

「まあ、お母さんのほうに意中のひとがあったようでしたね」

黒柳「当時、指圧というものの評価は？」

「まだ按摩に毛の生えたようなものに思われていてね。指圧というものがまだ馴染んでいなかったから、ぼくに対する評価もあったんですね」

黒柳「二度と会わないと決めたときは悲しかった？」

「悲しかった。断腸の思いでした」


（『父のうしろ姿』より）


指圧の地位を高めるべく努力した浪越の原点は、ここにあったわけだ。

千枝は浪越との一件後、結婚し男児を儲《もう》けたが、九カ月後に夫を病気で失い、以来、女手ひとつで息子を育て、大学で学ばせた。息子は役場に勤め、千枝は息子一家と暮していた。

浪越の再婚生活は十一年続き、千枝が先立った。

徳治郎は平成十二（二〇〇〇）年に、九十四歳十カ月で亡くなった。

楠公像　高村光雲

『人生劇場』の作家・尾崎士郎は、臨終の席に集まった知友たちに、大好きな唱歌「青葉茂れる桜井の」を歌ってもらいながら息を引き取った。正式には「桜井の訣別《わかれ》」という。楠木正成が討死を覚悟で足利尊氏の軍勢に向かう前、桜井の駅（現在の大阪府三島郡島本町桜井）で我が子の正行《まさつら》を無理に故郷に帰らせる、という場面である。正行はこの時、お前は父の志を継ぎ天皇を助け、また母に孝行せよ、と諭《さと》され、泣く泣く父と別れる。南北朝時代（十四世紀）の物語である。落合直文の美文調の詞と、もの哀しいメロディは、多くの人に好まれた。現代も歌われているらしく、いつぞや地方紙の投書欄に、カラオケ店でリクエストしたら、伴奏のバックに流れる映像が、股旅のそれだったので驚いた、とあって、大笑いした。製作者が若い人だったのだろう。「桜井の訣別」と聞いて、楠木父子とわかるかたは、歴史・国文好きでない限り、

多くはないだろう。

だから、皇居前広場に建つ楠公《なんこう》（楠木正成）銅像には無関心だろうし、銅像をこしらえたのは何者であるか、興味を持たなくて当然だろう。

この楠公像は、靖国神社の大村益次郎銅像（東京で最も古い銅像）、上野公園の西郷隆盛銅像と共に、東京三銅像と称される。西郷像と楠公像の作者は、高村光雲である。詩人の高村光太郎の父という方が、いっそ通じるかも知れない。光太郎も古い人だが、光雲はもはや歴史上の人物である。何しろ、百七歳まで生きた彫刻家の平櫛田中《ひらくしでんちゅう》の師匠である。

楠公銅像の台座には、説明板がはめ込まれていて、明治三十（一八九七）年一月に住友吉左衛門が、住友家所有の別子《べっし》銅山二百年祭を記念し、銅山の銅を用いて鋳造された本像を献納した旨が記されている。それから二十数年しか経たないのに、銅像の作者が世間にあいまいに伝わっていたらしい。そのため光雲が後世の誤伝を恐れ、大正十一（一九二二）年に口述による記録を残した。昭和四（一九二九）年に萬里閣書房から発行された、七百二十二頁の大冊、『光雲懐古談』である。筆記したのは、幸田露伴の弟子の田村松魚《たむらしょうぎょ》だった（ただし、著者名は高村光雲で松魚の名は無い）。光雲自伝であり、制作秘話である。この本によって、光雲の略歴と人となりを見てみる。まず、楠公銅像のてんまつである。

明治二十三年四月に、大阪の住友家から、東京美術学校（東京藝術大学の前身）に依頼があった。この学校は明治二十年に設立された官立の美術教育専門校だが、光雲は二十二年から幹事の岡倉天心に望まれて木彫科の教師を務めている。自分は学問をしていない、教師の器ではない、と断ったのだが、生徒に理論で教える必要はない、仕事場を学校に移し、そこで普段通りに仕事をしてくれればよい、その姿を生徒に見せてほしい、それが授業であり生きた教育というものだ、と天心に説得された。では今かかっている注文品を片づけてからお世話になりましょう、と答えると、あなたは私の話を理解していない、明日から仕事場を学校にし、依頼の制作をこなせばよい、注文を遠慮せず受けてよろしい、教科書も無い学校にとって、それが一番好都合なのです、と言う。

天心の条件はただ一つ、これを着ておいで下さい、学校の制服です、と差し出されたのは、「闕腋《けつてき》」という、平安時代の武人が着けるような衣服である。光雲は閉口した。最初のうちは、どうしても着られず往生した。

学校長は浜尾新《はまおあらた》、教頭がフェノロサ、日本画と木彫の二つの科のみ、普通科が二年で、両方を学ぶ。修了すると、絵か彫刻かどちらかを選び専修科に進む。合わせて五年で卒業である。普通科の教師には、横山大観、下村観山、大村西崖《おおむらせいがい》らがおり、専修科の絵画に、橋本雅邦、川端玉章《ぎょくしょう》ら、木彫が竹内久一《ひさかず》に光雲である。光雲は学校雇《やとい》で月俸三十五円、二カ月後に教授の辞令が出て、年俸五百円を支給された。翌年、帝室技芸員に選ばれた。美術工芸家にとっては最高の栄誉である。

美術学校に楠公銅像の依頼があったのは、光雲が教授になって一年たった明治二十三年四月である。制作主任を命じられた。像は楠公馬上の図と決まり、一般人から図案を募集した。当選したのは、美術学校第一期優等卒業生の岡倉秋水《しゅうすい》であった。

この図を基に、楠木正成が後醍醐《ごだいご》天皇を兵庫で迎える所、すなわち勢いづいた馬の足掻《あが》きを止めつつ、天皇に拝せんとやや頭を下げた瞬間を銅像に造ることに決まった。

それからが大変で、時代考証、人物調査が専門家の手によって綿密に行われた。たとえば服装や甲冑《かっちゅう》は歴史画家の川崎千虎《ちとら》が、太刀は彫金家の加納夏雄ら、馬は馬術家の誰々という具合に、一つ一つ詳細正確に調べる。正成が乗っていた馬が、木曾駒か奥州駒か、あるいは九州産のものか、確定できない。兜にしても正成所有の真物かどうか不明である。大体、正成がどのくらい背丈があったのか、丸顔なのか、太っていたのかやせていたのか、一切わからぬ。記録が無い。智略に勝れていたというから、そういう相貌にし、また勘が鋭い人はやせぎすが多いというので、そのように決めた。

馬は光雲が木彫の手ほどきをした後藤貞行に頼んだ。馬の後藤と呼ばれるほど、馬に詳しく巧みである。天心に頼んで正式に雇ってもらった。

当時の美術学校にはまだ塑像はなく、原型は木彫である。楠公の胴は山田鬼斎が彫り、顔を光雲が担当し、後藤が馬を彫った。最後に光雲が彫った兜をかぶせた。材料はすべて檜である。原型の制作だけで四年かかっている。明治二十六年三月に無事完成し、校庭に組み立てて、文部大臣らに展観させた。原型の制作だけで四年かかっている。明治天皇が是非見たい、と天心に仰せられた。そこで学校から宮城《きゅうじょう》まで大八車三台で運び、御所の玄関前に足場を組み、天心を先導に光雲や制作者、助手たち大勢で飾りつけた。滑車で木寄せの各部分を引き揚げて、組み合わせる。明け方から作業にかかり、出来あがったのが午前十一時、正午に天皇がお出ましになった。

天皇は馬の周囲を回りながら、熱心にご覧になった。光雲らは離れた場所に立って、緊張しながら見守っていた。実は正成の兜の、鍬形《くわがた》と鍬形の間にある前立ての剣が、風に揺れているのである。組み立てる際に、楔《くさび》をはめるのを忘れたのだ。万が一、剣が外れて陛下に落下したら……光雲は身が縮む思いであった。さいわい何事もなく終わった。光雲は、心底ホッとした。楠公銅像の鋳造は、岡崎雪声（小学校の二宮金次郎像の作者）が主任となって進めた。台座は宮内省が制作した。

ところで木彫の材料は、どのように仕入れるのだろうか。むろん材木屋から購入するのだが、光雲自身が現地に出向いて、立木を買うこともある。栃の木は材質がまっ白で、木目に銀色に光る斑《ふ》がある。これを利用して老いた白猿を彫ろうと決めた。材木屋で訊くと、直径二メートル余の良材があるけれど、日数と運賃がかかるため二の足を踏んでいる、という。場所を教えてもらうと、栃木県鹿沼の山奥である。光雲は後藤貞行と出かけた。現地の材木商（といっても木こりである）と掛け合う。樹齢幾千年かと思われるような大木が、たった三円である。あまりに安いのに驚いた。ただちに契約した。二カ月後に浅草の花川戸の河岸まで届けてもらう約束である。運賃は三十円くらい、それから立木を切り倒し、丸太にする木挽代《こびき》が十円くらい、木代を含めてざっと四十五円ほどと見積り、二十円の手金を打った。

ところが、期日に届かない。後藤が現地に飛んだ。すると大変な事態になっていた。木挽が切り倒した栃を、その場で六尺ずつ二つにし、更にまん中から割って蒲鉾型にした。持ち運ぶ重量を減らすためだが、これが災いした。山の上から麓《ふもと》に転がり落とせない。丸太のままなら楽だったのに、よけいな人手を費やすことになった。麓までようやく下ろしたら、畑を通らねば道路に出られない。畑は作付けが終わったばかり、持ちぬしが承知しない。損害を賠償すると交渉したが、聞く耳を持たない。後藤から相談を受けた光雲は、地元の小学校に学用品を贈ることにした。校長から父兄に頼んでもらうことにした。子どもが喜べば親も反対しない。そこで後藤がその段取りをした。彫刻家の新海竹太郎《しんかいたけたろう》も同行した。もくろみ通り、うまくいった。さて木は往来に出したが、そこから川岸まで二里（約四キロ）ある。牛車に乗せ、大勢で運んだ。途中、小川が二本あって、粗末な橋が架かっている。これの補強をしないと渡れない。何やかや運賃だけで、二百七、八十円を要した。一本三円の木が手元に届くまでに、大変な日数と手間と金額がかかったのである。この栃材で彫った「老猿」は、明治二十六年のシカゴ万博で二等賞になった。

光雲は幼名を光蔵《みつぞう》といい、嘉永五（一八五二）年に東京下谷《したや》に生まれた。手先が器用だったので、十二歳の時、仏師の高村東雲《とううん》に弟子入りした（後年、この高村家を継ぐ）。二、三年たった頃、いたずらに鼠を彫った。こっそり店頭の棚に飾った。使いに出され、帰ると鼠が無い。師匠と兄弟子たち数人が、ソバをすっている。一同が、ごちそうさま、と礼を言う。師匠が、お前の鼠が逃げてソバになったんだ、と笑う。留守中に、お得意が立ち寄って、棚の鼠に目をとめた。出来ばえに感心し、自分は子年《ねどし》だから譲ってもらおう、と金を置いていった。師の一存でソバを取り皆にふるまったのは、兄弟子たちの焼き餅が光雲に及ばないようにとの、配慮であったろう。光雲の腕前が抜きん出ていた証拠である。

光雲は八十二歳で世を去った。

八人の子があり、長男の光太郎、三男の人間国宝（鋳金家）豊周《とよちか》の他、言語学者、植物学者、画家など、それぞれの分野で活躍している。

梅千個　正木直彦

大正十二（一九二三）年九月一日、東京美術学校（現・東京藝術大学）校長の正木《まさき》直《なお》彦《ひこ》は、文部省の二階で文部次官と用談していた。終わって、一緒に昼食をと二人が立ち上がったところに、グラッときた。関東大震災である。大音響と共に、ストーブの煙突が倒れてきた。頭上の壁が落下してくる。正木はテーブルの下に身をかがめたが、危険を感じて逃げだした。その際、自宅から持ってきた美術叢書の一冊を、なくしたら欠本になる、と思い、しっかりと懐中にしまい込んだ。建物を出ると正木はいったん自宅に戻ったというエピソードを何かの雑誌で読んで、私は正木直彦というご仁に並々ならぬ興味を抱いた。

命の次に、書物を大事にした、という一節である。叢書を不揃いにしたくない、という思いである。この人は、よほどの愛書家に違いない。書物との関わりを見てみたい。自伝がある。『回顧七十年』（学校美術協会出版部、昭和十二年刊）という。読んでみた。美術学校長になる人だから、古美術工芸の話題が多いが、書物の話も無いわけではない。その一つ、こんな面白い思い出を語っている。

正木が奈良県尋常中学校長時代の話である。学校は郡山《こおりやま》（現・大和郡山市）にある。県庁に用事があり、一日で片づかなかったため、奈良に宿を取った。夕食時に隣室から大声で話しあうのが聞こえた。聞くともなく聞いていると、谷三山《たにさんざん》の子孫が家業不振から膨大な蔵書を売り払うらしい、という。明日、大阪から古本屋を呼んできて、一切合切を処分するというのである。

谷三山は、元油屋のあるじで、幕末の儒学者、大蔵書家として知られていた。少年期に聾者《ろうしや》となり、壮年時には失明したが、大和高取《たかとり》藩に招かれて藩政に参与している。慶応三（一八六七）年、六十六歳で亡くなった。谷家は奈良県八木《やぎ》町（現・橿原市）にある。

正木は箸を投げだし、急いで駅に駆けつけた。九時の最終列車に乗り、十一時頃、八木に着いた。町長を叩き起こして、谷家に同道してもらった。早速、交渉に入る。谷家の話では、古本屋への売却は明日の付け値次第で決めるという。決定したのではないと聞いて、正木は胸を撫でおろした。では、本屋に売るのもどこに売るのも必要な金ができればよろしいのですね、と念を押し、そちらの言い値で買い入れるから私に譲ってほしい、と申し入れた。譲って下さるなら、全部の本に谷三山先生の遺書という印を押して、一部も他に散乱させぬようにはからう、と確約した。谷家はこの条件に感激した。必要な金額は、三百円という。正木は書庫を見せてもらった上、町長立会いのもと、明朝、現金と引き換えに本を運びだす約束を交わした。町長に車の手配を願い、その夜は八木の旅館に泊まった。

翌日、起きるとすぐ八木の銀行頭取に面会、事情を語って金を出してもらった。頭取は旧知の人だったので、話は早い。谷家には車が十台回っていて、本を積み込んでいた。その車を五里ほど離れた郡山の正木宅に走らせた。家の中はたちまち本でいっぱいになった。そこに大阪の古本屋が、うらめしそうにやってきた。正木は、動じない。店主が泣きついた。この本屋は奈良尋常中学と取引があり、正木もよく見知っている。店主が一点だけ買わせてくれ、と言う。中国の本で、詩を作る際に言葉の出典を調べる、その参考書で『佩文韻府《はいぶんいんぷ》』という。佩文は清朝四代目の皇帝・康熙《こうき》帝の書斎名である。すなわち康熙が命じて編纂させた詩韻の書物であって、百六巻に韻府拾遺が同じく百六巻ある。この一点だけ譲っていただけないか、と店主がねだる。同じものを先だって学校へ納めたし、二つは無用でしょう。二百円でちょうだいする、と言う。正木は断った。絶対に蔵書を散らさないという約束で引き取った。それにあんたが学校に納入してくれた『佩文韻府』は普及本であって、こちらは勅版。康熙帝の命令で出版した稀少本だ。二つあっても構わない。店主はこぼしながら帰っていった。

二百円、三百円という金額は、この話の明治二十七、八（一八九四、九五）年頃、どれほどの価値があったのだろうか。巡査の初任給が月額九円、帝国ホテルで一番安い部屋が五円、東京帝大の年間授業料が二十五円、自転車がアメリカ製で二百円、そして総理大臣の月俸がおよそ一千円だから、大した額ではない。今の金で二百万、三百万円くらいだろうか。もっとも、現代と違い、使い出のある二百万、三百万円であろう。

谷蔵書は全部で四千部一万巻に達し、珍本が多かった。全国の蔵書調査で、日本で最も珍書稀書を所蔵しているのは、前田家と奈良県尋常中学校が双璧といわれた。しかし、正木の機転も空しく、数年後、正木が新設された帝国奈良博物館（現・奈良国立博物館）の学芸委員に転任直後、火災で焼失してしまった。

明治三十四年八月、正木は東京美術学校長に任命された。以来、三十一年間、勤務した。在職中、校長用として自動車の購入を勧められた。車代や車庫代、運転手の給料、ガソリン代、修理代などを計算させてみると、年間に一万円近くかかることがわかった。正木の立場は、何も専用車を乗り回さねばならぬほど忙しくはない。電車やバスで十分に用を弁じられる。特に急ぎの場合は、タクシーを頼めばよい。正木は車の費用を、美術品収集に使った。教師たちの授業の便宜になる参考図書や標本、美術品を集め、及ぶ限りそれを整備することに努めた。明治二十三年から校長として君臨した岡倉天心とは全く逆に、教授法には口を出さず、自由に任せた。

岡倉といえば、こんなことがあった。正木が奈良の町を正月歩いていると、森田一善堂という骨董店から呼びとめられた。アメリカへ送りだす仏像が珍しいものだから、ご覧になりませんか、という誘いである。訊くと、岡倉が二千円で購入したという。高さ三尺（約九十センチ）ほどの木彫の毘沙門《びしやもん》像である。非常にいい物で、これを海外に持って行くのは、もったいない。正木は自分が買う、と言った。岡倉が文句をつけたら、正木が日本から出すのは反対と無理に買い取った、と言えばよい。主人も渋々承諾した。本心はこれだけの名作を外国にやりたくなかったのである。ここに岡倉が現れると、折角の話がこじれるから、すぐさま荷造りして発送してくれ、と正木が命じた。そこで仏像を横にしたとたん、首がすーっと抜けて出た。驚いて首の所を見ると、墨書の銘がある。制作年代が記してあって、作者が鎌倉時代の天才彫刻家の定慶《じようけい》と判明した。主人がのけぞって、定慶とわかったら、とてもこの値では売れません、と言いだした。正木は一喝した。これは私の所有となってわかったことではないか。それまであんたがろくろく調べないのが悪い。一善堂は二の句が継げず、うらめしそうに荷造りする。

大正四年頃、西洋画科の卒業生が、校長室に正木を訪ねてきた。絵の勉強に洋行したいと親父に旅費を頼んだら、この絵を売って金にせよ、と渡された。よかったら買上げて下さいませんか。絵巻物である。松岡映丘《まつおかえいきゅう》、小堀鞆音《こぼりともと》の両教授に見せると、いい物だから購入してくれ、と言う。卒業生の希望値は、千円である。正木は引き取った。

あとで調べると、筑前秋月《あきづき》の黒田家が所蔵していた「小野雪見行幸絵巻」で、黒田家が借金の担保にした品とわかった。帝室技芸員の鑑定では、百万円の値打ちがあった。

正木は文久二（一八六二）年、大坂は堺に生まれた。慶応三年に数え年六歳である。白昼、天から突然、伊勢大神宮のお札が降ってきて、老若男女が踊りだす、いわゆる「ええじゃないか」騒ぎを目のあたりにした。またフランス兵を殺傷した土佐藩士たち（堺事件）の、妙国寺《みょうこくじ》境内での集団切腹を、白黒の幕の間からのぞき見ている（慶応四年）。正木の家は土地の乙名《おとな》（長老・町長役）で、事件の中心人物、箕浦猪之吉《みのうらいのきち》はよく正木家にやってきては、直彦を抱っこしてくれた。箕浦は腹を切ったあと、臓腑を検使の外国人に向かって投げつけた。すさまじい場景に耐えきれなくなった彼らは途中で退席し、切腹は中止になった。

明治十六年に上京、翌年、大学予備門に入学した。同級生に、夏目漱石、正岡子規、南方熊楠、山田美妙、芳賀矢一らがいた。『回顧七十年』には、漱石や子規の名は出てくるが、交流の記述はない。正木の自伝は自慢話が無く、きわめて面白いのだが、漱石好きの筆者としてはこの辺が物足りない。

正木は明治三十二年、欧米の美術施設調査のため、洋行を命じられる。子どもの時から、毎朝食前に梅干を一個食べるのが習わしになっていた。洋行は三年、母が千個の梅干を用意してくれた。大変な荷物である。

行く先々の税関で、これは何か、と必ず訊かれた。薬か、食品かと問われ、食品だと答えると、係員が一つ味見をする。たちまち吐きだして、こんなすっぱい食べ物があるか、と文句を言う。梅干ゆえに今日の健康があると信じているので、捨てるわけにはいかなかった。このくだりを読んでいて、筆者は年下の友人の例を思いだし、大笑いをした。

友人はフランスに留学する際、大好きな味噌を大量に持参した。税関で説明するが通じない。容器を開けろ、と命じられた。開けたとたん、係員が鼻をつまんであとじさりした。その場にいた人たちが、わっと声を上げて逃げだした、という。フランス語を覚えてからわかったが、彼らはウンコと間違えたらしい。大量の便を後生大事に持っていたものだから、この中に御禁制品を隠しているものと邪推されたのである。

正木は自伝を刊行して三年後、七十七歳で他界した。

百年後の人　藤井清水

大正期に出版された『セノオ楽譜』は、現代でも人気があって、古書界の「ロングセラー」である。詩人で挿絵画家の竹久夢二が、表紙絵を描いている。熱烈な夢二ファンが集めていて、その数は三百種以上あるが、図柄によって二万円から三万五千円ほどする。

表紙には、作詞作曲者名が明記されている。作詞は、北原白秋や夢二らで、作曲は、山田耕筰や宮原禎次らだが、藤井清水の名が結構多い。たとえば、夢二作詞の「紡車」「わすれな草」がそうで、他に、川路柳虹《かわじりゅうこう》作詞「大島女」、白秋作詞「泣かまほしさに」がある。「月ぞけぶれる」「月光と露」「ち、のみの」「罌粟《けし》の花」もそうだ。この藤井清水の名が、ずっと気になっていた。一体どのような曲を作った人なのだろう。悲しいことに筆者は楽譜が読めない。

なぜ気にかかるかというと、この人の名は意外な本に登場するからである。日本放送協会が昭和十九（一九四四）年七月に発行した『日本民謡大観』関東篇である。「はしがき」末尾に「本書の編纂は柳田國男氏の監修の下に、主として町田嘉《か》章《しょう》氏が担当せられ採譜に就ては藤井清水氏之が協同の任に当り」とある。大判、三百八十五ページのこの本は、民謡全集ともいうべき充実した内容で、古書価も高い。町田嘉章（晩年、佳聲と改名）は邦楽、民謡研究家として名高く、たくさんの著書があるけれど、一方の藤井清水はあまり聞かない。

作曲家として『セノオ楽譜』で活躍しながら、実際にその作品が演奏されないのも不思議である。二流の人にしては、町田と組んで民謡の採譜に傾注するのもおかしい。『日本民謡大観』は、普通の者が手がけられる仕事ではない。一大事業である。

どういう人であるか、知りたい。そう願いながら、いつしか忘れていた。思いだしたきっかけは他愛ない。自分が生まれた年（一九四四年）に、どんな事件があり、どんな人が亡くなられたか、調べていた。すると、突然、この人の名が目に飛びこんできた。

ふじい・きよみ、と読むのであった。私は多分、号であろうと思い、ふじい・せいすいと読んでいたのである。誤読していたため、これまで文献の中で出会わなかった、ともいえる。一九四四年三月二十五日死去。私が誕生する六日前に亡くなられている。しかも現在私が住んでいる区内の、私の近所の病院で息を引き取られている。私はこの人に関する本を、真剣に探し始めた。

さいわい、入手できた。昭和三十七年十二月に、呉市昭和地区郷土史研究会が発刊した、『作曲家　藤井清水』という、二百九十四ページの本である。遺稿や、関係者の追憶文も載っている。何よりすばらしいのは、作曲年表と作品抄があることだ。藤井の、ほぼ全作品名が、作曲年月日と共に掲げてある。創作者の伝記で落としてならないのは、作品一覧であって、年譜が詳細でも肝心のこれを省略している本が多いのである。どんな風に生きたかでなくて、どんな作品を世に送ったか、の方が大事なのだ。

藤井は、ざっと数えてみると、一千八百曲余の作曲をしている（民謡の採譜は、二千曲近い）。種類は歌曲（百二十九曲）、民謡（四百四十一曲）、童謡（四百二十七曲）、唱歌（百六十三曲）、合唱曲（二百十四曲）、校歌・会歌（百二十一曲）、歌劇（二十一曲）、民謡編曲（百四十一曲）、ピアノ曲（三十曲）、室内楽（十二曲）、童謡編曲（百五十八曲）、管弦楽（五曲）で、これは藤井自筆による年表である。昭和十九年一月までの記述だから、これ以後亡くなるまで何曲か加えなくてはならない。藤井は死の前日まで仕事をしていた様子である。腸捻転（酔って溝に落ち腹部を強打した）で急逝したのである。

作品年表を見て気づくのは、いわゆる流行歌の作曲を一つもしていないことだ。従って軍歌も無い（「皇軍感謝の歌」「開拓義勇軍の歌」など、それらしき曲はあるが、それも数えるほどしかない）。伝記を読むと、藤井は流行歌を嫌い、断固拒絶したらしい。レコード会社の重役に勧められても、自分にはその才能は無い、とにべも無かった。道理で、藤井の作品が私たちに縁遠いわけである。日本の場合、歌謡曲が最も身近な音楽なのだ。

藤井が力を注いだのは、民謡と童謡のようである。彼の理念は、国民音楽の樹立と、民謡の芸術化であった。

生まれたのは明治二十二（一八八九）年、生地は伝記を編んでくれた呉市で、父は医師だった。母と兄が三味線の名手であった。福山中学から東京音楽学校（東京藝術大学音楽学部の前身）師範科に入学した。卒業すると福岡県立小倉高等女学校の音楽教員になった。かたわら作曲に励む。

ドイツ留学から帰った山田耕筰が、藤井の作曲に接して驚嘆した。自分がドイツで五年間かかって研究したことを、彼は日本で平然とやっていた、日本の作曲家で彼の技量に及ぶ者はいない、と激賞し、セノオ音楽出版社の妹尾《せのお》幸陽《こうよう》に紹介した。

大正九（一九二〇）年、かくて『セノオ楽譜』で、「影ふめば」「ち、のみの」「いはれぬ嘆き」の三曲が出版される。すぐに、「匂いの雨」「月ぞけぶれる」「月光と露」「紡車」が続いた。翌年、宝塚少女歌劇「成吉思汗《ジンギスカン》」を作曲している。そして教師をやめ、作曲家生活に入った。三十七歳である。

町田嘉章と全国の民謡採譜を始めたのは、昭和十四年で五十歳の時だった。これは全く金にならない仕事だ、学問のためにやる、どうだろう、一緒にやらないか、と一歳上の町田に誘われた時、藤井は二つ返事で応じた。最初は町田が録音した歌を藤井が楽譜にしたが、まだるいので、二人で現地に出かけて、その場で採譜した。藤井は田植え歌などは田のあぜで、持っているチリ紙にただちに書きつけていたという。

町田は節のよくない民謡でも、古いものならすべて採用したが、藤井は価値が無いと判断したものは捨ててしまう。二人の民謡観がはっきり出た。町田は上手に調整しながら、仕事を進めた。

昭和十六年になり、二人はＮＨＫの嘱託となった。小寺融吉も加わって、手当てをもらいながら採譜できるようになった。

『日本民謡大観』関東篇が出版されたのは、藤井が急逝した四カ月後である。藤井は畢生《ひっせい》の仕事の成果を見ることなく逝った。ちなみに、八年後に東北篇が出た。町田と共編である。その三年後に中部篇（藤井の名は無い）が出て、昭和五十五年に索引を入れ全十一巻で完結した。町田は翌年、九十三歳で亡くなっている。『日本民謡大観』に対して、文部省芸術祭賞が授けられた。

藤井の功績の一つに、浪花節の改良がある。三味線でなく、ピアノの伴奏で、これは楽浪曲と名づけられた。また地方振興の一策として、野口雨情、中山晋平らと全国を行脚《あんぎゃ》して、民謡の調査と新民謡、あるいは地方小唄を作った。成功例に挙げられるのは、雨情と晋平のコンビによる「三朝《みささ》小唄」である。

鳥取県の三朝温泉は、世界一のラジウム含有量の多さで知られるが、二、三軒の小さな宿がある温泉にすぎなかった。「三朝小唄」が大ヒットして、旅館が五十軒以上も建ちならぶ一大温泉地になった。

町田も北原白秋作詞で、「茶っ切り節」を作曲している。「唄はちゃっきり節、男は次郎長」のこの歌も大ヒットした。ご当地ソングの一つである。

藤井も雨情の作詞で、「犬山音頭」「新伊勢音頭」「熊野小唄」「安芸大柿節」「鞆の津節」などを作曲している。生地の「呉小唄」もある。

雨情と小倉に行った時、お座敷を間違えて入ってきた芸者がいた。あら、ごめんなさいと、あやまる女の声に藤井が「この子は化ける」とインスピレーションを得た。芸者は、梅若《うめわか》といった。本名は、こうめである。藤井は赤坂小梅と名乗らせ、レコード歌手としてデビューさせた。彼女はたちまち売れっこになる。

小梅は藤井について、こう語っている。「先生の曲はしぶい曲で、歌えば歌うほど味が出る。今歌ったからすぐはやるというものではない」「歌を教えていただく時、先生はその歌の由来、歴史などを詳しく話して下さるので、歌う時その歌の気分が出るようになった」「先生は潔白な人であった。世渡りがじょうずならもっと曲が世に出ているはずである。しかし曲そのものが良いからいつまでも残ると思う」。

小梅が藤井の曲で好きな曲を挙げている。「九州小唄」「小倉節」「桃太郎音頭」「金沢小唄」「長良節」「磯原節」「とんぼ釣」……

「先生は私の恩師で神様のように崇拝している」

そして次のように結んでいる。

「今先生の曲がはやる時期で先生が生きていられたら、どのようにご活躍かと思うと胸が詰る思いがする」（昭和三十六年の談）

藤井自身は、自分の曲の真価がわかるのは百年後だろう、と言っている。真価とは、絶対に他人の真似をしていないことだという。

山田耕筰の評でみるように、専門家には好評であった。しかし、一般には渋すぎ、むずかしすぎ、とっつきにくい嫌いがあったという。

藤井は昭和十三年頃、某女学校の音楽教室で、これは自分が九州で探してきた民謡です、と宮崎県の「稗搗節《ひえつき》」を三部合唱に編曲して歌わせた。女学生たちは泥くさい曲に不満だったが、「出ておじゃれヨー」を繰り返し練習した。また「中国地方の子守歌」も歌わせた。昭和三十年代に二曲ともラジオやテレビで放送されるようになり、かつての女学生たちはこんな有名な曲だったのか、と驚いたという。

本書は月刊「歴史読本」に『楊下の人「知る人ぞ知る」伝』のタイトルで連載（二〇一一年一月号から二〇一五年二号まで）されたものに加筆・再編集を施した文庫オリジナルです。

【図版協力】株式会社トンボ鉛筆、小山光

あさめし・ひるめし・ばんめし　日本ペンクラブ編　大河内昭爾選

味にまつわる随筆から辛辣な批評まで、食の原点がここにある。文章の手だれ32名による庖丁捌きも鮮やかな自慢の一品をご賞味あれ。（林望）

マジメとフマジメの間　岡本喜八

過酷な戦争体験を喜劇的な視点で捉えた岡本喜八。創作の原点である戦争と映画への思いを軽妙な筆致で描いたエッセイ集。巻末インタビュー＝庵野秀明

増補版　誤植読本　高橋輝次編著

本と誤植は切っても切れない⁉　恥ずかしい打ち明け話や、校正をめぐるあれこれなど、作家たちが本音を語り出す。作品42篇収録。（堀江敏幸）

書斎の宇宙　高橋輝次編

机や原稿用紙、万年筆などにまつわる身近な思い出話を通して、文学者たちの執筆活動の裏側を垣間見せてくれるアンソロジー。59篇収録。文庫オリジナル。

おいしいおはなし　高峰秀子編

向田邦子、幸田文、山田風太郎……著名人23人の美味な思い出。文学や芸術にも造詣が深かった往年の大女優・高峰秀子が厳選した珠玉のアンソロジー。

お父さんの石けん箱　田岡由伎

日本最大の親分・山口組三代目田岡一雄。疑似家族ともいえるヤクザ組織を率いた男が、家族に見せた素顔を長女が愛情込めて書き綴る。（湯川れい子）

中華料理秘話　泥鰌地獄と龍虎鳳　南條竹則

泥鰌が豆腐に潜り込むあの料理「泥鰌地獄」は実在するのか？「龍虎鳳」なるオソロシげな料理の材料とは？　文庫書き下ろし、至高の食エッセイ。

中島らもエッセイ・コレクション　中島らも　小堀純編

小説家、戯曲家、ミュージシャン等幅広い活躍で没後なお人気の中島らもの魅力を凝縮！　酒と文学とエンターテイメント。（いとうせいこう）

この話、続けてもいいですか。　西加奈子

ミッキーこと西加奈子の目を通すと世界はワクワク、ドキドキ輝く。いろんな人、出来事、体験がてんこ盛りの豪華エッセイ集！（中島たい子）

世界ぶらり安うま紀行　西川治

屋台や立ち食いや、地元の人しか行かないような店でこそ、本当においしいものが食べられる。世界を食べ歩いた著者の究極グルメ。カラー写真多数。

回想の野口晴哉　野口昭子

〝野口整体〟の創始者・野口晴哉の妻が、晴哉の幼少期から晩年までを描いた伝記エッセイ。「気」の力に目覚め、整体の技を大成、伝授するまで。

隅田川の向う側　半藤一利

下町の悪がきだった少年時代、九死に一生を得た3・10の大空襲、長岡への疎開……「昭和」という時代の青春期を描く極私的昭和史エッセイ。

ついこの間あった昔　林望

少し昔の生活を写し取った写真にノスタルジアをかき立てられ、激しく流れる時代の中で現代文明に謹んで疑問を呈するエッセイ。（泉麻人）

いつも食べたい！　林望

うまいもの、とは何か。食について考えだすと止まらない著者が、食とその背景にある文化について縦横無尽につづった文庫オリジナルエッセイ集。

増補 書藪巡歴　林望

ものとしての書物について正確に記述する学問——書誌学。その奥深い楽しみを、基礎知識から在りし日の先学まで軽妙な筆致で描く。（紀田順一郎）

玉子ふわふわ　早川茉莉編

国民的な食材の玉子、むきむきで抱きしめたい！森茉莉、武田百合子、吉田健一、山本精一、宇江佐真理ら37人が綴る玉子にまつわる悲喜こもごも。

なんたってドーナツ　早川茉莉編

貧しかった時代の手作りおやつ、日曜学校で出合った素敵なお菓子、毎朝宿泊客にドーナツを配るホテル、哲学させる穴……。文庫オリジナル。

たましいの場所　早川義夫

「恋をしていいのだ。今を歌っていくのだ」。心を揺るがす本質的な言葉。文庫用に最終章を追加。帯文＝宮藤官九郎　オマージュエッセイ＝七尾旅人

ぼくは本屋のおやじさん　早川義夫

22年間の書店としての苦労と、お客さんとの交流。どこにもありそうで、ない書店。30年来のロングセラー！（大槻ケンヂ）

生きがいは愛しあうことだけ　早川義夫

親友ともいえる音楽仲間との出会いと死別。恋愛。音楽活動。いま、生きることを考え続ける著者のエッセイ。帯文＝斉藤和義（佐久間正英）

買えない味　平松洋子

一晩寝かしたお芋の煮っころがし、土瓶で淹れた番茶、風にあてた干し豚の滋味……日常の中にこそある、おいしさを綴ったエッセイ集。（中島京子）

買えない味2
はっとする味　平松洋子

刻みパセリをたっぷり入れたオムレツの味わいの豊かさ、ペンチで砕いた胡椒の華麗な破壊力……身近なものたちの隠された味を発見！（室井滋）

すっぴんは事件か？　姫野カオルコ

女性用エロ本におけるオカズ職業は？　本当の小悪魔とはどんなオンナか？　世間にはびこる甘ったれた「常識」をほじくり鉄槌を下すエッセイ集。

深沢七郎の滅亡対談　深沢七郎

自然と文学（井伏鱒二）、「思想のない小説」論議（大江健三郎）、ヤッパリ似た者同士（山下清）他、人間滅亡教祖の終末問答19篇。（小沢信男）

「紙の本」はかく語りき　古田博司

歴史の残骸のように眠る本の山。その中から現在を生きる糧は見つけ出せるのか？　古今東西の様々なジャンルの本を縦横無尽に読み解いてゆく。

文豪怪談傑作選・特別篇
文藝怪談実話　東雅夫編

日本文学史を彩る古今の文豪、彼らと親しく交流した芸術家や学究たちが書き残した慄然たる超常現象記録を集大成。岡本綺堂から水木しげるまで。

吉原はこんな所でございました　福田利子

三歳で吉原・松葉屋の養女になった少女の半生を通して語られる、遊廓「吉原」の情緒と華やぎ、そして盛衰の記録。（阿木翁助　猿若清三郎）

私の絵日記　藤原マキ

つげ義春夫人が描いた毎日のささやかな幸せ。家族三人の散歩。子どもとの愉快な会話。口絵8頁。「妻、藤原マキのこと」＝つげ義春。（佐野史郎）

痕跡本の世界　古沢和宏

古本には前の持ち主の書き込みや手紙、袋とじなど様々な痕跡が残されている。そこから想像がかきたてられる。新たな古本の愉しみ方。帯文＝岡崎武志

コーヒーと恋愛　獅子文六

恋愛は甘くてほろ苦い。とある男女が巻き起こす恋模様をコミカルに描く昭和の傑作が、現代の「東京」によみがえる。（曽我部恵一）

てんやわんや　獅子文六

戦後のどさくさに慌てふためくお人好し犬丸順吉は社長の特命で四国へ身を隠すが、そこは想像もつかない楽園だった。しかしそこは……。（平松洋子）

娘と私　獅子文六

文豪、獅子文六が作家としても人間としても激動の時間を過ごした昭和初期から戦後、愛娘の成長とともに自身の半生を描いた亡き妻に捧げる自伝小説。

七時間半　獅子文六

東京―大阪間が七時間半かかっていた昭和30年代、特急「ちどり」を舞台に乗務員とお客たちのドタバタ劇を描く隠れた名作が遂に甦る。（千野帽子）

小路幸也少年少女小説集　小路幸也

「東京バンドワゴン」で人気の著者による子供たちを主人公にした作品集。多感な少年期の姿を描き出す。単行本未収録作を多数収録。文庫オリジナル。

話虫干　小路幸也

夏目漱石「こころ」の内容が書き変えられた！　それは話虫の仕業。新人図書館員が話の世界に入り込み、「こころ」をもとの世界に戻そうとするが……。

経済小説名作選　城山三郎選　日本ペンクラブ編

【収録作家】葉山嘉樹、横光利一、源氏鶏太、城山三郎、開高健、深田祐介、木野工、井上武彦、黒井千次、山田智彦。時代精神を描く10作品。（佐高信）

60年代日本SFベスト集成　筒井康隆編

「日本SF初期傑作集」とでも副題をつけるべき作品集である（編者）。二十世紀日本文学のひとつの里程標となる歴史的アンソロジー。（大森望）

異形の白昼　筒井康隆編

様々な種類の「恐怖」を小説ならではの技巧で追求した戦慄すべき名篇たちを収める。わが国のアンソロジー文学史に画期をなす一冊。（東雅夫）

70年代日本SFベスト集成1　筒井康隆編

日本SFの黄金期の傑作を、同時代にセレクトした記念碑的アンソロジー。SFに留まらず「文学の新しい可能性」を切り開いた作品群。（荒巻義雄）

70年代日本SFベスト集成2　筒井康隆編

星新一、小松左京の巨匠から、編者の「おれに関する噂」、松本零士のセクシー美女登場作まで、長篇なみの濃さをもった傑作群が並ぶ。（山田正紀）

江分利満氏の優雅な生活　山口瞳

卓抜な人物描写と世態風俗の鋭い観察によって昭和一桁世代の悲喜劇を鮮やかに描き、高度経済成長期前後の一時代をくっきりと刻む。（小玉武）

ラピスラズリ　山尾悠子

言葉の海が紡ぎだす、〈冬眠者〉と人形と、春の目覚めの物語。不世出の幻想小説家が20年の沈黙を破り発表した連作長篇。補筆改訂版。（千野帽子）

増補　夢の遠近法　山尾悠子

「誰かが私に言ったのだ／世界は言葉でできていると」。誰も夢見たことのない世界が、ここではじめて言葉になった。新たに二篇を加えた増補決定版。

パパは今日、運動会　山本幸久

カキツバタ文具の社内運動会。ぶつぶつ言っていた面々も仕事仲間の新たな一面を垣間見て……。もっとがんばれる。そう思える会社小説。（津村記久子）

勉強ができなくても恥ずかしくない　橋本治

学校の中で、自分の役割を見つける事に最大の喜びを感じるケンタくん。小学校入学から大学受験まで、教育と幸福の本質を深く考えさせられる自伝的小説。

とりつくしま　東直子

死んだ人に「とりつくしま係」が言う。モノになってこの世に戻れますよ。妻は夫のカップに弟子は先生の扇子になった。連作短篇集。（大竹昭子）

冠・婚・葬・祭　中島京子

人生の節目に、起こったこと、出会ったひと、考えたこと。冠婚葬祭を切り口に、鮮やかな人生模様が描かれる。第143回直木賞作家の代表作。（瀧井朝世）

ピスタチオ　梨木香歩

棚（たな）がアフリカを訪れたのは本当に偶然だったのか。不思議な出来事の連鎖から、水と生命の壮大な物語「ピスタチオ」が生まれる。（管啓次郎）

通天閣　西加奈子

このしょーもない世の中に、救いようのない人生に、ちょっぴり暖かい灯を点す驚きと感動の物語。第24回織田作之助賞大賞受賞作。（津村記久子）

言葉なんかおぼえるんじゃなかった　田村隆一・語り　長薗安浩・文

戦後詩を切り拓き、常に詩の最前線で活躍し続けた伝説の詩人・田村隆一が若者に向けて送る珠玉のメッセージ。代表的な詩25篇も収録。（穂村弘）

ちくま文庫

万骨伝《ばんこつでん》　饅頭本《まんじゅうぼん》で読《よ》むあの人《ひと》この人《ひと》

二〇一五年九月十日　第一刷発行

著者　出久根達郎（でくね・たつろう）
発行者　山野浩一
発行所　株式会社　筑摩書房
東京都台東区蔵前二―五―三　〒一一一―八七五五
振替〇〇一六〇―八―四一二三
装幀者　安野光雅
印刷所　明和印刷株式会社
製本所　株式会社積信堂

乱丁・落丁本の場合は、左記宛にご送付下さい。
送料小社負担でお取り替えいたします。
ご注文・お問い合わせも左記へお願いします。
筑摩書房サービスセンター
埼玉県さいたま市北区櫛引町二―六〇四　〒三三一―八五〇七
電話番号　〇四八―六五一―〇〇五三

ISBN978-4-480-43297-1 C0195